时光

与你共终老

▶Time will die with you

容昕尘 / 著

天津人民出版社

图书在版编目（ＣＩＰ）数据

时光与你共终老 / 容昕尘著.--天津：
天津人民出版社，2014.12（2020.3重印）
ISBN 978-7-201-08986-7-01

Ⅰ.①时… Ⅱ.①容… Ⅲ.①长篇小说－中国－当代
Ⅳ.①I247.5

中国版本图书馆CIP数据核字(2015)第128982号

时光与你共终老

SHIGUANG YU NI GONG ZHONGLIAO

容昕尘 著

出　　版	天津人民出版社
出 版 人	刘　庆
地　　址	天津市和平区西康路35号康岳大厦
邮政编码	300051
邮购电话	（022）23332469
网　　址	http：//www.tjrmcbs.com
电子信箱	reader@tjrmcbs.com

责任编辑	玮丽斯
装帧设计	詹妮平面QQ/2537574868

制版印刷	三河市华东印刷有限公司印刷
经　　销	新华书店
开　　本	880毫米×1230毫米　1/32
印　　张	9
字　　数	254千字
版权印次	2014年12月第1版　2020年3月第2次印刷
定　　价	42.80元

我在时光尽头，守你一起终老。

——顾决

目 录
CONTENES

目 录
CONTENES

PROLOGUE

楔▼子

TIME

WILLDIE

WITH YOU

那些声音，在脑海中一直挥之不去。

女人喘息的声音，男人低吼的声音，小孩尖叫的声音。

尖叫？谁在尖叫？

她茫然地抬头看，慢慢看清，那是六岁的她，躲在门后紧紧捂住自己的嘴，却依旧控制不了心脏的狂起狂落，一下，一下，又一下，疯狂跳动，快要爆炸。房内的景象，恶心，肮脏。想吐。

她终于尖叫出声，惊醒门内欢好沉沦的男女。男人回头，恶狠狠的目光锁住她，冷厉森然，令人惊怖。

被发现，她想要逃，却逃不开，像是被下了咒，动不了，小小的身子困在门后的那一方天地，瑟瑟发抖，犹如厉鬼附身。那是一场噩梦！

夏时意猛地从床上坐起，她慌乱地打开壁灯，急促地喘气，似乎还没有完全从梦中清醒过来，心依旧咚咚地跳。夏时意就这样靠在床头，愣愣地看天花板平复情绪。看一眼墙上的电子钟，快七点了。她又坐了几分钟，起身穿衣。下床时，长衫的一角不小心拂过旁边的床头柜，相框从上面滚落下来，在夏时意脚边停住。她低头看，然后半蹲下身捡起相框，擦拭上面并不存在的灰尘，耐心地，细致地。

擦拭的动作最终停下，纤长白净的手指定格在相框中的某一处，她垂眸凝视，慢慢靠近，低喃："行彦……"

相片中，穿着格子衬衫的少年眉眼精致，唇角上扬起好看的弧度，几缕碎发因低头逗弄着手里猫咪的动作不安分地垂下，笑容显得温暖而又柔和。

夏时意迷恋地吻了吻相片中的少年，又起身将照片放回原处，最后离开房间。

房内，日光倾泻而进，干净透明的相框上，少年的面容在光晕里渐渐模糊，再也看不清。

CHAPTER01

第一章

你是未完待续 当局者的迷

TIME

WILL DIE

WITH YOU

（1）暗斗

一个刺耳的女声尖叫突兀响起，让喧嚣热闹的宴会气氛顿时变得奇怪起来。

人群中身穿白色礼服的女人被红酒泼了满身，她怒视着对面脸色难看的高挑女子，咬牙切齿道："言歆，你这是什么意思？"

被叫作言歆的女人同样是一袭白色长裙，飘逸轻巧的丝质长裙在华美奢华的灯光下犹如闪亮的碎钻，优雅而不失高贵。言歆双臂环胸，眉眼间艳色浓重却讥诮分明："没有什么意思，只是对梁小姐刚刚的出言不逊表示一点回敬而已。"

女人被言歆毫不客气的反击弄得满脸羞愤，身上的礼服也因为红酒的浸染而变得潮湿贴身，内里春光隐约可见。

宴会大厅最角落处，夏时意正和客人举杯交谈，被争吵声吸引后朝那里看了过去，目光落在言歆身上，不动声色地闪了闪。

被吸引的不止夏时意，不断有宾客陆陆续续地过去围观，却没有人站出来，因为这两人他们谁都得罪不起。

被倒了红酒的女人后台显赫，而言歆则是广告界巨头言氏的千金，她们在T市上流名媛圈内素来不和，每一次见面都要明争暗斗好久。

今晚的导火索在于两人穿了一模一样的长裙，就连头饰都要高度相似，远远看去谁也分不清是谁。

言歆以为那个女人故意要模仿她，夺走她今晚宴会上独一无二的风头，但向来心高气傲的她本不屑比较，却被那女人三番四次尖酸刻薄的挑衅激怒，脾气火暴的言歆甩手就向她泼了一身红酒，也不管自己还身处在

衣香鬓影的晚宴中。

就在双方对峙不下的时候，从人群中走来一名身姿挺拔的男子，深邃明朗的双眼、高挺漂亮的鼻梁，下颌微收，神情隐隐带着一股倨傲之色，声音有种冰冷的金属质感："怎么回事？"

来的人是顾决，笑傲地产界的顾氏集团最高掌权者。顾决穿着手工剪裁的深色西装，经典而华贵，优雅沉静中分明有种让人无法移开视线的美。尽管身处一片喧嚣，人群中却唯独他最是醒目。

"这不是顾总吗？"

"都说顾言两家交情好，看来果真如此……"

"你不知道，言小姐和顾总可是青梅竹马……现在她受欺负了，人家能不过来帮一把吗……"

顾决一出现，就引得周围的人悄悄议论开来。

"我没事。"言歆见到顾决，脸色稍稍放柔，挽着他的胳膊，微微一笑，"我们走吧。"

顾决低头凝视了言歆几秒，确认她身上无恙后才轻轻点头，带着她离开。

身上沾满红酒的女人却像是执意要和言歆斗争到底，在两人经过她身边的时候，脚下七寸高的高跟鞋狠狠地踩在言歆的曳地长裙上，碾了又碾。

言歆受到阻力猛地向后倾，差点跌倒在地，幸而被身旁眼疾手快的顾决稳稳地扶住，才不至于落得太难堪。

那件白色长裙却彻底失去原本纤尘不染的模样，那一脚的痕迹显得极为突兀，破坏了整体的和谐。

几乎是立刻，言歆扬手就要朝对方的脸上扇去，却被顾决拦了下来，他的声音听不出喜怒，却有种不容置疑的力量："言歆，够了，这么多人看着，不要把事情闹得难以收场。"

　　或许是终于将一直受到言歆压制的不甘报复了回去，女子冲气急败坏的言歆挑挑眉，得意地扬长而去。

　　顾决将言歆带到休息室后，她将梳妆台前零零碎碎的各种化妆品砸得粉碎。他让助理收拾干净后，继而对她淡淡地说道："言歆，不就一件礼服，需要发这么大的脾气吗？"

　　言歆想到今晚要见的人还没有等到，自己现在又搞得这么狼狈，满腔怒火没地方发泄，声音不由得拔高了几度："不是衣服的问题，是她众目睽睽之下让我难堪！而且，我的计划全被她搞砸了！"

　　言歆的婚期近在咫尺，然而设计婚纱的设计师始终悬而未决。她前阵子打听到法国服装界如今最受欢迎的设计大师Alisa最近低调现身国内，于是想方设法与这位传说中的大师取得了联系，他们约定好今晚在这场宴会上相见。

　　设计大师Alisa被业界封为时装女王，在喜新厌旧的时尚界，她是一个不败的神话，开创了自己的设计品牌，缔造了一个又一个时装传奇。

　　Alisa脾气很好，没有身为大师的架子，但设计标准古怪，业界传言她向来只给合她眼缘的女性设计服装，所以言歆为了这一次见面盛装出席，目的就是想在Alisa那里博取一个好印象，从而让她答应为自己设计出举世瞩目的婚纱，结果这一切却被那个莫名其妙的女人搞砸了。

　　她一想到这里，就气得咬牙切齿。

　　顾决的声音沉了下来："你不是还要见那位设计师吗？还有时间，我现在出去重新为你置办一套礼服，然后我们一起等你要见的人。"

　　言歆坐下来，倔强地开口："还见什么见，回去算了！"

　　顾决没有理会言歆破罐子破摔的态度，直接开门离开，剩下言歆一人坐在休息室内。

　　顾决经过走廊的时候，看到一个身影熟悉的女子向这里走来，他不由得停下了脚步。

女子很年轻，一头乌黑的长发绾在左侧，发尾随着走路的步伐轻盈地荡开，犹如深海中出水的美人鱼。露出整个背部的浅紫色晚装式长裙将她裸露在外的肌肤衬得格外莹白如玉，细如凝脂。

女子小心翼翼地看了一眼周围，确定没有什么人看到她，这才闪身进了一间休息室。

夏时意。

顾决认出她是谁后，经过那间休息室的时候脚步刻意慢了下来。

"梁小姐，感谢你的帮助……"

一个不耐烦的声音打断她："行了行了，这次我答应你的我都做到了，以后我们两不相欠。"

顾决在原地站了很长时间，眸中的神色瞬息万变。

（2）约定

夏时意一出来就撞上了顾决，她错愕地看着他，内心顿时咯噔了一下，下意识地后退了几步。

然而只是几秒钟的时间，她的头脑就迅速变得清明起来，唇角绽放出清浅的笑意，似是桃花盛开："顾总，好久不见。"

她不知道顾决听到了多少，只能以不变应万变。

顾决看了夏时意很长时间，没有笑也没有回应，目光中透着几分高深莫测，还有某些说不清道不明的情绪。

最怕的就是这种什么也不说不问的人，没有办法窥测到他的底线是什么。

梁小姐早在夏时意的暗示下离开，只剩下夏时意和顾决两人面对面站着，形如对峙。

时光
与你共终老
▶Time will die with you

　　"我对你们女人之间的战争没有兴趣。但是……"顾决终于慢条斯理地开口，语气却泛着点冷意，"我身为言歆的好友，夏小姐是不是该给我一个解释？"

　　夏时意镇定自若地抬头，微笑道："顾总也说了对我们女人之间的战争不感兴趣，所以解释就不必了吧？顾总要是对今晚发生的事情不满，我任凭处置。"

　　看着夏时意一副要杀要剐豁出去的模样，顾决倒是笑了，那笑容帅气逼人，当真是好看。

　　"你好像很笃定我不会对你怎么样。"他顿了顿，继续说，"其实，看上去也只是一件小事而已，我确实不想为难你。但你要答应我，以后不要出现在言歆面前，如何？"

　　夏时意唇边的笑容像是被定了格："怕是很难。"

　　言歆听到敲门声以为是顾决，她内心正诧异着他的速度竟如此之快，却在下一秒因门外的人怔住了。

　　言歆的目光在顾决身后的夏时意身上逡巡了半圈，不满地说道："顾决，你给我买礼服，结果怎么带了一个陌生的女人回来？"

　　顾决侧身，让夏时意进休息室，他关上门后对言歆淡淡地解释："言歆，她是Alisa的学生，叫夏时意。"

　　言歆的脸色不太好看，对夏时意说话的语气有些高高在上："Alisa呢？为什么来见我的人是你？"

　　夏时意从容地笑了笑："Alisa老师因为行程临时有变，已经回国。因为时间的问题，她还没来得及和言小姐打招呼，所以临走前特意委托我前来和你商谈婚纱设计一事。"

　　这句话刚说完，言歆不太友好的表情顿时变得微妙起来。她几乎是下意识地脸色一变，目光带着试探，反反复复地打量着夏时意。

　　她看了好久，终于迟疑地对身旁的顾决开口："顾决，你有没有觉得

008

她的声音……很像夏绫？"

岂止是像，几乎到了一模一样的程度。

就连姓氏也有种诡异的巧合，甚至，近距离地观察她的容貌，还能透过她看到一点点夏绫的影子。

真的……只是巧合而已吗？

顾决知道她在想什么，轻描淡写地开口："是有些像，不过夏时意小姐刚从法国回来，不会是我们认识的那个人。言歆，你不要多想。"

夏时意对言歆报以一笑，向她伸出右手，落落大方地开口："你好，我叫夏时意。"

虽然顾决的话让言歆暂时打消了埋在心里的疑虑，可不知道为什么，言歆看到夏时意的第一眼就觉得不是很舒服。她从上到下打量了夏时意一眼，那眼神带着显而易见的质疑和不信任："那么，接手婚纱设计的人是你？"

夏时意并没有将她的轻视放在心上，始终笑意盈盈，在这位心高气傲的言家千金面前不曾输掉半分气势："是我。"

言歆依旧是高高在上的态度："夏小姐，我直接和你开门见山吧，除了Alisa，我是不会把我的婚纱交给任何其他人设计的，哪怕是她的学生。"顿了顿，她又说，"所以，夏小姐请回吧。"

顾决刚要出声，却意外地看到夏时意从随身的包中取出了一把服装裁剪的专用剪刀。他不动声色地挑挑眉，倚在墙上饶有兴味地看着她。

夏时意没打任何招呼，半蹲在地："咔嚓"一刀直接剪向言歆的白色长裙，长裙应声而开。

言歆被夏时意突如其来的举动吓了一跳，几乎是同时，她惊叫道："夏小姐，你干什么？"

"别动。"夏时意没理会言歆的质问，手上裁剪的速度愈发快起来，纯白色的布料在她手中上下翻飞。她面色冷静地开口："我只是想向言小

姐证明一个道理，服装也是有灵魂的，脏了一处并不代表全身一无是处。不要做服装的奴隶，你需要的是让它来配合你。"夏时意的眉目间似是笼着一层细细的光，叫人看不清她眸中的神色，"来配合你的独一无二。"

言歆本觉得不耐烦，但是转念一想，反正这裙子已经报废，还不如看看Alisa亲自教导的关门弟子能做到何种地步。

于是言歆站着一动不动，任凭夏时意在她这件心爱的白色礼服上随意裁剪。

二十分钟过去，夏时意一气呵成，收起剪刀，地上布满丝质白裙的碎布。

一件全新的礼服出现在了言歆的身上，也让她转眼之间像是换了一个人一样。

原本飘逸轻巧的丝质长裙被夏时意改造成利落大气的半身短裙，让言歆本身高傲的女王气质完美地展现了出来。

白色裙子下半身裁剪得层次不一，将裸露在外的雪白肌肤衬托得肤如凝脂，细滑如绸，言歆的气质也变得更加清丽脱俗，整个人显得愈发高挑，神采奕奕。

"好了。"夏时意将剪刀收起，对眼前神色复杂的言歆莞尔一笑，"Alisa老师说过，再好看的服装如果不适合所穿之人，那就是累赘。言小姐不适合穿拖地长裙，这样会把你修长的双腿遮住，所以我动刀只有一个目的，就是让你的长腿展现出来。"

"夏小姐是个好学生，但未必是一个好的合作伙伴。"一直没有出声的言歆勾动嘴角似有似无地笑了笑，"我不需要一个没过问我意见就开始动刀的设计师。"

言下之意，夏时意剪得再好，却不是她想要的风格。

夏时意闻言耸耸肩，笑吟吟地道："言小姐大概不明白定制和设计

之间的区别，设计师存在的意义，就是将被设计者身上的优点全部挖掘出来，然后展现在世人面前。"

言歆被夏时意呛得说不出话来，倒是一直旁观的顾决漫不经心地开了口："言歆，夏小姐说得没错，换作今晚是Alisa在场，或许她的想法和夏小姐一样。所以你不妨试试与夏小姐合作？"

言歆瞥了顾决一样，神色欲言又止，她不说好也没说不好，沉默了一会儿才有些敷衍地说："夏小姐，今晚的事情先这样，我考虑一下，过几天我会给你答复。"然后转头对顾决道："顾决，我累了，我们回去吧。"说完，率先开门离开。

顾决却依旧靠在墙上，双手插在裤兜里，站着没动。他挑了挑眉，看着夏时意，不紧不慢地道："知道言歆不会轻易认同你，所以就想方设法地在她面前证明自己。这也是你让梁小姐毁掉她礼服的原因，好让言歆配合你。我分析得可对？"

"顾总看得真明白。"夏时意不打算否认，她叹了口气，"不过就算我做了这么多，却未必能达成所愿，不是吗？"

顾决直起身体，居高临下地俯视她好久，淡淡地开口："我可以帮你。但还是我之前说的那样，你要答应我设计完言歆的结婚礼服后，不再和她见面。"

夏时意诧异地看着他，像是有些不敢相信他会主动提出帮忙，不过随即轻声笑了起来："真不明白顾总为什么这样执意要避免我认识言小姐，难道是因为和你们之前说的那个夏绫有关？"

顾决听到这个名字后脸色蓦地一变，沉声说道："夏小姐不用知道。"

夏时意笑了笑，并不在意顾决陡然之间转变的态度。

不管怎样，顾决答应帮忙，她的目的算是已经达成了。

（3）调查

夜色无声无息地渲染整个城市，高耸入云的建筑物被月色染得分外剔透，行走在路道两旁就如踏着梦境一般。

顾决开着车，脑中不停地回放着，夏时意回国后，他们第一次见面的情形。

那个时候，夏时意负责接手顾氏某楼盘开业庆典中的一场模特走秀。

虽然模特走秀在整个开盘庆典中并不是什么重头戏，但夏时意依旧对此尽心尽力，不敢丝毫懈怠，没想到在最后关头却发生了意外，原本在整个走秀过程中压轴的模特突然晕倒，引起现场一片混乱。

到了后台，模特们为了那个因故取消的压轴之位竞相争夺，而最后，却是身为设计师的夏时意走上了T台，艳压群芳，以夺人心魄的女王姿态支撑起了整场时装秀，惊艳得不可方物。

夏时意在那一场时装秀上名声大震，从此成为上流社会中那些名媛千金备受欢迎和注目的设计师。

而顾决和夏时意两人的真正相识是在当晚的酒会上。

彼时的夏时意因酒意上来提前退场，懒洋洋地斜倚在酒店摆放在阳台处的织锦躺椅上，昏昏欲睡。深栗色卷发从雪色锁骨处一路滑下，遮住了精致姣好的容颜，耳坠上摇摇欲坠的碎钻在冷冷孤月的照射下，光泽闪耀如星辰。

夏时意被一阵谈话声吵醒，循着交谈的声音，她看到了对面阳台上的两个年轻男子，顾决和他的劲敌易渊。

外界曾这样形容易渊这个人，男子魄力，女子容颜，此人表面看起来玩世不恭，暗地里的手段却毒辣得令人发指。

曾经得罪过某个后台权势强硬的人物，在德国巴登的赌场遭人暗算和

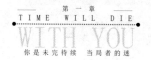

陷害，一夜之间倾家荡产，走投无路。所幸顾决的父亲顾宏城在同一天路过巴登，出手相救。因为易渊的性格和顾宏城本人极为相像，他又看重了易渊在金融领域的才能，便将其带进顾氏，安排在顾决的身边，成为顾决的首席特助。

但显然易渊无意玩弄忠心和臣服那一套，不甘位居人下才是他的本色。他先是和顾决平起平坐；然后买通商业间谍，导致顾氏20%的客户资料曝光，引起地产界哗然；最后从顾氏中独立出去，成立华易地产公司。华易公司一上市，因其和顾氏高度相像的商业运作模式，很快受到各行各业的关注。

养虎为患，令顾氏成为踏脚板，成为顾宏城最大的耻辱，让当时年岁已高的顾宏城气到住院，年仅二十三岁的顾决就是在这个时候接手腹背受敌的顾氏，成为整个公司董事会中最年轻的掌权者。

察言观色，一向是夏时意所擅长的。

夏时意左手撑着下巴，在黑暗中耐心细致地看了好一会儿，尽管不知道对面的两人谈话的具体内容，但她还是很肯定，顾决此刻心情不是很愉悦，神情也有些微的不耐烦。

夏时意晃了晃手中的红酒杯，突然心生一计，略施粉黛的脸上闪过微妙的狡黠。她摇摇晃晃地站起身，脚步不稳地走近两人，然后俯趴在栏杆上，娇媚的声音里带着醉意："顾总，你怎么还在和那个臭男人说话，快来我这里，等你好久了呢……"

柔美甜腻的嗓音，在夜幕中听起来有种迷离的诱惑感。

如此突兀一声，令对面两人不得不中断谈话，朝夏时意的方向看来。

——臭男人。

这三个字让一向以容颜邪魅备受女人追逐爱慕的易渊脸色一下子难看起来，他紧紧盯着夏时意，语气不阴不阳："哟，想不到这里竟有如此的好景致……顾总，还真是艳福不浅啊……"

夏时意懒懒地喝了一口酒，唇角微翘，笑意盈盈："你这个男人倒是很会说话嘛……顾总，你说是不是？"

冷冷孤月下，顾决英挺清冷的轮廓有种欧洲贵族般的优雅，让人心醉沉沦。就在夏时意和易渊都以为他不会出声的时候，顾决轻轻颔首，微笑："夏小姐也很会说话。"

他指的是："臭男人"这三个字。

顾决的话一出口，易渊和夏时意顿时明白了他的言下之意，易渊妖冶的容颜上闪过一丝尴尬，夏时意掩唇咯咯地笑了，些许凌乱的发丝在风中微扬纠缠，释放出一种入骨的妩媚。

被二人轮番调笑的易渊将恼怒和不快尽藏眼底，仅露出一向玩世不恭的笑容："既然顾总和夏小姐如此情投意合，再打搅倒显得我不知趣了……顾总，那我们日后再叙，如何？"

顾决也不推辞，和易渊握手，语调平淡："易总客气了，我先谢过易总的这一番成人之美。"

易渊最后不怀好意地看了一眼夏时意，离开。

月明星稀，顾决长身玉立，静静地看着趴在栏杆上的女子，不紧不慢地道："敢说易渊是臭男人的，你是第一个。"

夏时意挑眉："顾总这是在夸我有勇气吗？"

顾决不否认："这是我表达谢意的另一种方式。"顿了顿，继续说道，"夏小姐的声音很好听，很像我的一位故人。"

夏时意没想到他会说起她的声音，怔了几秒才回过神来，言笑晏晏："不知道这位故人是……"

顾决望着她，没有说话，深邃的眼眸里闪着明明灭灭的光，那视线让夏时意一时恍然觉得，他不是单纯地在看她，而是透过她在看一段他心中尘封已久的记忆，抑或是某一段无法言说的感情。

　　顾决沉默了很久，才缓缓地说："她因五年前的一场大火而至今生死不明。"

　　夏时意瞬间直起身子，收起了脸上的笑容，轻声说了句"抱歉"。

　　"没关系。"顾决揉了揉眉心，突然间感觉疲惫袭身，欲转身走开。

　　夏时意却突然叫住他："顾总，难道你一点也不好奇我是如何取代你那个花巨资请来的模特成为压轴吗？"

　　顾决脚步一转，回头看着不远处的夏时意，她精致的瓜子脸在月光下有种难以言喻的美，随后他漫不经心地笑了笑："夏小姐未免太低估我，我猜测，那个模特身上的时装根本就是你为自己设计的，对吗？你要通过这场秀引得关注，事实上你也的确这么做了。"

　　云淡风轻的一句话，却像是在夏时意心中敲下最强音，她讶然："你怎么知道？"

　　"不战而屈人之兵，夏小姐确实好手段。"顾决漆黑如墨的瞳仁像是布满了星辰的倒影，有着洞察一切的冷静与沉稳，"我下午去医院看过那个模特，她和我说本就无意参加这场时装秀，而是另有其他目的。至于目的，她未明说。但我想她躺在那里肯定少不了你的帮助，更甚至，你们二人或许是相互成全。"

　　夏时意却没有认真听，她只是歪着头，对顾决笑得分外好看："难得顾总愿意一次开口说这么多话，那我索性全部告诉你好了。"

　　顾决没有拒绝，顺水推舟道："洗耳恭听。"

　　有预感，那个模特的目的必定和他有关，否则，夏时意不会选择特意告诉他。

　　"她要见你，我要压轴。"

　　短短八个字，背后的含义不言而喻。

　　夏时意将那些被顾氏请来的模特分成了三类：看重顾氏名气而来的，

时光
与你共终老
▶Time will die with you

看重顾氏高薪而来的，还有就是完全冲着顾决而来的。在这些模特中，唯独第三种也就是冲着顾决来的压轴模特对夏时意所裁剪设计的服装最为不满。因为，她眼光高，心气傲，看不上夏时意设计的那些衣服，若不是顾决，她绝不会来参加这场秀。

在她第三次刁难夏时意后，夏时意收起那些精心设计的时装，懒懒地对她说："其实你大可不必在这里为难我，你想要什么我一清二楚，无非是想通过这场时装秀来吸引顾总的注意，但是想要见他，时装秀绝对不是最好的时机。而我，完全有能力让你得到想要的。"

夏时意明白，要让一个人为她所用，第一是观察对方对什么东西在意，第二则是要清楚什么东西是对方想要，自己又有资源去给予的。

"我凭什么要信你？"那个模特冷冷地问。

"我听说顾氏顾总是出了名的护短与体恤下属，也正是因为这样，他才能如此得到顾氏上下一致的民心。为何现在不好好利用他下属的身份，让他也'体恤'你一回呢？"夏时意慢慢地笑，"你想要时装秀的那短暂一眼，还是想让他亲自出现在你面前对你温柔问候？"

模特毫不犹豫地选择了后者。昙花一现虽令人难以忘记，可一来谁都不能保证顾决会出现，二来有了他的问候，才有后续无限可能。

她听从夏时意的建议，走秀前突然毫无节制地节食，导致突发性晕厥，被送进医院。不出所料，在顾氏地盘上出现的意外引起顾氏高层的重视，顾决亲自去医院看望了那个模特。

而此刻，顾决听完夏时意的叙述后，微微一笑，像是丝毫没有介意两个女人对他的算计："夏小姐，你倒很令我对你刮目相看，不过——"他顿了顿，低沉的声音有种冷冷的质感，"却是个危险的女人。"

夏时意唇边的清丽笑容不减："顾总谬赞了。"

016

顾决正想得入神，不经意间听到旁边的言歆突然问："顾决，今晚那个夏时意，你好像之前就认识她？"

顾决神色淡淡，语气波澜不惊："之前有过一次合作，她的表现让我很是刮目相看。"

言歆连续看了他好几眼，觉得他表扬一个女人的行为实在很反常："是因为她的声音像夏绫？"

不等他回答，她又喃喃自语起来："不，现在想想，认真看的话，她的长相也和夏绫有些相像，她们到底是什么关系呢……"

顾决忍不住皱眉："言歆，你想得有点多了。"

言歆没理他，自顾自地拿出手机拨电话给秘书，吩咐道："去查一个叫夏时意的女人……对，越快越好。"

黑夜中，顾决的神色辨不清喜怒，只是握在方向盘上的手愈发用力了起来。

（4）目标

这天一大早，言歆的秘书就将一沓文件夹放在了她的办公桌上。

言歆翻开文件夹看了很长时间，却始终没有看到她意料之中的东西。

夏时意，出生平凡，背景平凡，唯一值得一提的地方，也就是五年前曾在国内某家著名美容医院做过整容手术。从调查的原因来看，是因为当时被人恶意泼了硫酸才导致毁容。

言歆翻出夏时意整容之前的照片，又仔细对比之后才失望地发现，纵然照片上的女子容貌不比整容后差，却不是她想找的人。

自从五年前的那场大火之后，夏绫一直生死不明，就像是凭空消失了一样，谁也找不到她。

然而不知道为什么，言歆冥冥之中始终觉得，那个女人还活在世上。

时光
与你共终老
▶Time will die with you

看着这些照片，言歆突然变得很烦躁。

她和陆行彦的婚期近在眼前，可是最近他们之间又因为五年前的往事争吵了起来。

只要一提到夏绫的名字，陆行彦整个人都会变得不对劲，这让她不得不恐慌和重视。虽然夏绫失踪了，但她感觉这个女人无处不在。

言歆最害怕的一件事，就是婚礼没有办法正常进行。所以在结婚之前，必须找到消失了五年的夏绫，杜绝一切不利的情况发生。

与其坐以待毙，还不如将主动权牢牢掌握在自己的手里。

想到这里，言歆拨通了一个号码："夏小姐，最近有时间吗？"

从顶楼往下看，视线所及之处，城市间的建筑物都被夕阳笼上了一层薄纱，像是谁失手打翻了一瓶橙色颜料。

夏时意在咖啡厅内等了许久，才等到了言歆的身影。

言歆坐下后，并没有直接谈婚纱设计的事情，她盯着夏时意的脸看了好久，说道："我希望夏小姐能明白，我不会任用一个来历不明的人。"

夏时意言笑晏晏："那是自然。言小姐有什么想问的，我一定知无不言。"

言歆端起咖啡杯，假装不经意地问道："我听说，夏小姐五年前被人泼了硫酸？"

夏时意脸上的神色不变，她摸摸自己的脸，哂笑道："没想到言小姐也知道了这件事……五年前得罪了一个同门师姐，所以有段时间一直在医院休养。"

"是这样。"言歆点点头，语气淡然道，"那夏小姐是否认识一个叫夏绫的女人？"

夏时意叹了口气："或许是我的声音给了言小姐一种错觉，不过我真的不认识你们所说的夏绫。"

言歆敏感地抓住了关键词，蹙眉问："你们？"

"之前顾总也提到过我的声音和他的一位故人很像，我想大概就是言小姐口中说的夏绫。"

言歆眼底的笑意让人辨不清真假，她试探道："我看顾决和夏小姐之间好像很熟悉。"

夏时意唇角微翘，神色落落大方："言小姐误会了，我和顾总虽然之前有过一次合作，但并没有什么来往。"

"可是顾决好像很看好你，不然也不会向我推荐你。"言歆淡淡地道，"我和顾家的交情很深，就算你不是Alisa的学生，只要不是太差，凡是顾决推荐的人，我都会认真考虑一下。"

其实不止是顾决方面的原因。

尽管刚刚夏时意言之凿凿，看上去有理有据，但她不相信发生在夏时意身上那么多的巧合，所以她依旧保留怀疑态度。

她之所以将夏时意留下来，是为了要牢牢地看紧夏时意，那么剩下的，只能交给时间去替她验证了。

夏时意内心一动，她知道顾决和言歆两人关系匪浅，却想不到顾决对言歆的影响竟然这样大。她略有些期待地看着言歆，眉眼间有几分紧张："所以言小姐考虑的结果是……"

言歆将合同递到夏时意的面前，公式化地向她伸出了手，客套道："夏小姐，希望未来的日子里合作愉快。"

夏时意展颜笑开，暗地里却悄悄松了口气，终于是拿下了这个任务。

夏时意签好字后没多久，言歆就接到了从美国打来的电话，她几乎是立刻就站起身，说话的声音不住颤抖："你说什么？"

对方的一句"陆先生在高速公路上出了车祸"瞬间让言歆脸色大变，甚至失去了血色。她匆匆接过夏时意手里的合同，没说一句话便抬脚离开，剩下夏时意一个人坐在露天咖啡厅里。

时光
与你共终老
▶Time will die with you

午后的阳光从窗户倾泻进来，错落有致地铺在地板上，仿佛撒上了一层淡淡的金粉。

夏时意惬意地靠在椅子上，悠闲地喝着咖啡，看着言歆的背影越走越远，直到她消失在门后，嘴边的笑意终于收起。

她从包中拿出一本记事簿，翻开其中的一页，那上面赫然写着一行娟秀的楷体字。

5天，成为言歆的婚纱设计师。

夏时意低头，用红笔在旁边打了钩。

视线下移，她的目光倏然变冷，眸中冷意如皑皑冰雪。

30天，成为顾决的情人。

CHAPTER02

第二章

懂事之前 情动以后

TIME
WITH YOU

WILL DIE

（1）引诱

言歆的突然出国，让她和夏时意的合作计划暂时搁浅了下来。

这天，夏时意早早地带助理唐落到酒吧喝酒。

时过八点。吧台边，夏时意仰头喝尽杯中仅剩的一口酒，有几滴沿着下巴滑落至白皙的锁骨处，姿态旖旎清魅，引得周围的异性频频侧目。

夏时意敲了敲吧台，和调酒师随意聊天："他不像是会来这种风月场所的男人。"

调酒师为她倒酒，笑着问："谁？"

旁边的助理唐落早已眼尖地发现了夏时意口中说的那个男子，不禁插嘴道："哪里的女人最多，他就在哪里。"

啧啧，真高的评价。

调酒师饶有兴味地将手托在下巴处，在看清楚男子的身影后，似乎有点明白过来："夏小姐，他就是你走到门口又折身返回的原因？"

夏时意不解释，只言笑晏晏地看着那个身形修长，清冷俊美的男人，耳际的银白坠子一晃一晃，在灯光下璀璨夺目。

不仅仅是她折身返回的原因，还是今晚一直等待的原因。

夏时意等的人，正是顾决。

顾决不动声色地绕开快贴上他的女人，目光清冷淡然，边走边和身边的男助理说话，神色漫不经心，然而就是这样简简单单的表情就已引爆周围女人对他毫不掩饰的欲和情。

顾决慢条斯理地扯了扯领带，在一名侍应生的带领下，和助理渐渐走近夏时意这一侧的方向，但始终目不斜视，毫无停顿。

夏时意的笑意终于僵在嘴角，从开始到现在，顾决始终未曾注意到静

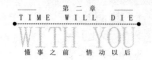

坐在吧台前的她。

"我现在有点明白,为什么那些女人对顾决又爱又恨。"今晚精心打扮过的夏时意郁卒地接过调酒师递过来的烈性龙舌兰,对刚接完电话回来的唐落愤愤地道。

话虽是这样讲,但她同时也心如明镜,如何让这样一个完美优秀的男子动心动情,难度简直堪比解决世界七大数学难题。

男人的所谓出色,正在于他对情欲的节制。

顾决就是这样的人,二十五年以来的感情世界,甚少有不堪的桃色绯闻,背景干净得完全不像是游走在商界至高处的人。

唐落捂嘴偷笑了一会儿后,然后扬了扬手里的手机,可爱地向她吐吐舌头,笑容娇憨:"时意,我男友来电话说要来接我,现在到了门口,所以我能不能先溜呀?"

夏时意挥了挥手:"路上注意安全。"

唐落今年刚刚大学毕业,跟在夏时意身边做服装助理的时间尽管不长,但闲暇之余,唐落也总是会跟夏时意聊她和她男友萧岩的恋爱经历。次数一多,局外人夏时意也能了解个大概。

同大多数大学生一样,唐落和萧岩曾因毕业面临两难的境地,一个要走,一个想留。萧岩其实并不是非走不可,只是贫苦背景使然,让他一心想往外远飞,想找个更好更高的落脚点。唐落却是一定要留,正是因为热爱T市才选择考到了这里,自然也将以后工作的地方一并考虑了进去。

两人在大学期间早已说好一起留下,不料萧岩最后在舍友的劝说下突然反悔,甚至还想带唐落一起离开她最爱的T市。唐落平日虽然表面上没心没肺,大大咧咧,然而一旦固执倔强起来却也可怕,她将萧岩的飞机票撕碎,又想尽一切办法阻止他和他的朋友联系。一向个性温和很少发脾气的萧岩也终于冲她发了火,第二天就将行李打包收拾好离开了他们一起租住的房子。

唐落委屈不已,哭着对夏时意说她后悔了,都是她的错才导致这段感

情最终走向结束，如果她低下姿态去求一求他，是不是还会有挽留的余地。

当时夏时意这样对她讲，你要做的，是如何打动他内心最脆弱的一部分，让他对你愧疚和不舍，并不是去求。世间最难开口之字便是求，更何况，感情里最多余的就是这个字。倘若有，那便再也不是感情。

感情，是纯粹的。

后来唐落在夏时意的帮助下，设计了四套男士衣服，分别是春、夏、秋、冬各一件，每一套衣服的袖口和内衬里都有唐落的名字。唐落在萧岩临走前赶到飞机场送给了他，并说了一句话，如果你要走，我不会留，不管是春暖秋凉，夏炎霜降，我都会等，但我不会一直等下去。

言下之意即是，我对得起这段付出过的时光，于你毫不亏欠。而只要你这一步踏出，从此你就是这段感情的罪人。

就是这样一句话，让本就心软的萧岩顿时化作绕指柔，他的执意离开在弹指间灰飞烟灭。

日后，唐落对救了她爱情的夏时意死心塌地，尊重并且敬佩。

当然，了解唐落如萧岩，他当然知道一旦脾气上来的唐落是绝不可能这样拿出如此好的姿态落落大方地来面对一个即将狠心抛弃她的爱人，而当他知道是夏时意教导他的女友这样做的时候，心底有讶然，但更多的是对这个聪慧女人的欣赏和赞扬。

但是女人的成长，从来都和她们深爱的男人有关。

他们不明白的是，夏时意如今在情场上的如此深知人心，得益于一个叫陆行彦的男子。

她钟情了近八年的人，对她允过最重的一诺，之后却又在她的爱恋中以毫不眷恋的姿态抽离而出，叫她日后人生中所有的风花雪月与地老天荒皆成虚妄。

"夏小姐，还在等那个顾总？"

调酒师的一声戏谑打断夏时意的思绪，回过神来的夏时意飞快否认，想了想之后又询问："你也认识他？"

调酒师理所当然地点点头："T市房产界巨头之子顾决，当然认得啊。"

但凡看过近些年财经杂志的人，无一不对媒介宠儿顾决的生平津津乐道，他在商场上的手段和在亲情上的孝心实在令人印象深刻。

在商界，有人将顾决的父亲顾宏城称为最有战斗力毫无血性的一匹狼，嗜血贪婪，正是由于他对对手的狠戾不留情面，才有了顾氏集团叱咤风云的今天。

顾氏集团的现任接班人顾决是顾宏城的老来子，他在商场上使用的手段和计谋被人比喻成商界最冷静最不动声色的狐狸，就连吞并都能做得优雅和漫不经心，叫人防不胜防。

那场惊心动魄的收购战，至今为止让房产界的人说起的时候依旧对顾决称赞有加。

金融风暴在全球引起动荡后，首先受到冲击的毫无疑问自然是房产界。无数房产大亨宣告破产，数不尽的房产集团面临瘫痪崩溃的境地。大多数富商为求保本，都将持有土地、房产低价出售。当时年仅二十三岁就已接任顾氏的顾决极具眼光和魄力，他在董事会上力排众议，趁机收购大批地产和土地，其数量和速度让人咋舌。

后来事实证明，顾决的做法为顾氏做了一笔最完美的注脚。

全球经济复苏后，顾氏以最低价购置的房产每块都以数十亿的价格不断被卖出，垄断T市的房产界，纵横称霸至今。

孝，是顾决的另一个代名词。

顾决的母亲当年由于顾决的出生险些难产死去，身体一直虚弱，离不

开人的照顾。由此顾决对他母亲的呵护简直让天下母亲都艳羡。

但凡母亲生病，无论是何人何事，无一比得上他的母亲。他母亲生病，他可以守在床边三天三夜不眠不休；他母亲生病，他可以不顾处在生死攸关的商业谈判；他母亲生病，他可以一掷万金买下最昂贵最奢华的地块，只为了盖一座私人医院全方面为他母亲服务。

所以有女人这样讲，如果今后有幸能被顾决爱上，只求有他对他母亲的万分之一厚待与重视。

是这样的，倘若令这样一个男人对谁用情至老，这已是人世间最大的难得，最美的矜贵。

然而夏时意并不这么想，爱上他，不是千恩亦不是百幸，而是一道枷锁，一道刑。

即使这个男人爱她成痴成狂，但母亲这一角色的存在是可以引爆这段感情的最有力因素。只要那个赋予顾决生命的女人想，那么，动荡和劫难，从此是他们的结局。

上一段感情告诫她，在一场深爱里，一定要成为手握重权的绝杀者。

否则，感情的战戮和逃亡，在所难免。

幸好……

她不爱他。

顾决，只是夏时意的猎物——用来报复曾经那段伤害。

（2）谈判

会所外醉生梦死，会场内硝烟弥漫，交锋渐起。

深陷在真皮沙发里的安丰老总怀抱着婀娜女子，深吸一口烟，最后慢慢吐出，一双鹰眼虽在笑却骇人："顾总，虽然我们安丰集团有心想卖给你这个人情，但你这个价格真的有点太低了啊……以这个价格想从我们安丰手里买走这块地，这件事没有顾总想象的那么容易，希望顾总能明白。"

　　安丰地产本是T市上市公司中白手起家的神话，但近日因遭到商业间谍的沉重陷害，公司受到重挫，大量资金化为泡影，导致前期投入的项目无法按期启动，其他已售出的楼盘销售额也低至谷底，全公司处在濒临毁灭的境地，但所幸安丰手里还紧握着最后一张王牌，这也就是为什么他在向顾决寻求合作的时候依旧有恃无恐。

　　换作其他公司，面对如此一张王牌或许就此同意，因为他们缺且需。但安丰集团忘了此刻面对的人是稳坐顾氏制高点的人，顾决。

　　换言之，只有顾决不要的东西，没有他要不起的东西。

　　面对年岁足足高出一轮的长辈，顾决言语间虽做足诚恳，但在场的人谁都看得出来，这位年轻的总裁表情实则并没有太把对面的人当回事，他笑得云淡风轻："这是顾氏明码标价的底线，顾氏可以出手，但要绝对的股权。"

　　这样傲然轻狂的话语，也只有顾决一个人说得出来。

　　安丰手里的那张王牌的确很重要，但这张王牌顾氏也不是非要不可，有固然锦上添花，无也未必失去任何。

　　这场收购战，从一开始，就胜负已分。

　　安丰处于下风，只能任人宰割。

　　安丰老总的脸色已经变得有些不大好看，他推开了面前的温软香玉，将香烟熄灭在酒杯中，眉头紧皱："我以为，今晚顾总亲自来，多少是看得起安丰的，但是现在谈下来的结果让我有点失望。"

　　顾决不慌不忙地揽过那个被安丰推开正嘟着小嘴的艳丽女子，勾起她的尖细下巴，嗓音性感得一塌糊涂："来这里，当然是来玩女人的。"

　　那些报道顾氏总裁作风端正，干净得像是良家民男一样的媒体一定是被顾氏公关部收买了吧……

　　站在顾决旁边的男助理嘴角一抽，然后别过脸默默地看着前方，顾决顾大少爷你就装放荡吧，指不定一出门后就拼命嫌弃身上女人的香水味……

话已至此，安丰老总已经明白再继续谈下去也没有任何意义，深深叹了口气："那顾总的意思是这个价格不会再考虑了？"

顾决早已耐心全无，如果不是知道了某个人的消息，他也不会亲自来这一趟。他推开怀中的女人，从沙发上站起，灯光下，更显身姿挺拔颀长。顾决淡声开口："同一句话，我想安总也不愿意再听第二遍。"

说完，和助理一道离开会所。

顾决出来的时候，西装已被他脱下，仅仅只剩一件白色衬衣，领口下的纽扣被他解开至第三颗，金色袖口卷至手肘处，露出白皙如瓷的皮肤，引人遐想。

夏时意举杯的手指下意识地一抖，然后若无其事地从顾决身上转开视线。她晃了晃晶莹剔透的杯子，随后往酒杯里丢进一把钥匙，最后拿包转身离开。

今晚的戏，还未落幕。

夏时意推开酒吧的门，秋夜长风突然过境，萧瑟席卷而来，让她不禁抱了抱自己的双臂。然而肌肤还是迅速地起了鸡皮疙瘩，很快地让夏时意胃里涌起一阵不适，让她想吐。

糟糕，晚上酒喝得太多了。

夏时意反应不及，就已吐到停车处的一辆黑色法拉利的车身上。酒烧胃，引起的恶心和呕吐感完全无法控制。

刚吐完准备擦一擦嘴站起欲逃离肇事现场，夏时意冷不丁地听到身后一个卓绝清冷的声音远远传来："夏小姐，你好像对我的车有什么不满？"

这声音是——

"啪"的一声，包落在地上。

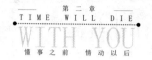
夏时意一回头，立刻被吓得倒退几步，手指着顾决支支吾吾了半天都说不出话来，一双浅褐色眼眸微微睁圆，表情尽是尴尬，满眼慌乱无措。

顾决手里把玩着车钥匙，不紧不慢地走近，停住，目不转睛看着她。夏时意一身浅蓝色的露背连衣裙，大片大片的白嫩肌肤裸露在外，风情无限。栗色的头发随性地落在双肩，美得无以复加。而此刻因微微睁圆双目，更是流露出一种不同往日的娇憨，灵气逼人，眉眼间的狡黠像极了一只猫。

夏时意终于回过神来，想的却是另外一件事。

顾决对于她出现在这里毫不吃惊，显而易见，今晚他早已认出她，但故意装作陌路。

原因只有一个，还没到那种程度。

他们的关系还没有到让顾决主动去打招呼的程度。

顾决收回视线，弯腰从地上捡起包递到她面前。

夏时意很快镇静下来，接过包，落落大方地抬头，盯着顾决那张清冷的脸歉然道："这么不巧，原来是顾总的车，实在是很不好意思……"

顾决微笑："没有关系。"

看到自己的爱车无故被人吐脏，却能毫不变色，真是好风度。

就在夏时意刚刚这样想的时候，顾决从上到下平淡地看她几秒，慢慢开口，声音清朗："不过我怎么觉得，夏小姐是故意的？"

于是，夏时意嘴角的笑容今晚二度僵住："顾总真爱开玩笑。"

顾决扬扬眉，不置可否，只是将手中的钥匙抛向身后的助理，吩咐："把你的车钥匙给我，你开我的车回去，明早送到洗车房。"

男助理手忙脚乱地接过钥匙，犹豫了好一会儿，才低下头小声开口："顾、顾总，我今晚没开车来……"

夏时意几乎能感受到头顶上空正盘旋着一排排乌鸦，晃晃悠悠地飞过……她快要撑不住表面的一本正经，差点要笑出声来。

沉默了很久很久之后，顾决扬眉笑了，笑容漫不经心，好看且无害："很好，你被解雇了。"

这种因为没开车就丢失工作的理由简直是太没下限了，但谁叫小助理面对的是一个强势不讲理的老板，就算不甘心也只能在风中边内心流泪边勇敢坚强地说没问题。

一直站着闷笑不说话的夏时意这时候接收到小助理的幽怨眼神，很不好意思地咳了咳，假装没有看到这一切。

十分钟后，小助理将功折罪，在顾决的指示下向酒吧老板借来了车，自己则坐上了顾决被吐脏的车认命地开走，临走前还小声地哼了一声，狠狠地瞪了夏时意几眼。

而此时的夏时意完全没注意到小助理，注意力完全放在了车内正坐在驾驶座上的顾决身上。她趴在半开的车窗上，双肩还搭着顾决的黑色西装，唇边漾起的弧度令她看上去既妩媚又风情："顾总，我现在身体感觉好不舒服，看在我们相识一场的分上，你不介意送我一下吧？"

不可否认，顾决对他母亲很好，简直到了夸张的地步，但是这不代表他会对全世界的女人都能以温柔之礼相待。

之前小助理去借车的时候，在冷风中，夏时意冷得微微发颤，身上突然莫名多了一件男士西装。她刚赞扬完某人体贴绅士，某人却再一次发挥毒舌功力，证明她有点想太多："哦，我只是不太喜欢衣服上女人的劣质香水味，顺手而已。"

夏时意顿时穿着不是，脱了也不是，只能郁卒地腹诽：那你以为我就很喜欢了是吗……

听着夏时意的温言请求，顾决的手指一下一下地点着方向盘，动作漫不经心，似笑非笑地看着夏时意，表情玩味："如果我说我介意呢？"

夏时意轻轻浅浅一笑，歪头反问："那你会吗？"

顾决却不再说话，只发动引擎，然后不紧不慢看她一眼。

夏时意直起身子，深吸一口气，唇边笑意不减："明白了，顾总路上

注意安全。"

车疾驰而去，很快便消失在夜幕中。

夏时意在原地站了几分钟，揉了揉有了些凉意的鼻尖，准备返回酒吧去取那件已派不上用场的东西。

刚踏出一步，身后传来一记强有力且刺耳的刹车声，她回头看，怔住。

顾决摇下车窗，扔给她一瓶矿泉水和一袋药片，眉宇间没什么表情，声音平淡："把药吃完了再上车。"

（3）救场

事情的发展有些出乎意料，让夏时意现在心里有些五味陈杂，她转头看着正认真开车的顾决，欲言又止。

顾决自然觉察到了她的目光，挑眉看她，开口："有事？"

夏时意摇摇头，喝水吃药。

却不料顾决继续说道："如果想谢我就不必了，我只是不希望今晚再有第二个人的车遭殃。"

夏时意顿时被矿泉水呛了一下，猛烈地咳嗽起来。

这位商界最受欢迎的精英难道毒舌胎里带吗？居然把人当猴耍。

半个小时后，车已在夏时意的公寓前稳稳停下。

夏时意下车后俯身，望向车内的顾决，嘴角含笑："顾总不进去坐坐？"

顾决扬起似笑非笑的表情："夏小姐一般都是这么邀请男人的吗？"

被对方取笑轻浮，夏时意也不恼，落落大方地和顾决对视："世间千万美男眼前过，而能让我看得上的却很少。"

顾决眼底难得有了些真实的笑意："夸赞我收下，但邀请我拒绝，并

时光
与你共终老
▷Time will die with you

不是夏小姐的魅力不够，只是顾某人一向洁身自好，向来只接受未来女伴的邀请。"

言下之意，你我之间并无任何关系。

如此信手拈来的拒绝说辞让夏时意终于微微叹了口气，只得说："那顾总可愿意陪我走最后一段路？我怕黑。"

顾决望了望她身后灯火通明的路，不戳破她的小心思，微微笑道："好。"

顾决风度翩翩地将夏时意送至门口，也不急着离开，只双手插在裤袋里随意四往那里一站，看夏时意低头从包里找钥匙，唇边隐隐有着一丝意味不明的笑意。

夏时意低头找钥匙已有好一会儿，顾决终于等不下去，好心地出声询问："夏小姐的钥匙丢了吗？"

夏时意再抬头的时候，声音里不复以往的笑意，只剩下些许难过，柔弱得让人动容："我想或许是今晚掉在某一处了……顾总，真不好意思，白白浪费你送我回来的时间。"

夏时意蹙眉看着顾决，表面看上去因钥匙的丢失不知如何是好，殊不知她在心里笑得有多欢畅。顾决，你终究还是没办法拒绝我的。

"不算是浪费，因为——"顾决慢条斯理地说，"我知道夏小姐的钥匙在哪里。"

夏时意瞠目结舌地看着他，来不及做出反应。

顾决从披在夏时意身上的西装口袋里拿出钥匙，在她眼前晃了晃，微笑道："很意外是吗？其实从调酒师那里接过钥匙的那一刻我也很意外，夏小姐居然舍得愿意用无家可归的一晚赌顾决会不会对她心软。"他收起笑意，嗓音淡淡地道："夏小姐这样大费周折，倒真让我有些受宠若惊了。"

夏时意顿觉手脚冰凉，神情僵硬无比，声音里有种被揭穿后的羞辱和

032

难堪："顾总这么说……是什么意思？"

顾决将钥匙重新丢进他的西装口袋里，语气轻描淡写："有些话说得太明白了就不怎么入耳，我想夏小姐也一定明白这个道理，对吗？哦，对了，吐脏我车的事情我自然不会追究，西装也不必再还我了，这怎么也算是夏小姐努力了一个晚上的成果，我也不忍心看夏小姐这一晚上空手而归。"

夏时意听明白后，呼吸瞬间一窒，脸色变得苍白，如提线木偶般站着不动。

他是在用这样的方式告诉她，不要对他存有心思和目的，否则最后难堪的人，一定是她。

从始至终，今晚的一切都被他看在眼里。他不说，是因为他笃定她逃不过他的手掌心，他愿意陪她玩一场猫捉老鼠的游戏。她以为他是她的猎物，殊不知，这场局，从一开始，她就已经一败涂地。

好一个顾决，好一份耐心。

直到此刻，夏时意才真正认识到，她不是顾决的对手。

这世间的事情，一定要到最后一刻才让人真正透彻醒悟。原来顾决对一个不爱的女人竟然冷漠无情到这个地步，这种程度。

想到这些，夏时意忽然打了个冷战，终于明白那些凡是追过顾决的女人最终为什么无一不对他死心，彻底放弃，也终于明白那个模特为什么很久后对她幽幽地说出一句，顾决只可远观……原因无二，如果顾决有心要为难一个人，那么这个人的下场必定不会好看到哪里去。

嗬，顾决，你对女人，可真够决绝。

话说到这份上，其实已无话可说。夏时意定定神，重新对顾决扬起灿烂的笑靥，以至于不让自己输得太难堪："如果顾总言语再这样刻薄下去，相信有不少女人会就此对男性失望的。"

顾决神色坦然："不过就有女人喜欢这样一针见血的我，不是吗？"

"也对，我怎么忘了，顾总最不缺的就是女人。"夏时意扬眉，"但愿和顾总以后还有再次见面的机会。"

顾决笑了一下，叫人辨不清那是真情还是假意："我很期待。"

夏时意一直目送顾决离开后才收起唇边早已冰凉的笑意，手掌心传来阵阵疼痛感。

痛如附骨之蛆，消失不去。

在异国他乡的这五年，只令她学会一件事，如果遇到让她想要逃或者害怕的人和事情，那么就狠狠握紧拳头，用尽全部力气握紧，然后内心再催眠般地命令自己一定要坚持，坚持下去。

因为，她早就没有输的资格。

这漫漫一路，不管多痛多孤苦，她都一个人走过来了，不管风雪不管刀剑，行到尽头处，便是人间好时节。

可是刚刚她和顾决交手的那一刻，发现自己快要撑不下去了，崩溃决堤的情绪似摧枯拉朽之势将她湮灭。

本想借故让他送她去顾家或是宾馆，无论是前者还是后者，她都有的是办法叫他留下。可最后，偏偏是这样的结果。

这一生的际遇是非，她已明白世界待她早就足够轻慢。天时、地利、人和于她而言，一无所有。就连命运都对她不闻不问，欲置她于死地，而她单枪匹马地去和顾决那一颗冷漠坚硬的心浴血奋战，谈何容易。

夏时意脱下身上的黑色西装，随手丢进不远处的垃圾箱，并在那里站了很长很长时间。她嘴角渐渐扬起一抹毫无温度的弧度，冷漠地看着那件价格不菲的黑色西装，慢慢握紧拳头。

夏绫，你不可以输。

从你浴火重生再世为人的那一刻起，从你化名夏时意舍弃本名的那一刻起，从你刻意接近顾决的那一刻起，开弓再无回头箭。否则，夺爱之

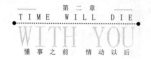

仇，毁容之恨，终究只是一场笑话。

能成全她的人，从来都只有她自己。

长风浩荡中，夏时意最后看了西装一眼，转身离开。

她不怕他不动心，只怕他已不信。

不信这人间情爱，才叫人千万难。

进屋后，夏时意的胃部对她发号指令，直奔洗浴间。

酒热逼人，她半清醒半迷糊中，无端想起五年前深夜那场无妄之灾。

冲天的火舌带着死亡的气息一步一步逼近，向她狰狞诡谲地张开血盆大口，惨如狱中之囚的她从未感到这样绝望过。烈烟、浓雾、灼热的温度、爆裂的物体都瞬间轻易成为泯灭人性的刽子手和阿修罗，她浑身无力，逃无可逃，沦陷在这一场地狱般的浩瀚屠杀中。

陆行彦，夏时意昏迷中叫的最后一个名字，一并葬在那场泱泱大火中。

而从此，她对此人再无眷恋。

（4）求佛

几周后的一个傍晚，日影下垂，橘红色染遍天空。

夏时意在工作室内赶完最后一笔时装订单，请了一天假的唐落正巧从外面回来。

夏时意惬意地伸了个懒腰，笑问："小落，去见你家萧岩父母的事情还顺利吗？"

唐落的声音中满是不掩饰的欢快和兴奋，笑嘻嘻道："时意，时意，告诉你哦，他父母可喜欢我了，还让我们早点把婚事定下来呢！"

　　夏时意也忍不住为唐落高兴，揶揄道："是谁之前整天在办公室里像只小鸽子一样扑腾来扑腾去，担心那些有的没的……我说你是那些八点档电视剧看多了吧……"

　　唐落俏皮地吐了吐舌头，走过去挽住夏时意的胳膊，不好意思地笑着说："我那不是对自己没信心嘛，我还特地偷偷瞒着萧岩去寺院求佛祖为我祈福呢，就害怕他会取笑我……"

　　"去寺院？"夏时意怔怔重复，"T市的圣灵寺？"

　　唐落双手合十，小鸡啄米般点头："是啊是啊，明天我还得去还愿呢……时意，时意，你明天陪我一起去，好不好？"

　　夏时意指指自己，诧异道："干吗叫我去？"

　　唐落冲她眨眨眼："我听说圣灵寺祈愿很灵的哦！想当初我英语六级死活都考不过，后来我和我同学一起去那家寺院这么一拜，你猜怎么着？六级低空飞过……嘿嘿……"

　　夏时意笑出声来："小落，没想到你居然信这个。"

　　唐落急了："反正你不是对顾氏那位顾决先生有意思吗？前几天晚上还特地去酒吧等人家呢……虽然听你说最后结果不大好……不过你就去试一试嘛，说不定有用呢……"

　　夏时意听到顾决的名字后不着痕迹地蹙起眉，几秒后，她静静地点头，算是答应了唐落的建议。

　　隔日一大早，夏时意和唐落踩着细碎如金沙的日光，在山上行走两个多小时，终于到达山顶最高处沐浴在阳光中的圣灵寺。

　　圣灵寺距离至今已有一段历史，每天吸引了大量外来旅客前来参观。寺内虽然香火鼎盛，各座佛殿内却依旧不见一丝烟缭凡尘，哪怕是殿前也干净到片叶不留。从远处望去，最显眼的就是圣灵寺前的那一株苍天古木，看尽人间沧桑，千年几度荣枯，如今仍然高耸而立。

　　按照规矩，理当是先烧香，之后才可以拜佛。夏时意和唐落两人来之

前都没有带香火，只能等在寺院门口排队请香。人很多，唐落已经靠在墙上和萧岩通电话，夏时意却盯着圣灵寺的大殿，谁也看不透她在想什么。

这个地方，其实夏时意不是第一次来。她心中随着那场大火尘封的前尘往事，只因今天再次来到这个熟悉的地方快破土而出。

六岁那年，父母双亡，她被姨母姨夫收养，从此寄人篱下，失去真正的自由。她不喜与人亲近，也不擅讨好他人，一度遭受姨夫的冷落，唯一庆幸的是姨母始终待她如亲生女儿，不离不弃。后来没过多久，她无意中撞破姨夫偷情，不忍姨母一人蒙在鼓中，便偷偷告诉了她这个事实。

于是从那个时候开始，家中争吵频繁，战火四起。夏时意时常后悔自己当初的多事，打碎了这个家庭表面的和平，日日在愧疚和难受中度过，渐渐无形中连姨母也一并疏远。

七岁生日当天，夏时意惨遭父亲对手公司的绑架，幸得姨夫前往相救，安然无事。但那时懵懂年幼的她不知道，这只不过是掉进了姨夫另一个陷阱之内。无人发现，她被姨夫连夜送进国内的一家儿童福利院，儿童福利院的主任因受到姨夫的指示，对她严加看管，从此，她开始了一场充满苦痛的人生。

对外，夏时意流落外地下落不明；对内，她受尽福利院的虐待。

一年之后，十二月的一个暴雪深夜，她鞋都没来得及穿，终于躲过看管人员的耳目，成功逃走。逃出后的她深一脚浅一脚地在雪地里狂奔，像是不要命般横冲直撞，最后饥寒交迫，绝望地倒在冰冷的雪地中。

前无明路，退无可退。

漫天雪地中，只看得见远处的圣灵寺内善男信女进进出出，香火鼎盛盈天。

那个深夜，那场雪中，夏时意流尽所有血与泪，为命运赐她的挫骨扬灰，为人生予她的多余和苟活。

夏时意和唐落两人终于请好香火，一前一后踏进圣灵寺内。一走进这佛门圣地，那种威严和神圣似乎与生俱来，庄重得让人肃穆。

在香火池烧香的时候，夏时意因为过往的回忆心神还有点恍惚，右手一时没有拿稳香火，有蜡油不小心滴到她的左手背上。

"哎呀——"

夏时意痛喊一声，被灼烧到的左手条件反射般往后猛地一缩，香火"啪"地掉在地上。

身旁的唐落看到，惊呼一声，连忙过来查看她的伤势："时意，你不要紧吧？"

夏时意弯腰从地上捡起那把香火，站起后，笑着摇了摇头，安慰她："不小心有蜡油滴在了手上，没关系的。"

唐落心疼她，嘟嘴小声埋怨道："那个顾决真该千刀万剐……要是他答应了你的追求，你也不用特地来这里求姻缘了……"

夏时意笑她孩子气，然后低头认真继续点香火。点燃后，左手在上，右手在下握住香，高高举过头，心中呢喃了几句，默默地祈愿。结束后，将香插进香灰里，算是完成了烧香。

夏时意轻轻舒了口气，拍拍手，对等她的唐落歪了歪头，示意她说："走吧。"

走在佛堂殿前，唐落忍耐不住好奇心，悄悄问她："你刚刚许的愿不是关于顾决的吧？"

夏时意听后猛地停下脚步，转头看她，睁大眼睛："你怎么知道？"

唐落撇撇嘴："顾决这个名字念起来很特别，也很容易辨别，我刚刚看到你的唇形好像没提到他，所以好奇……快说快说，你不为他那为的谁呀？"

夏时意唇角翘起，耸耸肩，只答了两个字："秘密。"

这个秘密是——

愿我夏绫有生之年，能够再遇陆行彦。

夏时意和唐落两人一一拜完各个殿堂的诸天神佛，已经接近上午九点。因为要将完成的服装订单按照指定的时间送到客户的手上，她们匆匆

离开了圣灵寺，赶往市中心商业区的国际大酒店。

　　没想到，夏时意居然在电梯里巧遇顾决。

　　夏时意和唐落从电梯里进来后，背对着顾决和他公司的一行人。顾决一开始并没有发现夏时意，正低头认真听旁边的法国客户提出的合作事宜。倒是顾决身边的小助理对着电梯光滑的墙壁整理仪容的时候，无意中发现了那个害他差点丢掉工作的夏时意。他悄悄四下一望，趁着没人发现他，就故意在镜子里对夏时意得意地竖起中指，以此来解那一晚的气。

　　这中指一竖，不仅让夏时意发现了那个男助理，也让顾决发现了夏时意。

　　顾决的视线从夏时意的身上不动声色地收了回来，看了一眼那个做了坏事正使劲低下头的男助理，慢条斯理地开口："丁然，下一次再让我看到这个动作，也就是你走人的时候。"

　　站在前面的夏时意摸了摸鼻子，暗想，堂堂顾氏最高执行者，怎么能动不动就叫人辞职不干呢，害她莫名其妙就得罪了这个丁什么然的娘娘腔助理。

　　男助理瞪了一眼在旁边看好戏的夏时意："顾总，我、我、我……"我了几次，他最后也只能没有骨气地点点头。

　　一直注视着他们一举一动的夏时意见顾决没有主动开口的意思，便笑着看向他，先打招呼："顾总，这么快又见面了呢。"

　　顾决没说话，目光定在她的左手手背上，突然问："你的手怎么了？"

　　夏时意一愣。

　　身侧的唐落觉得是她大展身手的时候了，于是努力往顾决的方向挤，中途还装作无意踩了那个男助理一脚，终于凑到顾决身边，压低声音对他说："还不是为了顾总你呀，时意今天去——"

　　唐落的话还没有说完，电梯门就已经打开。

　　夏时意一把拉过唐落，示意她不要多嘴，又对顾决言笑晏晏道："多谢顾总关心，小伤而已。"

　　顾决也没有其他表示，淡淡点头，从她面前离开电梯，又继续和身边的法国客户边走边交谈。

　　夏时意看着他离开，直到电梯门快要关闭的时候，突然倾身，毫无预兆地撞在电梯门上！

　　她刚刚听到顾决在用法语和那个人讲话，那个口音是……

　　唐落对她莫名其妙的行为困惑不解："时意，怎么啦？"

　　"没什么。"夏时意缓缓摇头，"大概是我听错了。"

　　顾决的法语口音，怎么会令她如此熟悉？好像曾经在哪里听过，可她又一时想不起来。

　　顾决将远道而来的法国客户送到酒店房间后，漫不经心地对男助理吩咐："派人去药店买一盒治疗烫伤的药膏，送到夏时意的工作室。"顿了顿，又说："记住，不要以我的名义。"

CHAPTER03

第三章

那个长夜 终见温柔

TIME

W I L L D I E

WITH YOU

（1）诱饵

隔天下午，夏时意整理好手里的设计图，踏出工作室的门，准备去茶水间冲一杯咖啡，偶然在走廊尽头处看到助理唐落正眉飞色舞地打电话。她本欲走，听到"顾总"这二字，下意识地停住脚步，静静地在原地站了几秒。

唐落与萧岩之间能谈起顾决，倒也不足为奇。萧岩在顾氏集团担任业务部经理一职，夏时意也是因为借助他的帮忙才能得到那场庆典中模特走秀的工作。同样，那天也是因为萧岩的关系，无意中得知顾决会出现在酒吧，她才动身前往守株待美男。

夏时意背对着唐落，耳边却听得清楚："今天这么早就来接我？哇，你们顾总居然愿意这么快放人……咦？你们公司要暂时停止收购安丰的计划吗？怪不得你工作日不加班……"

唐落挂断电话，看到夏时意的身影，一蹦一跳地走到她身后，拍拍她的肩："时意，时意，告诉你一个好消息，萧岩今天不加班哦，我可以早点见到他了，哈哈……"

夏时意站定，手握着马克杯，嘴角翘起："刚刚你打电话的时候我听到了，你一高兴声音就比平时大好几倍，想听不到也难呢。"

唐落不好意思地吐吐舌头。

夏时意温柔地道："就知道你等不及了，那还看着我干吗？去和他见面呀！"

唐落嘻嘻一笑，欢快和夏时意挥手道别。

大楼前，一辆黑色商务车早已等候多时。

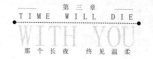

唐落叫了一声，快速冲到萧岩面前，然后埋首在他胸前，撒娇："岩，多谢你的帮忙啦。"

萧岩低头看她，表情满是宠溺，无奈道："难道我有得选择？"

唐落瞪他："当然没得选！时意可是我们的大恩人！如今她有难，我不帮她帮谁。"

萧岩伸手揉了揉她的发："落落说得是，谁让我们承了她那份情……好吧，这个'商业间谍'我为你当定了，哪怕丢了工作也万死不辞。"

一席话，让唐落笑得眉眼弯弯，踮脚亲了他一口。

他们都以为，夏时意对顾氏最高执行者顾决一往情深却苦追不得，出于回报心理，伸手相助。从始至终，有关顾氏集团的一切，都是唐落和萧岩有意透露，让夏时意牢牢掌握顾决的最新动态。

嘈杂的工作室内，夏时意办公桌上的咖啡早已冷透。

几十分钟过去，她只想着一件事情。顾氏突然停止收购安丰，无非是因为安丰和顾氏的利益起了冲突。而她，怎么利用这件事情才能让他对她真正上心？目光落到桌上被文件压在最底层的订婚请柬上。

思虑良久，夏时意拿出手机，拨通电话："方寅，我们见最后一面吧。"

购物中心顶楼的西餐厅内，方寅等够一个小时，夏时意终于姗姗来迟。

华丽绚烂的水晶吊灯下，服务员将佳肴一一端上后，渐渐走远。银质餐具映衬着洁白的瓷盘，闪闪发光，厅内有低婉缠绵的钢琴曲在流淌，空气中隐隐散发着各式餐点的香气，诱人食欲。

夏时意一手端起葡萄酒，抿一口，再放下，如水双眸看向方寅："方寅，还没有对你说一声恭喜。"

方寅放下刀叉，扶一扶金丝边镜框，苦笑："你不是不知道，我喜欢

的人是你……你又何必来挖苦我。"

夏时意轻笑一声："这话我听听就算了，下次可别再说了，我才不想让你的未婚妻吃醋。"

方寅叹了口气，神色有点落寞："夏时意，你是不是故意这样一遍一遍提醒我快要订婚的事实？谁都知道这只是一场有名无实的婚姻罢了。"

方寅是地产界的后起之秀，几个月前曾经在顾氏楼盘的开业庆典上对夏时意一见钟情。讽刺的是，他向夏时意表白之后没过多久就给她送来一张订婚请柬，万般恳求她，希望让他在订婚前见她最后一面。虽然如今联姻再寻常不过，却还是让方寅的幸福就此终结。他刚刚遇上令自己钟情的女子，却只能挥一挥手，从此与伊人天涯两望。

夏时意终于有点心软："我……对不起。"

方寅摇摇头："时意，你能来见我这最后一面，我就已经很满足了。"

"我其实……"夏时意犹豫了几秒，像是难以启齿般，"今天是有事才来找你的。"

方寅了然，却是今晚第一次笑了："这才像你，时意，幸好我本就没打算自作多情，早就做好了心理准备……所以，什么事需要我帮忙尽管开口，或许以后也没有机会能为你效力了……"

人心毕竟是肉做的，夏时意从不是冷血无情的女子，所以当她听到方寅无怨无悔的表态，难受得使劲咬唇。

夏时意狠了狠心，拼命克制住内心那些儿女情长，决定以要事为重。她低头从包内找出一张照片，推到方寅的面前，直接切入主题："这个人，你认识吧？"

方寅只看了一眼就已认出那人，声音止不住的讶异："易渊，你怎么认识他？"

夏时意不多解释，快速地说："我查到易渊今晚会陪他女友来楼下的

044

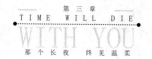

购物中心买东西，所以我需要你和我装作很亲密的样子出现在他面前。"

考虑到那人在房产界的地位，方寅神色略微凝重："这个忙我可以答应帮你，但时意你要记住，易渊的手段很不一般，报复心极强，你千万不能得罪他。"

夏时意笑意浅浅，像是并没有介意易渊这个人，只说："好，我知道了。"

对于易渊心胸小这一点，她早已领教过。

曾经因"臭男人"这三个字无意中得罪了万花丛中过，片叶不留身的大妖男易渊，在不久之后，拜他所赐，夏时意的服装设计订单大笔流失，损失无以计量。

夏时意却无心与他斗，将计就计，干脆慢慢减少工作量。时日一长，谁都知道夏时意的订单千金难求，打破头只为争得她手里那屈指可数的订单名额。

物以稀为贵，人世间从来都是这个道理。从某种程度上来讲，夏时意如今在时尚圈的身价和地位，还全靠他易渊才得以成全这一场传奇。

兵无常势，水无常形，能因敌变化而取胜者，谓之神。

顾决改变收购策略又如何，而对他来说，唯一不变的，就是他的劲敌，易渊。

她狠得下心豁得出去，亦有足够胆量去利用易渊得到她想要的，假以时日，若易渊真对她落刀又如何，还有一个顾决替她放手摆平。

前提自然是，那个时候，顾决已对她死心塌地，情深不移。

晚上八点，时代购物中心。

能够让易总舍得花时间并放下身段陪着到这里购物的女人必定不简单，要么是他爱她极深，要么便是这个女子对他而言有利益可取，两者必居其一。但无论哪种，夏时意都能用这张牌打出胜局。

　　很快，夏时意就见到了那颗能够让她取胜的棋子。彼时，她在为方寅试领带，方寅低头看着夏时意，眉眼间深深隐匿着温柔："我真不后悔帮你这个忙，有你这一条领带，怎么算也都值得了。"

　　条纹领带，很衬温文尔雅气质的方寅。夏时意认真看他，却微微一闪神，陡然想起记忆中那个早已远去的温柔少年，陆行彦。

　　方寅温润如玉的模样，真像他。

　　就在夏时意这一闪神之间，方寅却已经注意到了她身后的方向，易渊正和他的女伴远远朝这里走来。

　　方寅轻咳一声，提醒她："时意，易渊要来了。"

　　夏时意飞快敛神，收拾好情绪，脸上一派从容得体。她伸手与方寅牵住，和他一道走出男装店。

　　方寅手心尽是汗，脸微红，神情有点不自然，却毫无疑问，有幸福的表情。

　　夏时意观察到，唇边绽开一抹笑意，是了，喜欢是装不出来的，那种幸福的微妙感，只有当事人才可切身体会。心思缜密如易渊，这种小细节是绝对不会逃过他的那一双毒眼，这也是她让方寅来演对手戏的原因。

　　古语说得好，知己知彼，方能百战不殆。

　　果然，在等女伴换装的易渊见到夏时意与方寅两人，眯起眼睛，上下打量方寅，嗓音是一贯的玩世不恭："啧啧，夏小姐本事不错啊，这么快就换男人了？"

　　"自然比不上易总长情。"夏时意言笑晏晏，瞥一眼他身侧的佳人，话语意有所指："听说易总追了你身边这位姑娘很久，易总可要加把劲才是。"

　　一句话，暗示他易渊魅力不够。

　　易渊脸色立刻大变，已经没有和她交谈的欲望，眼神中隐隐带着不

悦："夏小姐这张嘴，看来还真得好好管教管教，不然小心这位先生像顾总一样把你甩了。"

一旁的方寅担忧得眉头深皱，刚想开口却被夏时意阻止。她丝毫不生气："顾总他看不上我，是他的损失，不过我还是要谢谢易总这一番诚恳的忠告。"

易渊哼一声，手揽换好装的佳人扬长而去。

交锋停，硝烟尽。

方寅不解："这就完了？"

夏时意笑意深深："他旁边的女人会告诉他，我们之间这场斗还会继续的。"

易渊没走几步，却被身旁女伴秦晴拉住。他回头，挑挑眉，风流倜傥："宝贝，怎么了？"

那女子看了几眼走远的夏时意，微微迟疑："刚才和你说话的，是夏小姐？"见易渊不否认，她柔柔叹气："我一直很欣赏夏小姐的才学与灵气，我曾多次想要出资请她为我设计服装，无奈却一直被她以各种理由拒绝，可惜了这么一个才华横溢的人不能被我们服装公司所用。"

易渊的目光落在夏时意身上，玩世不恭的眼神渐渐变得深不可测，诡谲十足。

（2）上钩

市中心一家顶级商务会所内。

易渊抽烟已有好一会儿，夏时意才推门进来。

烟雾缭绕，轻佻的嗓音听得不大真切："敢让我易渊等的女人，夏小姐是第二个。"

夏时意落落大方地在黑色真皮沙发里坐下，抬眸笑道："我猜，第一

个是我之前见到的那个女子。"顿了顿，故意说："还真想不到，易总这样的模样与性子，碰到这位柔柔弱弱的秦小姐，也是一点办法都没有。"

易渊不耐烦地打断夏时意，熄灭烟头："夏小姐主动约我，什么事？"

夏时意笑意盈盈地反问："那么，我很想知道，能让百忙中得空的易总前来赴约的理由，又是什么呢？"

"砰"的一声，易渊将酒杯重重砸在玻璃茶几上，水花四溅。他狠狠眯眼，没说话。

夏时意笑容不减，直直与他对视，右手逐渐握紧，悄悄平息心跳。

良久，易渊终于恢复玩世不恭的表情："夏小姐，你让我很欣赏你，居然有勇气敢在谈判中向我要主动权。不过，是谁给你这个胆量和资格的？"

"你。"

"很好。"易渊鼓掌，一下一下，引起空荡荡的会所内回音阵阵，"那夏小姐不如来说说看，我的理由是什么？"

夏时意言笑晏晏，神色满是笃定与自信："易总无非是要让我替你女伴效力，为她所用。我猜得对吗？"

"和聪明人谈话就是爽快。"易渊往后一靠，双手抱胸，唇边笑容诡异，"我的事暂且放一边。夏小姐约我过来，又是为了什么？"

"我知道华易一向视顾氏为眼中钉肉中刺，不如我帮易总献一条从狐狸嘴里夺食的计策，易总想听吗？"

易渊笑容陡失，防备与狠戾顿起："顾决让你来的？"

夏时意撇撇嘴："易总信不过我，那我看还是算了。"说着便要站起身拿包。

易渊没拦她，大脑高速运转。

那天他在为难夏时意的时候，她身边那个戴眼镜的男人是真的急切，情意的确不假，有眼睛的人都能看出来。

此外，之前他的手下告诉他，顾决的确是从酒吧出来，送夏时意回去后，两人之间看起来有点不愉快。尤其是夏时意，把顾决送她的西装随手扔掉，看来顾决真的得罪了她。那么，夏时意今天这一番话就有了道理。

当然，一个小小的夏时意也不值得他花大心力和时间去调查那个男人的背景，但殊不知美人祸水，正是因为他对夏时意的不屑，才导致日后后患无穷。

夏时意赌的就是这一份不值得。对此人如此了如指掌，除却死敌顾决，怕是还有一个她自己。

夏时意拉开门，易渊终于玩世不恭地出声："夏小姐，走什么走，何不坐下好好谈？"

此话一出，易渊落下风，夏时意赢局。

夏时意轻轻放开握住门把的手，心里悄悄舒了口气。她坐回原处，听易渊率先开口："听夏小姐这番话的意思，狐狸指的是顾决，那么这块食，又是指什么？"语气佯装不解，他在等夏时意的筹码，是否足够让他动心和她联手，对付顾决。

"安丰。不用我多说，易总肯定明白近来安丰和顾氏之间走动频繁，这意味着什么我想易总不会不知道。"夏时意语气幽幽，"不管什么圈子什么行业，要搞垮一个人，首先考虑的，就是他的竞争对手。易总，你和顾决之间的关系，天下人都知道得一清二楚，这也是我找上易总的原因。"

"好一个鹬蚌相争，渔翁得利。"易渊忍不住赞叹，"难怪秦晴这么欣赏你。"

"从顾氏口中抢走安丰，这是我和你交易的条件。"

"在商言商，你倒是和我说说看，这中间利益，让我值不值得去为你冒这份险。"

时光
与你共终老
▶Time will die with you

　　"易总的话可真动听，这哪里是为我冒险，分明是在为你自己冒险。而值不值得，我想易总心里最清楚。"夏时意嫣然笑开，"我知道在你们商场上，有种谈判方式叫唱黑白脸。我唱了这个黑脸，再让易总当这个白脸的角色，那位秦小姐自然会明白，追求她的易总高高在上，无所不能，她搞不定的事情易总简单一句话就为她办妥，以后嫁给易总，还愁有什么办不到的事情？"

　　易渊听夏时意对他一口一声赞，笑容愈发玩世不恭："那么，我很想知道一件事，为什么你当初要拒绝秦晴？"

　　"我们这个圈子，因为拒绝才显我们设计师的身价矜贵。"夏时意站起，意味深长地笑，"这个道理，还多亏易总我才明白，避免我走弯路，大恩就不言谢了。最后，但愿易总早日抱得美人归。"

　　一段话，让易渊的脸色顿时变得不怎么好看，因为他想起之前的那场故意刁难，夏时意最终还是起死回生。

　　这个夏时意，万分不简单。

　　出了门，夏时意嘴角泛起一抹自嘲的笑意，为了一个顾决，就轻易把自己卖了。

　　夏时意再次见到顾决，是在三天后方寅的订婚酒宴上，酒宴设在新郎方寅的家中。她本打算不去，以免节外生枝，但她听说新娘的名字后却突然改变了主意。

　　新娘谢诗韵，曾经是顾决的未婚妻。

　　一间偌大的会客厅内，夏时意正坐在金色的宫廷沙发上，一身淡紫色薄纱连衣裙，前后领口开得很低，衬得她肤白如雪，嫩如凝脂。

　　夏时意低头认真摆弄着茶几上的扑克牌，身旁的几个名媛千金边看她手里的扑克牌边悄声细语互相讨论，其中一个女子的神色最为紧张，小心翼翼地看着她的动作。

　　夏时意终于翻牌，离她最近的女子早已等不及，一脸急切。最后不知

050

道夏时意和她说了什么，只见那个女子顿时满面笑容，心情极好的样子。

顾决显然没料到会在这里碰上夏时意，眼中神色略微一闪，静静站在人群中看了她很长时间。

待那些女子一一离开，顾决才慢慢走近夏时意，脚步声在柔软的深蓝色厚绒地毯上显得沉稳从容："夏小姐，好久不见。"他默默地看了一眼她左手的手背，那里光滑细腻如初，这才微微放下心来。

夏时意收起扑克牌，笑看着他，言语间像是丝毫没有意外："顾总，别来无恙。"

顾决低头扫视一眼她手中的牌，意有所指地开口："夏小姐，你确实很会讨女人的欢心。"

夏时意从善如流地点点头，开玩笑："只可惜，我身为一个女人。"

顾决笑了，眸中神色像是好奇："很有意思，有时间为我占卜一次吗？"

"想不到顾总也会对这些感兴趣。"夏时意抿唇莞尔一笑，"反正离酒席开始还有一段时间，那我就不妨试一试。"

顾决在她身边坐下，饶有兴味地看着她手里的扑克牌。

夏时意和顾决说完规则后便开始洗牌。洗牌结束，她将牌分成两堆，推到顾决面前，示意他翻牌。顾决看她一眼，抽走最上面的两张牌，一张方块5，一张红心2，相加为7。夏时意不动声色地在牌中做了小动作，继续洗牌，重复之前的动作，顾决抽走第7张，这一次，是占卜中的关键牌，出牌是张黑桃Q。

顾决将那张黑桃Q卡在食指与中指间，意味深长地看着她："如何解释？"

"黑桃Q，代表即将遇到一个令你中意的人。"夏时意支起下巴，慢慢眨了眨眼，"顾总，你的桃花运就快出现了。"

顾决满眼揶揄："夏小姐是不是还想说，那个让我中意的女人名字叫夏时意？嗯？"

夏时意落落大方地对上他的视线："顾总能这样想真的是太好了。"

顾决表情玩味："这句话我能不能理解为，你在追求我？"

夏时意拿起茶几上水果篮中的一个红彤彤的苹果，在顾决的眼前摊开掌心："不知道顾总有没有听过这样一句话，You are the apple of my eye？"

"出自圣经，意思是——"顾决垂头看着她手里的苹果，低声道，"你是我最喜欢的人。"

夏时意嗓音慵懒："这是我的答案。"

顾决猛地一抬头，不说话，墨色瞳仁将她深锁，下巴的线条逐渐变得冷硬。

夏时意安静地看着他，笑容渐深，似是调情，目光不躲不避。

气氛一下子微妙起来。

终于，顾决首先移开视线，将苹果放回原处，不紧不慢地开口："有没有人和你说过，你也很会讨男人欢心？"

"很多。"

"夏时意，你并不缺少男人的钟情。"顾决勾起唇角，"况且，你也不见得有多爱我，不是吗？"

"我不否认。但是——"夏时意笑，避重就轻，"顾决，我需要你。"

是的，她需要他。

爱？这个词太重太重，她早已承受不起。在她身上，是绝对不可能再有爱这回事的。

曾经与陆行彦那一段地老天荒的誓言，终究也只能落得一场爱欲绝，

恨不亡。

真正是，情天恨海。

这是两人认识以来，夏时意第一次真正喊顾决的名字，简单两字，却让顾决霎时恍了神，一时间忘了接话。

"顾总，和你讲件趣事吧。"夏时意见顾决沉默良久，便主动转移话题，"我助理小落在追她男友的时候，圣诞节那天买了一大箱苹果，准备和那个男生告白。但没想到那个金融系男生特别有经商头脑，因为圣诞节那天的苹果很有价值，于是就兜售那一整箱苹果，卖出了比以往更高的价钱。我助理知道后，哭得一塌糊涂，一个劲埋怨他不解风情，后来好长时间都没有再理那个男生。不久之后那个男生为了追回她，又花了几倍的钱买回那些苹果，在她宿舍楼下用了整整一箱的苹果摆成LOVE的形状，才让我助理心回意转……"

酒席开始前，顾决终于恢复波澜不惊的表情，对夏时意淡淡地说："夏小姐，如果今天你手里拿的不是扑克牌，而是摆成LOVE的苹果，也许我会考虑一下你的示爱。"

（3）舍得

顾决先走，夏时意到的时候，发现顾决已经落座，不曾看她。很多桌都已坐满了人，她最后被安排坐在顾决身边。

开席不久，夏时意凝神看着不远处敬酒的一对准新人，没有发现顾决也在目不转睛看她。待她察觉，顾决却已收回视线，道："看起来，你对他们很上心。"

夏时意偏头一笑，小声说："我只是在好奇，亲眼看着曾经的未婚妻嫁给他人是一种什么感觉？"

顾决慢条斯理看她一眼："既然是曾经的，那如今又与我有什么关系？"

夏时意却并不相信他能如此大度，眼神略带怀疑。

果然，顾决继续不紧不慢地说："要真说有什么感觉，我只能说可惜，可惜我昔日的未婚妻嫁给了一个远远不如我的男人。"

夏时意不禁在心中默默为无辜中枪的方寅抱不平。怎么忘了，顾决毒舌起来一向不留丝毫情面。

由于他们这桌是男方主宾，所以两人说话间，新郎新娘很快就在几位亲朋的陪同下过来敬酒。

新郎方寅特意走到夏时意这个方向，率先举起酒杯："感谢各位亲朋好友的捧场。"

旁边的伴郎一一为新娘介绍，但轮到夏时意的时候却有些犯了难，显然他并不认识夏时意："这位是……"

夏时意刚要接口，两个男声不约而同地响起："夏时意，时装设计师。"

一时间，谈笑风生的气氛变得静默下来。

顾决和方寅彼此看了一眼，大家都是成熟的男人，自然知道该说什么不该说什么，于是相互笑了笑，倒也没发生什么。谢诗韵却站着不动，刚刚顾决的举动她眼里看得分明，心里很不是滋味。她神色有些怪异地看了几眼被两个男人夹在中间的夏时意，总觉得像是在哪里见过她。

容不得夏时意多想，察觉眼下情形不对，她便主动站起身，言笑晏晏地向新娘新郎敬酒："恭喜，时意祝二位百年好合，早生贵子。"

方寅目光温润，边言谢边与她碰杯。这时身旁的谢诗韵却突然挽住他的手臂，故作热情道："初次见面，还多谢夏小姐的赏光。"她的力道微重，导致方寅握酒杯的手有些不稳，杯中的酒有几滴溅出，洒在夏时意的裙子上。

这般变化，全被顾决看在眼里，但他不出声，静默旁观，丝毫没有为夏时意解围的意思。

　　方寅轻轻皱眉，想说什么，最终又作罢，和一众人离开。倒是夏时意全然不在意的模样，清浅笑笑，又坐下来，神色平静地吃菜。

　　席间，夏时意感觉略有不适，便提前离座，去了洗手间。她走后没多久，顾决也起身离开。

　　夏时意从洗手间出来后，竟意外地看到顾决和新娘谢诗韵在不远处面对面地说着什么。她悠闲地靠在墙上，静静听他们讲话。

　　"顾决，你的腿……似乎恢复得不错。"

　　"劳烦谢小姐费心了。"

　　"那位……夏小姐是你的女伴？"

　　"我们认识。"

　　"顾决，你……我……是我当初对不起你，你能来这里，我也不想再奢求什么了。"

　　"以往的那些，我已经不大记得，谢小姐不用在意。"

　　夏时意觉得有些无趣，转身欲走，却差点撞上身后不知站了多久的方寅。她惊愕，愣愣地看着他："方寅，你怎么会在这里？"

　　方寅的脸上有歉疚，声音如春水般温柔："刚刚你没事吧？"

　　"我能有什么事？"夏时意失笑，不在意地推推他，"你可是今天的主角，还不快去忙？"

　　"我估计你会来洗手间，就让诗韵找了件衣服在这里等着给你。"方寅却站着不动，目光看向她身后，"但没想到她和顾总之间似乎……"

　　夏时意表情困惑地道："你不知道她以前曾经是顾决的未婚妻？"

　　五年前，顾决和言歆分手后，他的父母曾经为顾决安排了一场亲事，对方正是政界名媛谢诗韵。然而不久女方谢诗韵突然悔婚，理由是顾决当时双腿受了重伤，而她承担不起这个可能要背负一辈子的责任。

顾决一家倒也不勉强，很快取消了这场婚事。人情本就凉薄，谁都有趋利避害的本能，更何谈责任，来来去去无非只为"自我"二字做打算。

谁知方寅的神情倒显得更加意外，尔后变得了然，他摇头："了解得很少。"

言下之意，因为他对谢诗韵不在意，所以并不多关注她的那些过往曾经。

还真是一场可悲的联姻。

夏时意一时间也不知道说什么好，却听见方寅问："那个顾总，最近是不是和你走得很近？"

夏时意却没出声，看向前面。那边只剩顾决一人，而他恰巧抬头，也发现了两人，正朝这个方向缓步走来。顾长挺拔的身姿优美如剪影，让世间千景万物都转瞬沦为背景。

只这一眼，夏时意的注意力就被顾决全部夺走。

顾决站定，对方寅微微一颔首，然后将原本在谢诗韵手里的外套披在夏时意的身上，音调平淡："刚刚碰巧遇到谢小姐，她托我把这件衣服给你。"

夏时意拢了拢外套，没有拒绝。她和方寅打过招呼后，和顾决一道按原路返回。

走廊里，夏时意忽然想起之前听到的谈话，歪头看了身旁的顾决一眼，故意打趣道："真看不出来，居然还会有女人不要你。"

顾决对她的调笑似乎并不在意，漫不经心地开口："应该说，没有人会平白无故接受一个负累。"

"得了吧，依我看，当时你的腿伤说不定是故意而为，目的就是想要摆脱那场订婚。"夏时意笑出声来，"谁都知道，你那时心系你的青梅竹

马言歆言小姐。"

顾决猛地停住脚步，似乎是不愿意再继续这个话题，声音忽然冷了下去："夏时意小姐，有时候最好不要那么自以为是。"

"抱歉……"夏时意耸了耸肩，做了个给嘴巴拉上拉链的动作，她只当无意中戳破顾决的感情痛处，让他有点恼羞成怒了。

这个话题过后，两人很长时间都没有再说话。

下楼的时候，夏时意被墙上的一幅照片吸引住，她停下脚步，仰头细看。

那是一幅温莎公爵夫妇的黑白照片，相片中两人彼此凝望，相视而笑，看起来幸福美好。

夏时意这一看，时间并不短。顾决也不阻拦，只不紧不慢道："温莎公爵，也就是爱德华八世，不顾内阁的威胁和反对，甚至甘愿放弃皇位，只为了娶一个结过两次婚的女人为王后。"

夏时意难得沉默，这让顾决有点诧异，他转头看向身旁静立的女子。

深栗色卷发因为仰头的动作似瀑布倾泻，从她如雪的双肩滑下，纤长的睫毛眨动着如同蝴蝶翩跹起舞，身上那抹若有若无的风情和婉约让她仅仅是站在那里就让人无法转移视线。

夏时意说不清是羡慕还是动容，漆黑双眸中闪动着盈盈水波般的光泽："他那一句'我只想给心爱的女人一个家'让后世很多情侣动容，在那位国王眼里，怕是王位也比不上他爱的女人重要吧。"

"很可笑是不是，用一个国家换得一场爱情。而更可笑的是，这位国王被后代记住的原因不是因为他在政治上有所作为，仅仅是因为他的爱情。"顾决挑挑眉，"没想到在这里看见这幅照片，看起来倒显得有点讽刺这场联姻。"

夏时意转头看他，唇角含笑，打趣："看来堂堂顾总对这位伟大的温莎公爵很不屑啊……"

顾决眉目清冷，不紧不慢地说："被感情主宰的人，往往在大事上也不会有什么作为。倘若有朝一日，谁要我顾决为了她把顾氏置于危险之中，我这里——"他食指中指并拢，点点脑袋，声音极淡，"第一个不允许。"

夏时意长久与他对视，突然出声："要和我赌一赌吗？"

"嗯？"

夏时意走上前，纤长白净的手指点在顾决的左胸口位置，轻笑："可是你这里会让步。"

你的心，这里会令你为你的女人让步的。

就是不知道谁会有那么好的运气了。

"是吗？你就这么笃定我会为一个女人让步？"顾决似笑非笑地看着她，人畜无害的模样，"夏小姐这样一说，倒让我想起一件事。听闻近来华易易总和夏小姐关系匪浅，这个中缘由，怕是耐人寻味。"

夏时意笑吟吟地看着他："顾总的意思是……"

"希望你不是在报复那一晚我的不绅士，但劝你最好不要和顾氏作对，一旦你和华易扯上关系，我们之间的关系，只有一个定义——"顾决直直看着她，"是敌非友。"

"如果扯上了关系呢？"

顾决的声音淡漠冷静："绝不留情。"

夏时意定定看着他，笑言："顾总，我一定会让你舍不得的。"

顾决不置可否地笑了笑，却不说什么，转身下楼。

（4）示爱

这周五，顾决的办公室突然多出一个箱子，而让所有下属都大跌眼镜的是，顾决竟然没有让小助理解决掉那个装着不明物体的箱子。

有知情人士透露，亲眼看到顾总从那个箱子里掏出了一个……苹果！然后一个人坐在办公椅上看得全神贯注，任何人喊他都不理不睬。

顾决的心性被商界里尔虞我诈的斗争磨练得足够淡漠，如今已经很少有什么能引起他的兴趣和关注，而夏时意一大早送来的满箱苹果却意外地夺走了他一整天的时间，实属罕见。

难怪众人纷纷咋舌，一个领导数万下属的最高执行者，工作清闲到这种地步了吗？光是看苹果这种非常接地气的玩意儿就能看上半天？还是已经无趣到要对苹果进行一番结构解剖？

但无论哪一种情况，都万分不符合这位腹黑毒舌总裁的性格设定啊。

夏时意一向是行动派，在那天顾决似真似假的"如果今天你手里拿的是摆成LOVE的苹果，也许我会考虑一下你的示爱"表态后，立刻派人送来一整箱苹果。

52个，寓意是，吾爱。

顾决摩挲着苹果光滑的表皮，落在这些苹果上的目光满是玩味。这些苹果，每一个都被刻上了四个字，顾决之属。

正巧秘书长进来，顾决指着其中一个苹果问她："你知不知道这些苹果上面的字是怎么刻上去的？"

"不算很难，但也要花很大心力。"秘书长恭敬地回答，"先用纸剪出字样，贴在苹果上，然后放在太阳底下晒，这样除了被贴住的果皮，其他部分都会发生变色。最后还要把纸撕掉，这样苹果的果皮上就会出现字样。"

顾决听后沉默了几秒，诧异地看着秘书长："这些，你怎么了解得一清二楚？"

秘书长推推眼镜，淡定答道："是这样的，之前我看到顾总桌上的这些苹果也很好奇，所以就用百度搜索了一下。"

秘书长出去后，顾决忽然做了个决定。他拨通内线，下指令："暂时

取消我今晚所有的行程。"

月光如绸缎，柔柔笼罩在高耸入云的建筑物上。万千银河中的星辰一闪一闪，如世间最昂贵的碎钻一般耀眼夺目，和整座城市的灯火交相辉映，美好恍若童话。

顾决的车停在夏时意工作室的楼下时，正巧碰见夏时意送客户出门，他并不出声，只长身玉立在车前，双手插在裤袋里静静地等，等夏时意发现他。

夏时意和客户道别后，一眼就注意到了顾决那引人注目的身影，嫣然笑开。她走近。

"给你一个晚上。"顾决表情冷静，淡淡地道，"今晚，我属于你。"

他为实现承诺而来，而至于夏时意会怎么做，他拭目以待。

夏时意带他来的地方是一个临江公园，夜色浓稠，对岸江面波光粼粼，万家灯火，车水马龙。

而让人为之动容的，是草坪上那一地萤萤之火，梦幻一如月下繁花开。

很显然，夏时意精心策划这一晚已很久。

顾决再次开门下车的时候，怔了怔，尔后目光变得有些复杂。不是没有人追过他，但论及耐心和用心，远远不及他面前的夏时意。

夏时意随意在草坪上坐下，笑意盈盈："我带你来这样一个地方，会觉得意外吗？"

顾决随手将西装搭在臂弯处，和她并肩坐下，不紧不慢道："是我低估你追求的手段和决心了。"

"显然，你对这个地方很满意。"

顾决不否认，看了一眼夏时意："为什么会选这个地方？"

夏时意双手环膝，看着萤火虫的方向，狡黠一笑："女孩子的行为都是有特殊含义的，不如你来猜猜看，理由是什么？"

顾决沉默良久，才坦然摇头，诚实地对她说："我没有认真研究过，想不出答案。"

"喏，看到这些萤火虫在发光吗？"夏时意的细眉扬了扬，满眼笑意，连声音都带了种轻快的明媚，"传说中，萤火虫发光，是代表它们在求爱。"

她歪了歪头，容颜在月色下格外好看："而我，也在求爱。"

10秒，20秒，30秒……

一分钟后，顾决猛地一翻身，将夏时意困在身下，双手撑在草坪上，居高临下看着她，眼底是一片化不开的浓郁墨色。

这一场萤火之舞，绚烂满地。

这一场情意之言，蛊惑人心。

不是第一次了。这不是夏时意第一次明目张胆地对顾决示爱。从一开始，钥匙、黑桃Q、52个苹果，以及那'顾决之属'四个字，都无一不表明着夏时意对顾决的用心良苦。

她不掩饰，她明明白白叫顾决看清楚，她夏时意，势必要将顾决带到感情的制高点。

到了这个地步，顾决的表情依旧从容，声音性感得一塌糊涂："继续。"

夏时意的嘴角微微翘起，抬头和俯身直视她的顾决对视："如你所言，我见不得有多爱你，然而——"她的笑意加深，眉眼间风情四溢，"顾决，你是我存在的理由。这样讲，够不够？"

"够。"顾决微微一笑，视线锁住她，不急不慢道，"夏时意，让我对这样一个你动心，这实在是一件轻而易举的事情，这一点我不否认。但是——"

"但是，你就是不想这么快答应我，我说得对吗？"夏时意接话，看着那个高高在上的男子，无奈地叹气。

这个骄傲的人啊，还在等，在等一个让他彻底臣服于她脚下的机会。

而她不急，她有的是耐心，有的是时间。

顾决风度翩翩起身，然后就这样站着，背对着夏时意，淡声道："很久之前，我爱过一个女人，可是她从头到尾都不知道我的存在。"顿了顿，继续道，"夏时意，我没有你想象中的那么好。"

《圣经》里有句话这样说，It's written——命中注定。

他遇到那段命中注定的爱情，曾经除了她，再也不想注视别的女人。

然而又是因为什么，令他终于再也不能。

月凉星淡，长风浩荡，群萤起舞。

夏时意站起，执意转过他的身子，让他面对她，轻声安慰："如果你愿意听一听我的过去，就会知道，你的遭遇比我好了太多太多。"

人这一生，谁没有当过几次配角？

八年前的她，盲了心盲了眼，只活在一个人的世界中，世间的千景万物，远远都不如那人的无心一笑。

这个人的名字叫，陆行彦。

"曾经我很喜欢很喜欢一个人，喜欢到答应帮他追其他的女孩子。我出主意，让他送一个笔记本给那个女孩，那个笔记本贴了满满的告白话语。"

实际上，她也有一个一模一样的笔记本，只不过，告白的对象是陆行彦。

"全班春游，我帮他在风筝上写着那个女孩的名字，放风筝的时候，全班同学都看得到那个风筝上的名字。"

实际上，她也有个一模一样的风筝，只不过，风筝上的名字是陆行彦。

"但我亲眼看着那个女孩对他越来越心动,我后悔了。"夏时意的声音里满是苦涩,"我真的后悔了,当我得知他打算向那女孩告白后,于是设计阻止了他的计划。可是最后,他们还是在一起了……很好笑吧?是不是觉得很好笑?"

夏时意慢慢讲完,才发现自己早已不知何时满脸泪水。

而顾决,伸出修长的手指,认真替她擦拭眼泪,声音淡淡地道:"如果女孩子落下的眼泪是珍珠,这些要是加起来,大概富可敌国了吧?"

简单一句玩笑话,让夏时意瞬间破涕为笑。

顾决见夏时意笑了,于是放下手,也跟着淡淡地笑了:"你真的觉得,在我面前说这么多以前的事情,就笃定我不会吃醋?"他微微低头,与夏时意对视,神色平静,"这样用心的夏时意,只是为了成全这一段感情的夏时意,我不觉得可笑。一点也不。"

那个长夜,漫天星星下,他终于对她坦诚那一点点温柔。

然而就是这样一种漫不经心的温柔,让她一生都深刻铭记。

(5)深吻

那一晚过后,夏时意很长时间都没有再与顾决见面。

财经杂志最近有一条爆炸性新闻,安丰地产前一年开发的娱乐场大获收益,却由于商业间谍一事,差点宣告破产。不久之前,华易看重安丰的发展前景,出资寻求合作,将娱乐场那一块地的周边规划为高档别墅区。却不想,别墅销售远远不如人意,导致华易的资金无法回笼,拖垮旗下同时进行的其他项目。

这则消息一出,顾氏集团的人对华易积压已久的不满和怨气尽数宣泄,无人不拍手叫好。

但顾氏集团的最高执行者顾决，看到这则新闻后，却陷进了沉思。他站在窗前，耀眼阳光细细密密地勾勒出他优美如剪影的身影，浓墨重彩般渲染出他狭长的眉眼与秀挺的鼻梁，让人辨不清他眼眸深处的喜怒。

那天他与夏时意的对话，言犹在耳。

"希望你不是在报复那一晚我的不绅士，但劝你最好不要和顾氏作对，一旦你和华易扯上关系，我们之间的关系，只有一个定义，是敌非友。"

"如果扯上了关系呢？"

"绝不留情。"

"顾总，我一定会让你舍不得的。"

夏时意那么聪明的一个女人，既然下定了决心来追求他，那么她是绝对不可能站到顾氏的对立面的……这也是为什么他这句"绝不留情"的话只是说说而已，否则，他怎么可能在知道夏时意和易渊见面后却没有任何动作。

如果他猜得没有错，从那一晚他进酒吧开始，她就已经掌握了他全部动态。包括顾氏打算收购安丰，以及顾氏从这场收购战中突然退出，她都明白得一清二楚。

那么，她安放在他身边的棋子，到底是谁？

不管是谁，顾决都要很感谢他，无形中让夏时意一步一步掉进他精心设计好的陷进内。

顾决返回到办公桌前，翻了翻日历，一个星期。足足一个星期，夏时意始终都不曾出现在他的眼前。这一个星期以来，他一直在等，等一个足够说服自己去光明正大见她的理由。

这个理由，如今终于被他等到。

就在今晚，他决定，收网。

工作需要，让夏时意搬离之前的那个工作室，但这并不妨碍人脉广大的顾决找到她的住处。下班时间一到，他一刻不多等，即刻把车开向夏时意的工作室。

顾决把车停在夏时意工作室的楼下，拨通她的电话，没有废话："你下来，或者我上去。"

结果是，顾决上去。因为夏时意在裁剪一件时装，走不开，而他又不愿意再多等一刻。

顾决一进门，不顾工作室的其他人在，紧紧拽住夏时意的胳膊，冷声问："夏时意，你知不知道，能够算计易渊再从他眼皮子底下全身而退的人，除了我再也没有第二个。"

夏时意示意其他助理都出去，偌大的工作室里只剩她和顾决两个人。

夏时意莞尔一笑："顾决，你在担心我。"顿了顿，她耸肩，继续道，"我也从来没打算能够全身而退啊。"

顾决盯着她，沉声说："夏时意，你在玩火。"

"你说得没错，确实，我玩了他一把。"夏时意落落大方地承认，"让他误会我与你不和，之后我假意和他联手对付你，但他想不到我其实在算计他。"

顾决慢慢松开她，表情高深莫测："设计让安丰成为华易的囊中之物，让安丰拖垮顾氏的劲敌华易……夏时意，我是不是该感谢，你为我报了多年前那一场背叛之仇？"

夏时意耸耸肩，唇边笑意澉滟如水："看起来，我成功了呢。"

"你等这一刻等了很久了吧？"顾决不紧不慢地说，"这些天不出现在我面前，你就是在等我主动出现在你面前的这一刻？"

"还好，比我想象中要快。"夏时意眨眨眼，狡黠得像只猫，"顾决，你还记不记得，我说过，我一定会让你舍不得对我绝不留情的。"

"原来，从一开始你就在计划，为什么？"

时光
与你共终老
▶Time will die with you

夏时意仰头，认真看着顾决，慢慢笑了，那笑容如六月荷花初绽，极尽旖旎："1956年，世界国际象棋大师Bobby Fischer对抗Byrne的时候，Bobby Fischer赢了，因为他在第十七步牺牲了皇后。而我，愿意做你的皇后，为你所用，被你牺牲，换取胜利。这就是理由。"

巴比伦国王愿意用半壁江山，换莎乐美一舞。

而她愿意为他打下江山，只为了换一次机会。一次他对她动心的机会。

长久的沉默后，顾决终于开口，低声念她的名字："夏时意。"

夏时意笑应了一声："嗯？"

毫无预兆，顾决蓦地伸出手，理了理她的深栗色长发，微凉的指尖从她柔软的发丝中穿过，最后慢慢滑下。空旷寂静的工作室里，只听得见他的声音有种清冷的质感，漫不经心地荡开："我不得不承认，你这份破釜沉舟的勇气和决心，真让我深深为之动容。"他凝视她，目光沉静，一字一句地说："对你最好的谢礼，就是——为你，我想放纵自己一次。"

说话间，顾决刚刚为夏时意理发的那只手已改成搂住她的腰，用力将她拉进怀中，低头吻住了她粉色的唇瓣。

有电流快速蹿过夏时意的头脑和身体，心跳几乎快得不受控制，起起落落，不停歇。她僵硬了好几秒，才顺从地闭上眼，手指也渐渐不自觉地抱紧他的腰，开始生涩地回应。

顾决觉察到她不拒绝的姿态，于是攻势变得猛烈起来，慢慢加深了这个吻。

意乱情迷中，顾决的呼吸急促且不稳，却尽力保持着冷静和沉稳："告诉我，你选的人，为什么是我？"

夏时意笑起来，眼波因染了情意而显得妩媚风情："因为，你值得我这么花心思。"

顾决唇边绽开一抹笑意，好看得所向无敌："这个理由真动听，我必须承认，我很受用。"

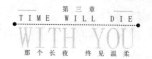

　　两个多小时后，顾决出现在夏时意的单人公寓中。

　　公寓装修得非常温馨女性化，家具选择了明媚轻快的样式和色彩，不凌乱，不多余，整个空间显得舒适宽敞。从每间房的窗户往下看去，整座城市的夜景尽收眼底。

　　顾决悠闲地靠在窗边，目不转睛地看着正挑着红酒的夏时意。他身上的银灰色西装早已脱下，只穿着一件纯棉白衬衣，衬衫领口处的纽扣解至第三颗，露出了胸前一大片白皙如瓷的肌肤，袖口卷到手肘处，整个人一派慵懒的模样。

　　高大时尚的红木酒柜前，夏时意终于挑好红酒，直起身，向不远处看着她的顾决摇了摇瓶身，笑了笑："1988年的柏马仕，怎么样？"

　　顾决不紧不慢地走近，接过红酒瓶，看了一眼："法国波尔多产区近二十年出产的最佳红酒之一。"

　　夏时意接着说："距离今年，刚好25年。"

　　"也恰好是我的年龄。"顾决扬眉，夸赞她："你倒用心。"

　　夏时意开瓶，倒酒，递给他一杯："为你庆祝安丰那一单，应该的。"

　　顾决却像是有意为难她，没有碰杯，似笑非笑道："我忘了告诉你，我一向很少喝酒。"

　　"哦，是吗？"夏时意歪歪头，心情很好地与他开玩笑，"你是怕喝醉了非礼我？"

　　"主次颠倒了。"

　　夏时意无辜地看着他，眨眼："之前在工作室，可是你主动吻我的哦。"

　　"你配合得也很不错，所以——"顾决轻笑一声，神情懒洋洋的，"你要是喝醉非礼我，我同样会非常配合的。"

　　说着，顾决就着夏时意的手，喝了一口红酒，吻住她的唇，将红酒尽

数渡进她的嘴里，然后退开，不紧不慢地用手指拂去她唇上的潋滟水光，低声笑道："柏马仕的味道真不错，是不是？"

夏时意的双眸乌黑发亮，笑意如水波般柔美："原来……顾总连调情的手段都是一等一的高明。"她伸出手，轻轻按了按他左胸口的位置，摇头叹息："可惜，也太冷静了……很想知道，你不冷静的时候又是什么样子……"

心跳平稳，没有一丝一毫的波动。他对她，没有动情，冷静一如以往。这不应该的……

夏时意欲抽回手，却被顾决用力按在胸前不放，他笑了笑，看着她："生气了？"

"怎么会……真的生气的话，那我岂不是前功尽弃了？"夏时意嘴角翘起，"我没有那么小气的。"

"以前有个人对我说，她撒谎的时候耳后会变红。"顾决的视线紧紧锁住夏时意，手指轻触她的耳后根，笑容让人辨不清真假，"你现在，这里也很红。"

夏时意终于收起笑意，和他长久对视，静默不语。

顾决将手撑在长桌上，视线牢牢锁住夏时意，一字一句，无比清晰地道："还记得我和你说过，你的声音很像我的一位故人吗？你们不仅声音像，神态像，习惯像，就连说谎的时候耳朵一样会变红……更巧合的是，你们也一样姓夏……是不是不可思议？"

夏时意蹙眉看他："顾决，你到底想说什么？"

顾决的眼底像是酝酿着一场巨大的海啸，深不见底："夏时意，或许应该叫你一声……夏绫？"

"哐当"一声，酒杯从高处猛地跌落，砸碎在地上。夏时意闻声，身体刹那间僵硬，心跳激烈如擂鼓。她难以置信地看着他，脸上倏然退去了全部血色。

CHAPTER04

第四章

当爱在靠近

TIME
WILL DIE
WITH YOU

（1）试探

这一声"夏绫"，如雷霆万钧之势划破长空，重重砸在夏时意发颤的心头，压得她几乎不能呼吸。

明明是夏季最盛时，可为什么，她分明感受了极地般的寒冷？

月色流光下，顾决长身玉立在窗前，不再说话，唇角笑意深深，极其有耐心地等待着夏时意的回应。

他端着酒杯，慢慢摇晃那杯柏马仕，浅斟慢酌。高雅奢华的红酒随着他摇晃的动作一层层荡然而去，看上去是那样的诱惑人心。

虽然顾决整个人此刻像极了草坪上慵懒踱步的猫，对外呈现出一种漫不经心的状态，可无形之中散发出的那种压迫感，让夏时意觉得，连强扯出一丝笑意都变得分外勉强。

这场意外来得太快太急，将她过往引以为傲的缜密和冷静瞬间击溃。她甚至连下意识地开口否认都办不到。因为她不知道她承认或是否认之后，面对她的，究竟是不是粉身碎骨。

一直以来，顾决都在扮演着否定她是夏绫的角色，在她面前，在言歆面前。

可为什么，突然转眼之间，他的态度就发生了天翻地覆的改变？

她到底哪里露出了破绽，让他怀疑，被他查到了关于夏绫的事？他知道了些什么？又到底是什么时候开始知道的？

夏时意边思考边极力使自己恢复镇定，就像以往面对任何一次变故一样。

她蹲下身体，开始收拾脚边刚刚失手打碎的酒杯碎片，动作持久而缓

慢。

她在为自己争取回应的时间。

也正是因为这种恍惚的走神，导致夏时意全然忘记自己手中握着的碎片，纤细的手一不小心被割开一道长长的伤口，鲜血顿时喷薄而出，渗出来的血很快沾满她的掌心，滴滴答答顺着手指落在地面上，开成妖冶的姿态。

而夏时意浑然未觉，眼中神色一点点波动都没有。

顾决看到夏时意手受伤的下一秒，瞳孔紧缩，唇角的笑意骤然敛去，紧握酒杯的手指慢慢下意识地收紧，比动作变化更快的，是他脱口而出的那一句："夏时意！"

他一向沉稳，万事从容，可仿佛连他自己都没有意识到，刚才这短短三个字，到底包含了怎样的复杂感情。

顾决快步走上前，却在即将到达她身边的时候猛地停住。

从顾决的角度看过去，他分明看到，她抬眸时眼底那瞬间茫然的神色，像只受惊的鹿，引得他的心忽然莫名一颤。

他从未看到过这样的夏时意。

从两人第一次见面开始，夏时意大多时候都是笑吟吟的，那种笑容笃定自信，也正是因为这种落落大方，处变不惊的好姿态，才渐渐赢得他的欣赏，让他不自觉地被她吸引。

从某种程度上来说，他们甚至是相像的，那种捕获猎物时的全心全意，那种为了获得最大利益每时每刻的算计，那种不达到目的誓不罢休的破釜沉舟。

所以今晚他兴之所致，突然很想知道，当她的完美自信笑容露出破绽之后，会是一种什么样的情景？

然而，当他真正看到后，却又开始后悔这样的试探了。

　　泛着寒意的月光斜斜入窗，衬得顾决的面容半明半暗，可他眼底汹涌的暗流却已被回过神的夏时意看得清清楚楚。

　　很多时候，一个眼神就能表达出很多种意义。

　　那一刻，夏时意敏锐地觉察到，当下的局势，已经在不知不觉中悄悄起了变化。

　　他在犹豫。

　　为什么？

　　顾决素来说一不二，从不随随便便下判断，如果连他都开始犹豫，那只说明有两种情况，要么就是他对证据的确凿性临时起疑，准备另做打算；要么就是他因为某种原因后悔了，决定放弃攻击。

　　无论哪一种可能，对于夏时意来说，这样的变化都已经令她足够惊喜。

　　最好的防守就是进攻，所以她不能放弃眼前的机会。

　　她虽不明白情形乍变的原因，可当人在面临退无可退的境地时，总归会有几分豁出去绝对反击的勇气，去冒险，去尝试，壮士断腕，也大抵如此。

　　夏时意慢慢站起身，定定看向神色难辨的顾决。

　　与刚才的惶惑不安截然相反，她翘起唇，绽放清丽笑容，那笑容很美很美，仿佛六月初荷绽放："我是夏绫的这个秘密，还是被你发现了，怎么办呢？"

　　第一次，夏时意在顾决的眼眸深处看到了类似惊愕的情绪。

　　她在心底轻轻地笑，话锋却陡然一转："顾决，你真的以为，我会这样说吗？我是夏绫的这个答案太荒谬，所以抱歉，要让你失望了。我只是夏时意而已，和你们口中说的夏绫没有半点关系。我知道你一定是查到了些什么，但无论你从谁那里听说了什么，我都可以给你一一否定我是夏绫

072

的证据。有再多相像之处，可总归还是会有更多不一样之处。顾决，你说对不对？"

空气凝滞几秒。

顾决不动声色地眯起眼，看夏时意的目光愈发专注。他知道，那个狡黠得像狐狸一样的夏时意，又回来了。

顾决挑眉笑了笑，声音淡淡的，轻描淡写地就将之前剑拔弩张的微妙气氛一笔带过："你说得挺对。是我今晚喝多了酒，糊涂了，都是我的错。"

他像是不愿意再进行这个话题，顿了顿，将话题带至她的伤口上，问："你还好吗？"

但凡受了伤，怎么会好呢？

可在夏时意心里，一次受伤，就能换得顾决意外的退让，于她而言，没有比今晚受伤更值得的事了。

已经是凌晨一点，正是夜深人静时，窗外夜色浓稠如泼墨，深沉得化不开，整座城市都处于静谧中。

宽敞的客厅内，夏时意坐在沙发上，坐在她旁边的，是正为她清理伤口的顾决，脸上的表情专注得几近让人动容。

他轻轻擦掉夏时意掌心斑驳的血迹，用棉签慢慢涂抹着伤口，动作行云流水般流畅，像是曾经做过无数次。

刹那间，周围仿佛连空气都柔和了下来，剔透宛若耀眼星辰的灯光中，男人低头垂眸的侧脸尤其好看，好看得叫人不愿意移开视线。

隔得这么近，夏时意几乎能看清顾决微微眨动的睫毛，恍若纤薄的蝶翼在月色下翻跹欲飞。

是氛围太到位，还是夜色太美，不然她为什么会觉得，顾决此刻低垂

的视线里竟透着一丝暧昧的温柔和疼惜？

　　（2）靠近

　　自从那一晚过后，夏时意和顾决之间，有什么东西变得不一样了。

　　这种不一样，只是对夏时意单方面而言。

　　她开始改变之前对顾决发起慢攻的策略，选择不见不联系。与之前的那种你进我退、欲拒还迎的游戏不同，这一次，她是真的有心要和顾决刻意拉开距离。

　　这几天，她一直在调查顾决的身边最近多了哪些人为他做事，做的又是什么事。在未查清顾决之前，她再不敢贸然接近。

　　那一晚的意外足够给夏时意敲响警钟，让她清楚地看到，她对顾决了解得还是不够，以至于她甚至都不知道，顾决竟然早已悄悄在暗地里进行了一场对她过往的调查。

　　按照顾决的性子，他绝不会重复做两次无意义的事。倘若他下一次再在她面前提起夏绫这个名字，她心里明白，她不会再有那一晚的好运气了。

　　可结果总叫人意外。

　　离夏时意定下"30天成为顾决情人"的计划还剩下最后十天的时候，她接到了调查顾决的人的电话："时意，你托我调查的事情有眉目了。顾氏集团的顾总最近一直在忙城东区那块土地开发权的事，他身边最近的人也都是些商业上的来往，并没有任何调查你的举动和迹象。"

　　夏时意怔住，心思翻涌。

　　如果顾决手中并没有直接或者间接的证据，那么他知道她和夏绫是同一个人就只有一种可能性——他全程参与了那些从未对人诉说的过去。

　　从火灾到住院，从住院到整容，最后浴火重生。

然而……

这根本就是不可能的事。

或许，那一晚真的纯粹就像顾决说的那样，只是"喝醉后的玩笑话"这样简单吧。

思及此，夏时意稍稍定下了心。

她放下手中的电话后，目光落在办公桌旁的日程表上，凝视了很久。

T市天气多变，夜间还是滂沱暴雨，隔天早上一醒来便是大雨初歇后的晴朗天气。

早上八点，蔚蓝的天空中，狭长的白色云朵渐次在天际铺展开来，无边蔓延。

顾决一路开着车，行了四个多小时，终于到达T市郊区外最著名的溯溪地点，塔萨尼格风景区。

他带着女伴一下车，就看见了站在风景区那里等候着的溯溪俱乐部的教练和会员们。

前些天，他在进行土地开发权谈判的时候，与顾氏集团合作者的掌上千金相识，对方得知他最近加入了溯溪俱乐部后，撒着娇非要缠着他，想要跟他一起加入。

溯溪是户外极限运动之一，是由峡谷溪流的下游向上游，克服地形上的各处障碍，穷水之源而登山之巅的一项探险活动。但因溪谷的地形崎岖不平，激流、深潭、瀑布不断，所以危险系数极高。

加上对方又是一个身材娇弱可人的女孩，所以顾决并不赞成她为之冒险，可无奈委实推脱不了，这才答应了对方。

事实上，他也知道，那女孩根本就是醉翁之意不在溯溪，在于他而已。

顾决和女伴过去与俱乐部成员会合的时候，教练正在教某个队员如何使用铁索。

他漫不经心看过去，目光却倏然停住，尔后他讶异地挑了挑眉。

正在和教练说话的那个女人，不是夏时意还能是谁？

她穿着一身鲜红的运动衣，虽是一张清丽的素颜，眼波间却依旧风情万种。阳光从溪谷间洒落下来，细碎的光芒如碎钻一般洒在她的长发间，那一瞬间，连风吹来都是美的。

顾决就这样看了她的背影很久，唇角一勾，无声而笑，那笑容意味深长。

他绝对不会相信，他在这里遇上她会是一种巧合。

"时意，时意！你快看，顾决来了！"

比夏时意先发现顾决的，是她身边的助理唐落。她眼尖地发现顾决的身影后，就拉着夏时意不住地欢快地小声喊。

唐落来之前还在想，为什么夏时意忽然兴致大发，来报名参加溯溪这种户外极限活动。等她看到顾决的时候，终于明白了其中的原因。

只是，一向独善其身的顾决身边，什么时候又多出了个女人？

唐落偷偷看了一眼旁边的夏时意，捕捉到她眼眸深处飞快敛去的一丝黯然。她嘟着嘴替夏时意打抱不平，在心底对顾决哼了哼。

夏时意自然也看到了他身边那位缠着他说话笑闹的千金小姐，心里有种微妙的失落感。

月色流萤飞舞下的温柔，工作室里放纵的深吻，还有她受伤时他为她包扎那一刻眼底的疼惜，凡此种种，顾决到底放了几分真心在里面？

她原本相信是有的。

可当她现在看到，他若无其事地带着别的女人出现在她面前的时候，她却忽然看不透了。

这种看不透让夏时意心里竟生出了几分闷气，以至于她原本是抱着接近顾决的目的而来，此刻反而对他避而不见。

夏时意率先而行，不与顾决打招呼，和唐落两人穿着溯溪鞋，一起踏着流水碎石，沿着溪谷，漫步在清澈的溪水中。

一路上山川、河流、瀑布尽收眼底，沿途溪流变幻莫测，惊险刺激。可夏时意没有心思欣赏优美的风景，心里念的想的，全都是之前顾决与那个女孩站在一起的画面。

一走神，她没有注意到水边石块上的青苔，一脚竟然就这么凭空踩了下去。

于是她身后所有人都只能眼睁睁地看着她失去支撑滑倒，紧接着整个人猛地坠落在水中，水流急促而凶猛，很快就淹没了夏时意。

唐落惊声尖叫起来。

滑落水中极易发生溺水事故，教练正准备组织人员紧急救援，人群中居然有个人毫不犹豫地跳进水中，顺着水流冲走夏时意的方向拼命游去。

那是顾决。

（3）默契

夏时意茫然地睁开眼睛，发现自己身处帐篷里。

帐篷？

她怎么会在帐篷里？

夏时意支起身体，抚着额头用力想了很久，才恍然想起之前自己落水了，被人救了上来，这个帐篷正是俱乐部队员们晚上休息的落脚点。

"时意，你终于醒了！"

唐落走进帐篷里见夏时意醒来，立刻满脸惊喜地冲到她面前，关心地询问了她身体状况如何之后，便兴致勃勃地向她讲述顾决英雄救美的事

时光
与你共终老
>Time will die with you

迹，话里明里暗里都是对顾决的夸赞。

"当时水流真的很急，可顾决就跟没看见似的，就这么跳下去了，为了救你，他真是奋不顾身啊。好浪漫！哎呀，我之前怎么还怪他三心二意，见异思迁呢……"

唐落眉飞色舞地说了那么多，夏时意却只记住了一句话——

是顾决救了她。

居然是他？

夏时意乌黑发亮的眸子里顿时闪过某种情绪，她正想问顾决有没有事，那人却已经走了进来。

唐落识趣地退了出去，帐篷内，只留下了夏时意与顾决两个人，一片安静。

"追我都追到水里去了，夏时意，你真让我对你刮目相看。"

顾决这时候已经换下上午穿的溯溪专用运动服，穿上了高级定制的西装。他边抬手解开衬衫最上面的水晶扣，边缓步走近夏时意身边，下巴紧绷，线条优美而冷硬，也不知跟谁在生气，面无表情地低头看她。

说出口的话虽是冷漠的，却有着显而易见的关心。

夏时意反应极快，她嘴角噙着笑，仰头看他，长发因她的动作柔顺地垂在脸颊两侧："不是还有你在吗？"

顾决只见她长发散在肩头，一双眼睛黑白分明，尤为动人，软软糯糯的声音像一支羽毛，轻轻拂过他的心，痒痒的，让人心颤，引得他不自觉地将声音中的淡漠放低了几许，甚至还带了几分笑意："你对我倒有信心。就是因为这样，才每次见到我都状况百出？那我现在就要考虑好，下次还要不要见你。"

夏时意别过脸，小声嘀咕了一句："反正从来都是我主动见你，说得好像每次都是你纡尊降贵来见我一样……"

078

这种近乎孩子气的赌气，顾决听得清清楚楚。他挑起眉，勾唇似笑非笑地看着她："因为是你在主动追我啊……这么不甘心的话，不然，我公平一次，换我下次主动找你？"

顾决说到这里，想了想，认真思考了一会儿："说起来，我还真要还你一个晚上。那一次，是我不对，错把你当成夏绫试探你，破坏了本该美好的气氛。请你原谅。"

夏时意心思一动，顺势借着这个机会探他的口风，以便确定某些事："我还以为，那晚回去之后，你还会锲而不舍地接着调查。"

她的目光如一张细密的网，捕捉顾决脸上任何一丝细微的表情："我这次来见你，都做好迎战的准备了呢，哪晓得你就这么'放过'我了……"

"没这个必要去调查。我没有那么闲，也没有那么多心思和时间。"顾决的表情看上去滴水不漏，语气淡淡的，平静道，"同样的错误只要犯下一次就够了。我保证，不管你是谁，于我而言，你只是夏时意，日后夏绫这个名字，我绝不会对你提起。"

夏时意得到顾决的一句承诺，至此，算是真正放下了心。她心情大好，言笑晏晏："对了，不管怎么说，谢谢你救了我。"

若不是有几分感情，这世间没有人会愿意拼出性命来舍身救一个与自己毫不相关的人。顾决在关键时刻没有半点犹豫跟着她跳下去，那就已经是他对她亦存了些心思的最好证明。

如果说之前她因为他身边出现的女人心里失落惆怅，甚至觉得委屈，可现在，那些都不重要了。

两人说话间，外面突然传来绽放焰火的动静，还有众人齐齐唱歌的声音，夏时意好奇地询问："外面在干什么？"

"俱乐部的队员们正办篝火晚会。要不要……和我出去一起看一看？"

离他们不远处的俱乐部队员们正围着篝火跳舞唱歌，烟花在夜空中绽开一朵朵璀璨的焰火，绚丽似飞雪飘扬，熠熠生辉，流光溢彩。

夏时意正屏息凝神欣赏焰火，耳边响起顾决那低沉冷澈的嗓音，好听得像一杯醇香的酒："这么好的气氛，音乐做伴，佳人在侧，若是我浪费了是不是有点可惜？"他顿了顿，唇角含笑看着她："跳舞吗？"

顾决向夏时意发出了邀约，可她此刻想起了另一件事。转头看他，终于问出今天隐忍了很久的那个问题："你的女伴呢？为什么没有看见她？"

顾决轻描淡写地回答："她体质不太好，跟不上这么高强度的训练，已经离开了。"

夏时意落水后，他无暇分身再去照顾那个女孩，就派下属将她送了回去。如果再让她跟在他身边，只会让他感觉束手束脚，非常碍事。

"你舍得？"夏时意笑意盈盈，"她可是你合作伙伴的掌上千金。"

"你知道得挺多。"顾决看着她，唇角浮起一抹笑意，慢条斯理地说，"谈不上舍不舍得，我从不靠女人成事。再者——你觉得，当我看见你之后，我还会允许身边有其他女人的存在吗？"

当真是调情的个中高手。

简简单单的一句话，就已引爆女人的心动与感动。就如同钻戒与金钱一样，对女人有着致命的吸引和诱惑。

夏时意也未能免俗，她甚至搞不清，究竟是她在暗藏心机地诱惑他，还是他早已在不知不觉中诱惑了她。

她能做的，想做的，只有展眉浅笑，向他慢慢伸出了自己的手。

顾决顺势握住夏时意的手，勾唇而笑，那深邃的眼眸中，晕染着清冽的光辉。

夜色极美，星辰渐次跌宕开来，远处树影斑驳，篝火阑珊，焰火在夜空中"砰"地绽放，光华四射，轰然而逝。

踏着音乐的节拍，顾决一把搂住夏时意盈盈一握的腰，他进一步，她退一步，她在他怀中转身，他极为配合地扶住她的腰，她再进一步，他再退一步，倾斜、摆荡、反身、旋转，舞步默契自如。

他们贴得是如此近，如此亲密，彼此眼角眉梢的一点一滴、两人缠绕的呼吸，无不诉说着让人浮想联翩的暧昧和情意。

夏时意看着眼前的这个男人，整个人都被月色笼罩，半明半暗，如泼墨山水画般铺展而去，一笔一画勾勒出他狭长的眉眼和秀挺的鼻梁，看上去那样清贵英俊。

她忽然想起有关顾决的一个传闻。

曾经地产界某次拍卖会，有人拍卖了与顾决跳舞的机会，这个机会被数个名媛竞相追逐，拍卖金额居然转眼之间被炒出五十万的价格。

美色和权力，自古以来，就一直是这个世界上令人迷恋的危险游戏。

照这样说来，那她岂不是平白赚得了五十万的钞票？一想到这里，夏时意就觉得不可思议和有趣，忍不住笑出声来，笑声如洒落玉盘的珠子，清脆婉转。

顾决看见夏时意笑意深深的样子，挑眉看她，带着不经意的调侃，说："和我跳一次舞就这么开心？"

夏时意用那双乌黑晶亮的眸子笑看着他，没否认，甚至还半真半假说道："那是当然。但如果此刻你对我说上那么一句'时意，气氛这么好，不如我们在一起'，我就更开心了。"

她看得出来，他其实早已对她心动，只是，到底要到什么时候，他才真正愿意对她这份感情俯首称臣？

081

顾决清亮的双眸中映着几分星光，他不紧不慢地回应她的舞步，意味深长地说："你都已经这么用心地在追我了，我也不是圣人，我相信那一天，必定不远。"

一曲终，舞尽。

CHAPTER05

第五章

爱是天时地利的迷信

TIME

W I L L D I E

WITH YOU

（1）绑架

顾决向来都是说一不二的人。

他说要还给夏时意一个晚上作为补偿，那么必定是会做到的，而且还是花了心思的。

夏时意今天一大早就收到顾决的秘书送过来的花，一大束新鲜的百合，里面还有张精致的卡片，凌厉潇洒的字力透纸背，他说，今晚八点，约她去看一场电影，他会提前半个小时来接她。

唐落看到顾决送过来的花之后，摸着下巴连连感叹，顾决这是转性了，因为她听她男友萧岩说，顾决这几天因为土地开发权的合作事宜忙得脚不离地，偏偏百忙之中抽空来约她，可见他对夏时意并不是没有感觉的。

唐落下班前还对夏时意挤眉弄眼道："时意，难得看到顾男神这么主动，好好把握哟！"

夏时意支着下巴转着手中的签字笔，盯着办公桌上摆放的百合想事情想得出神。顾决那天说，离她实现梦想的时间不远了，那会是今晚吗？她该如何利用这一次的约会？

时间一分一秒地走，终于指向晚上七点半。

顾决打电话过来，向她满含歉意地说临时被工作拖住，暂时无法过来接她，于是派了他的司机等在她的工作室楼下，先行将她接到他的公司里。

夏时意从善如流地应了顾决的安排。挂了电话后，她化了淡妆，换上浅黄色长裙，身上并没有多余的首饰，只有锁骨处如星辰般闪耀的吊坠在夜色下熠熠生辉，更衬得她肌肤细如凝脂，雪一样的白。

夏时意精心打扮好之后，便拎着包出门。下了楼，她果真看见顾决安排的司机静静等在那里。一看见她，他便立刻弯腰，恭敬地为她拉开了车门。

车开到中途，夏时意总觉得有些不对劲。

这种不对劲，首先是来自开车的司机总是有意无意地从后视镜里偷偷看她，目光有种说不出的异样。

夏时意以为是自己身上哪里出了问题，唇边便漾着清浅笑意，询问司机是否有什么不对的地方。

司机听了她的话赶紧摇头解释，夸她不仅长相漂亮，还十分有气质，所以他一时看得有些入了迷。末了还连连向她道歉，是他唐突了。

夏时意莞尔一笑，并没有将这个小插曲放在心上。

因为前些日子为了能与顾决出现在同一家溯溪俱乐部，她花费的时间太多，导致她的工作进度有些落了下来，昨天熬夜赶设计图，以至于她现在精神还是有些恹恹的。

她靠在后座，闭上眼打算先休息一会儿。

只是当她再睁开眼的时候，很明显地觉察出，车前进的方向并不是顾氏集团，而是与之越来越偏远的陌生地方。

她连忙去摇车窗，想看清楚现在到底身处哪个位置，却发现怎么也打不开车窗，再加上此刻忽然飙升的车速，引得她顿时心一沉。

夏时意下意识地转头看向司机，当她看到司机陡然阴冷的眼神时，脑海中瞬间闪过某种不好的猜测，再开口，声音已经变得不稳："你到底是谁？这是在朝哪个方向开？"

时过八点半，顾决揉了揉眉心，被一大群人簇拥着从会议室里走出来。其实按照原来的计划，会议并没有这么快结束，但他为了能够尽早赴夏时意的约，硬是提前结束了会议。

顾决回到办公室，却未看见本应在场的夏时意，心中困惑，他抬起手

腕看了看表，算算时间，她早该由司机接到这里，为什么始终不见人影？难道出了什么意外？

顾决凝神思考了一会儿，正准备拨电话给夏时意，办公室的门此刻却突然"砰"的一声被人用力打开，随后那人闯了进来。

顾决放下电话，皱眉，见被派去接夏时意的司机拖着血迹斑斑的身体，走路姿势一瘸一拐，气喘吁吁地走到自己面前，虽然他的眼皮因被人打了而显得水肿，但并不难辨别出他眼中的焦急和惊恐："顾总，出，出事了！"

他原本按照顾决的指示向夏时意工作室的方向开去，结果车到半路就被人劫持，他被人赶下车打晕扔在半路上，幸而有路人看见后将他送到医院治疗，他一醒来就连忙从医院逃了出来，跌跌撞撞地赶回顾氏。

司机的一番话，让顾决只觉浑身血液急速奔涌，整个人就像一根绷紧的弦，谁也不知道什么时候会彻底断掉。

秘书打算报警，顾决拦下她，脸色凝重，沉声说："等等，先别报警！"

他脑中快速分析着，这并不是一次简单的商业绑架行为，对方明显是有备而来。选择从夏时意这里下手，那么必定是清楚并十分了解他和夏时意之间的来往，甚至猜到夏时意于他而言，有某些特殊的意义。

打蛇打七寸，一上来就扣住他的命脉，这种做法，只能是私人恩怨。

他想，他或许知道绑架夏时意的人是谁了。

一室的静谧中，顾决的手机突然"丁零零"铃声大作。他嘴角挑起冷硬的弧度，看向手机，那上面显示的名字是——

易渊。

果然是他。

那一瞬间，顾决尖锐的目光像一把利刃，反射出寒冷刺目的光。

他接通电话，易渊那阴恻恻的声音传入他的耳朵，瘆人无比："顾决，我不和你废话。听着，我给你一个小时，如果你一个小时内不出现，

或者带着一帮警察过来，那个叫夏时意的女人，就会被四条巨型猎犬撕咬得一分一寸都不剩。"

"易渊，你了解我，我从不是个好人，但凡是触碰到我底线的事情，我可以半分情面都不给。我想你明白我什么意思。"

办公桌前，顾决声音平稳，英俊的脸上毫无表情。但在场的人都分明看得那样清楚，他紧握手机的手骨节泛白，像是已经用了所有的力气去克制，仿佛只要失去这个支撑点，就恨不得穿过电话，狠狠掐住对方的脖子，与对方博命。

易渊不阴不阳地怪笑出声："我知道。哎呀，我这人呢，做事没别的优点，就是特有分寸。我说了你不来我就弄死她，那我保证，你来之前我会让她留着最后一口气来见你……这样，我知道你不信我，不如我现在让你看看这小姑娘，如何？"

下一刻，手机屏幕切换到视频画面。

画面里，四条巨型猎犬被铁锁扣着，锋利的四爪不安地来回走动，时不时仰头长吠。它们因长时间未被投喂，饿到极致，兽性彻底被激发出来，重重地喘着粗气，盯着某个方向凶神恶煞，眼神骇人。

顾决顺着猎犬的视线看过去，他看见夏时意一身狼狈地躺在杂草丛中，小腿处因重物撞击而被划出一道深长的伤口，黏稠的血液不断顺着腿部流下，没有停止的趋势。她周身泛起了红疹，密密麻麻，让人心悸。

而更诡异的，却是不知道怎么回事，夏时意像是看到了令她绝望的事，突然神志不清地哭喊嘶吼，十指迅速弯曲，伸向眼窝，似乎就要将眼珠挖出。

最关键的那一秒，易渊狠辣无情地打伤了夏时意的手，才让她没有做出自毁眼睛的疯狂举动。

顾决脑中绷紧的弦终于断裂。

短短一瞬，这幅画面却如重锤，重重砸在顾决心底最深处，将他的四

时光
与你共终老
▶Time will die with you

肢百骸都要震碎。

"你到底给她吃了什么？"顾决再也无法控制，自制力瞬间土崩瓦解，声音骤然拔高几度，眼里狠戾暴涨，怒气势如破竹，汹涌而出。

直到此刻，当他看见夏时意在他眼前受伤时，他才终于发现，他的忍耐，到此为止。

承认吧，顾决，你爱她，所以你现在担心她，担心得快要发疯了。

易渊玩世不恭地摊了摊手，语气充满无辜："也没什么，就给她喂了一点致幻剂而已……"

致幻剂，指影响人的中枢神经系统，可引起感觉和情绪上的变化，对时间和空间产生错觉、幻觉直至导致自我歪曲、妄想和思维分裂的天然或人工合成的一类精神药品。

人最恐惧的，往往是自己的内心。

当失去理智的时候，内心最绝望、最不想看到的画面，会以十倍投射出来。夏时意看到了让她痛不欲生的过往，在致幻剂的作用下，差点自毁眼珠。

易渊脸上的笑容宛如妖魔手上的罂粟："这个该死的女人帮你干掉了华易，害得我破产，我让她陷入疯狂的状态折腾她一下，不为过吧，顾决？"

"嘀"的一声，画面突然中断，手机偏巧此刻没电，自动关机。

顾决脸色阴沉地放下手机，目光冰冷，整个人都散发出一种森然阴郁的气息。

办公桌上的杯子已被他徒手捏碎，满手热血，顺着手腕落在地板上，滴滴答答，像是盛开的玫瑰花，妖艳多姿。

夜色降临，天气陡变，电闪雷鸣，转眼之间大雨滂沱而至。

顾决不顾雨势，一头冲入雨帘，却无奈暴雨封城，连前行都异常艰难。

雨如箭落，噼里啪啦砸在车窗前。顾决烦躁地扯了扯领带，手握方向

盘，说服自己只能耐心地等，一分一秒地等，每一分每一秒，都是夏时意生命的倒计时。

道路终于畅通了，顾决一路飙车，道路湿滑，摩擦力骤减，险些与一辆迎面而来的车相撞。他猛地刹车，差点撞上路旁的护栏。他没回理会骂骂咧咧的车主，急打方向盘，掉头前行。

赶，赶，一路疯狂地赶。

易渊给出的地点位于T市城南某个废弃的厂房。

九点四十，离易渊给出的时间不多一分不少一秒，顾决到达地点。

"砰"的一声，他用力踹开那摇摇欲坠的铁门，一眼就看到了坐在椅子上吸着烟的易渊。站在易渊身后的，是四五个黑衣男子，统一的服装，训练有素的表情和姿态，无一不说明了他们的打手身份。

"夏时意在哪？"

顾决进门后，对易渊劈头盖脸就是这样一句话，眼里的厉光几乎能将易渊洞穿。

烟雾缭绕中，易渊慢悠悠转过椅子，随后踩灭手中的香烟，缓步踱到顾决的面前。他从上到下慢慢扫视了顾决一眼，目光如刀尖淬了毒，没说话。让人在确定顾决没有带任何监听设备以及武器之后，他才终于玩世不恭地笑了："哟，这夏时意挺有本事啊，还真就让你顾决为了她这么巴巴地赶过来了……"

"听不明白吗？"顾决面色青黑，五指握拳，指甲掐入掌心，"人！在！哪！"

"顾决。"易渊阴恻恻地喊他的名字，眼中杀意渐盛。他突然如一只凶猛的猎犬出其不意地冲到顾决面前，身影快如闪电："要不要我教教你，到底该怎样求人？"

下一秒，他抬脚狠狠地往顾决身上踹去，动作狠辣，像是要将对方撕碎。

破产之后的易渊，虽然整个人颓废不堪，却变得更加阴冷诡谲，妖冶

089

的容颜看上去让人不寒而栗。

易渊的猝然偷袭，让顾决一时没有防备。他身体绷直，浑身冒着寒气，尽力平复那一脚给他带来的疼痛感。他将牙关咬了又咬，从地上缓缓站起来，重复："她人到底在哪儿？"

话音刚落，易渊不给顾决反应的机会，又是一脚，这一脚踹下去后就也在也没有从顾决身上收起过，他的脚在顾决背后用力碾了碾，慢慢吐出一句话："想知道她在哪里？简单啊……今晚我如果打得尽兴了，我就告诉你。"

就是这样简简单单的一句话，将顾决推向心甘情愿堕入万丈深渊的地步。他闭了闭眼，平静回复："易渊，记住你说的话。"

穷途末路关头，他妥协了，甚至连任何挣扎和犹豫都没有。

爱是牺牲，爱是退让，爱是不需要任何理由的成全。他知道前面有怎样的危险，却还是不由自主地、义无反顾地一头栽了进去，不问后果。

为了易渊的一句"告诉"，顾决背负了沉重的代价。

背上、手上、肩上、腿上，每一处，都是伤。他一下一下，承受着易渊和其手下最残酷的踢打，动作凶狠，无情。可他依旧一声不吭，紧握成拳的手因用力过度而青筋毕现，他在忍。

一棍闷声打在顾决后脑勺上，鲜血喷涌而出，他已经快看不清了，视线开始模糊，抬手一抹，才发现手上都是血，暗红艳丽。

血色弥漫，到底氤氲了谁的眼。

易渊打得累了，终于罢手。

顾决涣散的瞳仁恢复一点点清明，他摇摇晃晃地从地上站起身，步伐凌乱，艰难地喘了口气，淡淡地看着他，声音低沉，如冰雪覆盖，里头透着丝丝寒气："够了吗？"

易渊煞有介事地轻哼一声："够了。不过——"他不怀好意地勾起一边嘴角，嘲讽之意溢于言表："顾决，我只说了如果，既然是如果，你怎

么还能当真？"

将无赖耍得淋漓尽致，这样出尔反尔的风格，还真像是易渊的作为。

短短几秒，一片死寂。

顾决不发一言，眉宇间涌上阴郁森冷的气息。他沉默了很久，才慢慢开口："说吧，你还想要什么？"

"很好。"易渊抬手鼓掌，"我等的就是你这句话。"

他眯起眼，终于说出自己策划这一场绑架的目的："我要你手上顾氏集团三分之一的股权。"只要三分之一，就足以让他在顾氏的地位无可撼动，"你答应了我的条件的话，我不仅让你见到那个女人，还会亲自把你们放走。到时候，我和你们之间的账，一笔勾销。"

易渊的狮子大开口却让顾决眉都没动一下，他仿佛早已预料到易渊会这样说，声音淡淡的："让我见到夏时意，给我一夜的时间，我会考虑，明早给你答复。"

易渊猛地伸手拽住顾决的衣领，阴鸷地盯着他："这不是在商量。"

"你说得对，我这不是在和你商量。"顾决推开他，退后几步看着他，目光冰冷，语气波澜不惊，却有种让人不容置喙的凛冽气势："顾氏是我的心血，我不可能说给就给，这根本就不现实。我考虑了还有几分可能性，你要是连这点考虑的时间都不给，坏一点我和夏时意命丧于此；好一点，我从这里出去后，那么别说股权，甚至以后我会让你连翻身的机会都没有。你最好想清楚利弊。"

易渊的目标只有股权，所以他终于退让。他压抑着心里的怒气，恶狠狠地对顾决开口："五个小时，不能再多。"他怕夜长梦多。

左右他都不会吃亏，顾决同意了就放他们走，要是不同意，那个时候再处理掉他也不迟。

（2）动情

经年流转，即使一切细节都被岁月模糊，夏时意还会记得，当顾决背

时光
与你共终老
▶Time will die with you

负了一身伤痕出现在她面前的时候，那是怎样一副叫她心悸的画面。

他拖着伤痕累累的身体疲惫地倒在她怀中，她抬手一碰，满手鲜血，黏腻浓稠，灼眼烧心。

触目惊心的伤痕，逐渐冰冷的身体，让她整个人忍不住颤抖，她想他怎么会伤成这个样子。

他是怎样用肉体凡身去承受那些痛的？他是怎样咬牙忍过来并孤注一掷地强撑到底？

她不知道。

她连想都不敢去想。

这一场杀伤，这一场血祭，将她对他的认知全部打散，他从始至终没对她说过任何一个关于"爱"的字眼，却用尽力气，以最极端也最盛大的方式证明，他心里也是有她的，甚至不比她少。

无论她对他是以怎样一个不能言说的开始怎样暗藏心机地接近，这一刻，她心里的疼和震撼，浓得今生都化不开。

夏时意脸色煞白，眼泪一下子就涌了出来，如断了线的珠子，一滴一滴砸在顾决的脸上。

她一遍遍用身上的衣服去擦拭顾决脸上的、身上的血，可怎么就是擦不完呢。

顾决轻轻握住她的手腕，制止了她一次又一次重复的动作，他睁开眼看着她，吃力地安抚她："好了，不要哭了。"

夏时意缓缓地抬起眼帘看着他，目光氤氲，如同一场终年未歇的大雪："怎么能不哭呢，要不是因为我……"

明明是她犯下的错，却要让他来承受。

心里的愧疚像蚂蚁一样啃食着她的心脏。

是她自作主张，是她自以为是。他不动华易必定有他的道理，可笑她竟然不自量力，现在还要拖累他来收拾残局。

顾决抬手为她擦去眼泪，勾唇无奈地笑了笑："真是拿你没办法。"

顿了顿，他忽然想到极其重要的一件事，凝神看着她："易渊给你吃的致幻剂，药效退了吗？之前易渊给我看的视频里，那时候……你想到了什么？"只要一回忆起她自毁眼睛的画面，他就无比后怕。若不是易渊手下留情，他不知道夏时意最后会变成什么样子。

夏时意的眼波里，是一泓融不开的苦意，心里像是泡了酸橙，涩涩的："想到了我七岁那年，被送到福利院时候的时光。"

她看到七岁的自己好不容易从福利院逃走了，却又被抓了回去，冰天雪地，她被罚跪在地上，飞雪簌簌，冻得她全身都僵硬了；她看到年长的孩童在打她，她被摁在马桶里差点淹死，可旁边的小孩都在围观，没有一个人来救她；她看到……

那是最痛苦最绝望的岁月。

夏时意从回忆里清醒，双眸里还残存着诸多情绪，艰涩、惆怅、隐忍，还有疼痛，但她悉数隐藏，极力撑起一丝笑意，不想让顾决担心："我没事……顾决，我现在只担心你……我们现在要怎么办？"

她怕他快要支撑不住了。

顾决的脸色越来越苍白，明显是失血过多的模样，声音逐渐低了下去："再等等……"

等……

等什么？

等救援？谁的救援？什么时候？

夏时意还未问完，顾决就已经失去了知觉，昏厥了过去。她急了，想尽一切办法叫醒他，拍他的脸，喊他的名字，甚至将他逐渐冰冷的身体搂进自己的怀里取暖。可这些，都没有用。

夏时意怔怔地看着怀里紧闭着双眼的顾决，他衣衫不整，浑身血迹斑斑。她忽然就绝望了，像是全世界的灯火都熄灭，黑暗像潮水一样涌来，铺天盖地地将她淹没。

冷。

好冷，冷彻心底。

顾决昏迷中只觉得全身都发冷，口干舌燥，无意识地呢喃出声："水……水……"他重复念了好几声，渴到极致时，唇边突然传来鲜血的味道。

他下意识地凑过去舔了几口，却猛然意识到不对劲，睁开眼，入目的，竟然是夏时意在右手手臂外侧划出一到长长的口子，将她的手臂靠在他的唇边，以鲜血供他解渴。

疯了吗？

顾决一把推开夏时意的手臂，看到她的伤口，眉头紧皱，眼里带着沉痛，哑着嗓音说："谁让你这么做的！"

夏时意说的每一个字都在抖，她在害怕："我没有办法了，再这样下去你会渴死的……"

易渊不会给水，她只能将这里废弃多时盛狗粮用的瓷碗打碎，划臂喂血。这终究，是她欠他的。

"不用，我能坚持住。"顾决艰难地吐了口气，"应该快了……"

夏时意怔怔地问："什么快了？"

话一问完，她倏地反应过来，沉默了下去。他指的，难道是别人救援的时间快到了？

她警戒地四处张望，但愿刚刚易渊的手下没有听到他们的对话。

顾决果然没有回答。他撕下夏时意裙子的一角，帮她包扎手臂上的伤口，边为她止血边低声念她的名字，声音略带沙哑，像是羽毛轻轻拂过心脏的感觉："时意……"

"嗯？"

"还记得，我和你说过，离你实现愿望的那一天不远了吗？那么……"顾决注视着她，给人一种深深的沉溺感，他的笑容清清淡淡的，说出的话，却是对她许下了今生最重最深的承诺，"如果这次我们能走出

去……就在一起……"

这简单的一句话，让她简直溃不成军。

够了。

情爱难关几分波折几分辗转，有他这一句话，真的够了。

受尽委屈没有关系，一身伤痕没有关系，或许真的命丧于此也没有关系，最重要的是，他对她说——

如果我们能走出去，就在一起。

她闭上眼，泪如雨下。

"好。"

易渊给的五个小时期限，眨眼之间就过去了。

他一刻都多等不了，时间一到就让人把顾决和夏时意带过去。他缓步踱到顾决面前，眼睛一眯，眼神中透出诡谲阴冷，还有几分势在必得的兴奋和迫不及待："想得如何？说吧，我希望听到我想听到的答案。"

"要让你失望了。"顾决缓缓开口，"我做不到。"

他身上，肩负着顾氏上下几万人的重责，所以他从一开始，就根本没打算要让顾氏入住外权。他只是在尽力拖延时间，好为他和夏时意争取被外界救援的机会。

"你玩我？"易渊一下子气急败坏起来，怒气喷发，表情瞬间变得狰狞起来，视线一扬，示意那些打手围上来，声音宛如来自阴冷地狱的魔鬼之声，"做不到？那你们就给我狠狠地打！要么打到他死，要么打到他肯交出股权为止！"

夏时意的心顿时一颤。她的呼吸变得急速，胸膛不住起伏，眸中染了几分凄色："不要！"

她想扑过去，却被易渊的两个手下死死按住。

易渊阴冷地向困住她的两个手下吩咐："给我看好这个女人！要是顾决敢反抗，就立刻弄死她！"

于是顾决连反抗都不能，夏时意只能眼睁睁地看着那些人瞬间就将顾

决包围，一拳一脚，每一次都像是将他最后一丝生命迹象耗尽。

那一刻，她的心像提到了喉咙口，像是下一秒就要蹦出，连呼吸都觉得异常艰难。她红着眼眶，声嘶力竭地一遍一遍喊那个人的名字："顾决……"

"时意，听话……闭上眼，不要看……"

顾决狠狠吐出一口血，眼神涣散，淡然的笑意却始终挂在唇边，像是浑然不觉有多痛，甚至还记得要叫她闭上眼，他怕吓着她。事到如今，只能寄希望于外界了。

夏时意紧紧咬唇，顺从地闭上了眼，泪水却止不住地落下。她害怕多看一眼，心就会轰然崩塌。

就在此时，门外突然有黑衣人冲进来，慌慌张张地对易渊喊："不好了，不好了！警车开过来了！老大，我们快跑！否则来不及了！"

"什么？"易渊几乎站立不稳，当他对上顾决唇角隐约的冷笑后，暴怒道："顾决！你竟敢报警！你……"

他还没来得及说完，一大批警察举枪猛地闯入，易渊和他的手下还来不及逃脱，就被全部逮捕。

夏时意几乎是立刻就扑到了顾决的身边，颤抖着将他从地上扶起来，声音里带着哭腔和前所未有的恐惧："顾决，顾决，你怎么样？"一次，两次，那么多次，他的身体哪怕是铁打的，也快受不了了……

随后赶来的医护人员接过夏时意怀里的顾决，将他抬上担架。他眼皮动了动，费力地睁开眼，五指轻轻触了触她的脸，望着她，声音里带着些许温柔："我没事，死不了。"

他们终是得救了。

（3）不负

夏时意是在第二天夜晚醒过来的。

096

　　醒来前，意识还停留在被绑架的那一个晚上，她被抓，被强行喂下致幻剂，被迫看着赶来救她的顾决受到残忍对待，就连昏迷不醒的时候都是冷汗涟涟，情绪高度不稳。

　　"不要——"

　　夏时意惊叫一声，一下子就睁开了眼睛，入目之处尽是白色，白色的房间，白色的墙壁，白色的床……视线落到床边握着她的手睡觉的唐落身上，她微微恍惚了下，才终于轻轻松了口气。

　　她尝试着坐起，却又因为扯到身上的伤口而蹙眉。

　　唐落睡得正迷糊，觉察到夏时意的动静，立马揉着眼清醒过来，紧张兮兮地看着她，满眼担忧："时意，你感觉怎么样呀，有没有什么地方不舒服？"

　　"我好多了。"夏时意摇摇头，握住唐落的手，语气略微急促地道："顾决呢？他在哪？他还好吗？"

　　唐落拍拍她的手，连忙示意她放心："顾决就在隔壁，已经醒了……萧岩和其他部门的人都赶过来了。我听萧岩说，顾决身上肋骨多处骨折，内脏轻微损伤，不过，时意你放心，所幸没有什么大碍……"说着说着她又愤愤不平道："那个易渊真是丧心病狂，居然连绑架这种事都干得出来……幸好警察来了，不然后果真是不堪设想啊……"

　　唐落扶着夏时意走到顾决病房的时候，病房的门从里面被推开，一群顾氏集团的人走出来，为首的是顾决的秘书。夏时意从她旁边经过的那一瞬间，她若有所思地多看了夏时意几眼。

　　夏时意推开门，看到了床上躺在那里正闭目休息的顾决，他面容沉静，疲惫倦怠的神情让他的脸显得分苍白和虚弱，漂亮的眼睛眯着，长长的睫毛如蝶翼般，在眼睑下投下浅浅一圈阴影，没有了平日里有些淡漠的眼神，却更添了一分悄然无声的诱惑。

　　顾决听见门开的动静，以为是公司的下属去而复返，一睁眼，却是看他看得正入神的夏时意，他顿时笑了，那笑容如云破月，格外好看："你

醒了？身体有没有事？"

"我没事。"她怎么会有事？伤痛全都让他承受了去。

夏时意红着眼睛，走到他床边坐下，自然而然地握住他的手，想起那天警察犹如神兵天降，便觉得不可思议，语气里是劫后余生的庆幸："是你报的警吗？"

顾决点头，淡淡一笑，对她解释："我鞋底安装了定位追踪器，我找到你之后就立马发射了定位信息。它的接受信号在我的私人电脑里，只不过我的电脑里有非常严密的密码系统，大概警察也是因为花费在破解密码上的时间多了点，就耽误了……"

他们正说话间，夏时意的手机忽然来了电话，是她的客户，她一接听，客户不耐烦的声音连顾决都能听得分外清晰："夏小姐，请问我的设计图到底什么时候能完成？"

夏时意抱歉地对顾决笑了笑，起身出门回应。

她在走廊和客户交谈的时候，没有发现，有一位金发碧眼的高大男子与她擦身而过，急匆匆地往顾决病房的方向走去。

门再次被推开，金发碧眼的男子风尘仆仆地放下手里的东西，着急问："Elvis! Are you ok？"

顾决一抬头，惊讶地道："Logan？你怎么来了？"

被叫做Logan的男子是他在国外的医生朋友，三年前顾决的腿伤被他一手治好。他医术精湛，为人热情开朗，只是太唠叨，难免有职业习惯的因素。

"我原本来T市是要去参加讲座的，听说你出了事，我怎么能不过来看你？正好，以后你归我接手了。"Logan瞪他一眼，开始数落："Elvis，你是怎么回事？三年前因为一个女人摔断腿，三年后又为了女人被绑架挨打一我看你在国外读书那阵子练的拳击真是白练了！现在浑身上下都是伤，我医术再高超，你也不能这么折腾自己吧！"

顾决自动忽略他素来的唠唠叨叨，只挑挑眉，淡声说："你消息倒挺

灵通。"

Logan翻翻白眼，没好气道："能不快吗？财经杂志头条！"

两个人寒暄了片刻，Logan四处张望了一会儿："Elvis，你救的那个女人在哪？不会又重复三年前一样的悲剧，人家看你落魄了，就把你甩了吧？"Logan指的那个女人，是顾决曾经的未婚妻，如今已嫁为人妇的谢诗韵。

顾决失笑，正想解释，却看见夏时意言笑晏晏地推门而入："甩他？我可舍不得。"

这句话让顾决意味深长地向夏时意看过去，一瞬间，他的目光突然变得有些烫人，像是要看进她心里一般灼热。

Logan看到夏时意出现，眼睛顿时一亮："哇，好漂亮的中国女人！"他顿了顿，却莫名觉得她有些熟悉，对她看了又看，挠头困惑地问："不过，我是不是在哪见过你？让我想想……一定是在哪里见过……"

顾决轻声咳了咳，打断Logan喋喋不休的话语："Logan，你什么时候学会中国人搭讪的这套方式了？"

Logan摊摊手，决定将这个问题抛到脑后。他走过去，拍了拍夏时意的肩，好哥们似的："你主内，照顾好Elvis的衣食起居；我主外，负责解决他的病情。就这么愉快地决定了！咱们两个联手，一定能创造出最快出院的奇迹！"

顾决一脸被他打败的表情。

夏时意莞尔，这个外国人还是真有趣，确定主内、主外这个词语是这样用的，这样乱用词语真的没有关系？

然而，笑闹归笑闹，不知为什么，当她见到Logan这个人时，脑中总闪过某些模模糊糊的片段，像卡了带的影碟，无法准确读取存档资料。

如果说顾决、言歆这些熟悉夏绫的人见到她，在她身上总看到夏绫的影子，那么，为什么连像Logan这种与她初次见面的人，都说"好像在哪里见过"？

到底哪里不对？那种沉淀在心里的奇怪感觉，究竟是什么呢？

她想了想，又暗自摇了摇头，大概是自己多心了，一个外国人搞混中国女人的长相，这很正常……

Logan出门后，夏时意想起什么，问顾决："我听Logan叫你Elvis？第一次听到有人这样喊你，觉得有些新奇。"

Elvis这个名字，让她有种分外熟悉的亲切感。

顾决点点头，说："我在国外留学的时候，这是我的英文名。"

"原来是这样……"夏时意笑起来，尔后又有些惆怅和伤感地说："Elvis这个名字，倒让我想起了曾经的一个法国朋友。他对我很好，可惜，我们现在失去了联络，我挺想他的……"

顾决挑眉，偏头看她，开玩笑道："和我一样好吗？"

夏时意歪头，想了想，老实说："一样好吧。"

那个Elvis，是她浴火重生后的人生指引者。

可以说，没有他，也就没有如今的夏时意。

意义不言而喻。

"不许一样好。在你心里，我必须要比其他男人重要。"顾决正色，慢条斯理地纠正她，"来，跟我念，顾决比他好。"

这种孩子气的霸道，让夏时意一时有些哭笑不得。

有了Logan的帮助，顾决的确恢复得很快，没过几天，就能下床走路了。

傍晚的时候，他做完身体复健回来，一眼就看到了在草坪上荡着秋千等待的夏时意。

冷风过境，她的黑色长发随之飘起，划出好看的弧度。成群的归鸟掠过天空，那一瞬间，风景美如画。

四季最美的事，不过是春有百花秋有月，夏有凉风冬有雪，可是，在他眼里，那些又如何比得上眼前这幅画面？

顾决看得渐渐入了神，凝步不动。那一刻那一秒，他脑中忽然想起一首古老情诗：

有美一人，宛如清扬。妍姿巧笑，和媚心肠……

夏时意荡着秋千从高处落下来，一抬头，便看见顾决站在不远处，苍白的面色已经较之前好了许多，身姿顾长挺拔，仿若玉树，举手投足之间，尽是沉静优雅的姿态。

这是一个和陆行彦完全不同的男人。

商场中处事冷漠强硬，杀伐决断，然而，当这样一个深沉难测的男人逐渐对她敞开心扉的时候，她才发现，原来他也有她不曾知道和看到的一面，柔情的，慵懒的，甚至还有些孩子气的。

耳畔刮过夏风，她忽然想起，那一场血祭里，他对她微笑着许下承诺——

如果我们能出去，就在一起。

他缱绻的笑容仿佛还在昨天，那笑容似融化了千山寂静雪。

顾决一步一步向她走去，念她的名字："时意。"他推起她的秋千，低眉望着她的一瞬，漆黑的眼眸深处漾出温暖，连冷硬的轮廓都跟着柔和几分，"在想什么？"

秋千从高处落下来，夏时意波光潋滟的眼眸里透出一丝风情，她偏过头看向顾决，唇角翘起："想到了那天晚上你对我的承诺……顾决，现在，我们终于在一起了。"

顾决专注地看着她，眼神灼热，心像忽然被点燃的烟火，"砰"的一声，光华四射。

他轻轻一笑，捏住了夏时意柔嫩的下巴带向他的方向，低头深吻了下去。

两人靠得那样近，没有一丝缝隙，听见彼此的心跳声和呼吸声清晰地萦绕在耳畔。

尔后，顾决慢慢放开夏时意，低头注视着她，声音低低的，让人有一

种深深的沉溺感："时意，我答应你，这一生，永不负你。"

夏时意仰头看他，眼眸深处，因他这一句话而风起云涌。

四季更迭，岁月凉薄。然则夏时意所需要的，只不过是有所投靠。

时至今日，隐忍艰涩的漫长等待终于被赋予了意义，得到承认。

暮色四合，残阳如血，两人亲密相拥的身姿融在漫天晚霞中。

岁月静好，现世安稳这句话，也许便是这样一种情形。

CHAPTER06

第六章

回忆在夜里闹得很凶

TIME

WITH YOU

WILL DIE

（1）回来

顾决出院是在半个月之后。

出院的那天，Logan还在唠唠叨叨地叮嘱夏时意注意事项，夏时意还未有什么反应，认认真真在记，倒是顾决听得揉揉额角，对Logan直叹气："Logan，我不是小孩子了。"

Logan耸耸肩："我只是希望回法国的时候，伯母要是问起来你在国内的情况，我好有个交代。"

自从顾决接手顾氏集团后，他的父母就一直在法国定居，而顾决一直独自一人在国内生活。

谁都知道，顾决一直是他母亲最宠爱的小儿子，若不是他母亲身体不好，需要在法国静养，不然说什么，她也舍不得离开顾决。

顾决微微颔首，沉吟道："我母亲目前看来还不知道我被绑架这事，估计是父亲怕她担心向她封锁了我出事的消息。Logan，你回去后，说话悠着点。"

Logan拍拍顾决的肩让他别担心，趁夏时意上车的时候，转了转眼珠，悄悄在他耳边低声笑道："Elvis，关于你救的这个女人，我突然想起来她是谁了……她好像没有认出我，你是不是还将那些事瞒着她？"

顾决没否认亦没承认，只淡淡看他一眼，避重就轻道："Logan，有些事，你不要参与进来。"

Logan了然，哈哈大笑："放心。"

车开得很快，不到半个小时两人就到了顾决的公寓。

顾决的公寓如他的人一样简洁，大方，有一种从容内敛、高不可攀的气势。墙刷成蓝色，挂着大小不一的各色斑斓的艺术插画，看上去神秘而

又浪漫。

Logan交代给夏时意的第一项任务，便是要负责顾决的一日三餐。

在医院的时候，她每天都带着各种营养汤和美味的食物慰问顾决，现在顾决出院了，他哪里再舍得夏时意辛劳下厨？于是负责做饭的成了顾决，而夏时意则成了游手好闲的那一位。

她在结束了观赏顾决的公寓之后，觉得实在无事可做，便坐在客厅的沙发上看起了电视。

电视上正在放前段时间创造收视神话的综艺节目《爸爸去哪儿》，节目里五个孩子天真活泼的一举一动，再加上五位父亲的本色出演，逗得她哈哈大笑，都快笑出了眼泪。

她一抬头，正好看到从厨房里端着菜走出来的顾决。

他换下平日里一丝不苟的西装，穿着一件简简单单的白色棉质衬衫，勾勒出他修长的身材和宽阔的肩膀，整个人看上去悠闲又恣意。

他将菜放到桌上，又弯腰将碗筷一一摆放好。

室内光线柔和，落在他冷峻的侧脸上，那如蝶翼般的修长睫毛和秀挺的鼻梁都被覆上一层梦幻的光晕。

落地窗外热闹喧嚣，衬托出公寓内一派安静温馨的气氛，这样看来，现在他们两个之间倒像是有几分家的味道在里面。

夏时意看得微微有些恍惚。

直到电视机里小孩们的吵吵闹闹声将她拉回现实，她突然止不住天马行空地想，顾决以后的小孩会是什么样的，会这么一本正经，从容淡定吗？还是基因突变，成为一个高调张扬的小孩？

夏时意被自己这突然冒出的奇怪念头逗笑。

顾决听到她的笑声，抬头向她看过来："一个人想什么想得这么有趣？"

夏时意边看电视边嘻着笑说："我在想，以后你的小孩会是什么样……"

这个话题太具有暗示性。

顾决眸色转深，不紧不慢地用毛巾擦干净自己的手，缓缓向沙发上的夏时意走过去。朦胧灯光中，她的黑色长发在她肩头柔顺地铺开，衬得她的脸愈发精致小巧。

夏时意还未反应过来，顾决已走到她身边，微微抬起她的下巴，俯下身吻住她，温柔缠绵，含情脉脉，一片缱绻的姿态。

两人正沉浸在旖旎温馨的亲吻里，顾决的电话突然响起来，他不得已放开夏时意，走到旁边接起电话："喂？"

夏时意支着下巴，问："顾决，是谁？"

顾决摇了摇头，来电显示电话是从国外打过来的，他也不知道是谁。

那边的人静默片刻，才说："顾决，我回来了。"

那是言歆。

陆行彦在医院休养了两个多月后，身体终于恢复如初。言歆一听说顾决被人绑架的事，就立马订了两张回国的机票，决定和陆行彦回国探望顾决。

"言歆。"顾决打了个招呼，神色淡淡的，语气波澜不惊地问："什么时候回来的？陆行彦的身体恢复了吗？"

简简单单几句话，却引爆了他身后夏时意内心所有情绪，"陆行彦"这三个字，在她的世界里，曾敲下最强音。

年岁辗转，她为见他，披荆斩棘。时光在踏过千山万水后，把他重新带到她身旁。

她期待了这么久的重逢，终于要来了。

两个小时后，顾决开车带着夏时意出现在了T市的机场内。

其实顾决原本打算一个人开车前往，后来夏时意说反正也闲着无事可做，还不如同他一起去。

顾决想了想，还是同意了。

晚上十点，当夏时意看见言歆和走在她身旁极尽呵护的那个温柔男子

终于姗姗而来时，人来人往的喧嚣大厅里，除了他之外，所有背景瞬间沦为空白。

时隔八年，夏时意终于再次见到陆行彦，那个她耗费整个青春爱着的人。

往事如一首遥远而磅礴的歌，汹涌而来。

（2）曾经

"陆行彦"这三个字，曾经是夏时意悲怆的记忆中唯一的一抹亮色，惊艳了时光，温柔了岁月。

那时，她还叫夏绫。

七岁那年，收养夏绫的姨父将她赶出夏家。她被送到国内某家福利院后没多久，她父亲的公司就被野心强大的姨父占为己有。

夏绫多次从福利院出逃，一年后才终于成功逃出。那天，冰天雪地，因为极度饥饿，她偷了一位老人的钱，善良的老人发现后，不仅没责怪她，反而收养了她。

夏绫跟随老人来到镇上的那一天，下了一夜的大雪，经久未歇。雪景极美，放眼望去，整个世界都是白的。家鸽缩在一棵老槐树下叽叽喳喳，喧嚣了整个冬天。

老人是镇上的清洁工，每天凌晨三点就要出门辛苦劳作。夏绫跟在他身后，低着头捡起地上那些可以换成钱的塑料盒、饮料瓶。

夏绫和老人两人相依为命，就这样生活了八年。

夏绫十六岁的时候，中考成绩下来，或许有几分运气在，她的分数刚好达到市重点高中的录取分数线，是整个镇上唯一一个考上的人。

夏绫天生不喜与人亲近，也不擅讨好他人，性格直，也很闷，所以进了高中后，很少有女生愿意和她玩。

也许是为了让自己看上去显得并不需要她们，也许是为了保留自己最后一份残存的骄傲，她开始主动远离那些女生，假装不屑一顾。当那群嘻嘻哈哈的女生经过的时候，她努力让自己挺直脊背走在她们前面。

遇见陆行彦，是夏绫不曾想过的事。他如命运翻云覆雨的手，将夏绫整个灰暗无光的高中生活点亮。

那个时候，高一期中考试如火如荼地进行。

夏绫在自习室复习到很晚，拖着疲惫的身体回到宿舍。她刚坐下来歇息没几秒，突然发现老人为她做的中国结不见了。

那是老人亲手编织的，是他所能想到的，能给她的，最好的祈福方式。

可如今，竟被她弄丢了。

夏绫顿时急得不知如何是好，问旁边的舍友，那女生坐在床上一边晃着脚，一边看着小说，眼皮都没抬，极其敷衍地说："什么？中国结啊……好像是看见了……哦，我们晚上打扫了卫生，看到你那个脏兮兮的中国结掉在地上，以为你不要了，就顺手扫走了……"

已经不是第一次了。她们不喜欢她这个小镇来的女孩，所以用各种办法来表达对她的恶意，她已经习惯了。

夏绫没说一句话，咬唇掉头就走。

外面下着滂沱大雨，夏绫出门时太着急，连外套也忘了穿。她费力地撑开伞冒雨前进，深一脚浅一脚地行走在雨中，向操场走去。

女生宿舍的垃圾袋专门放置在操场旁的垃圾库里，由于下雨，清洁工还没有将垃圾运走。

让她开心的是，垃圾还没清理，还来得及找回她的中国结。可是垃圾那么多，找起来谈何容易？夏绫一袋一袋地找过去，黏腻肮脏的垃圾沾了她一手。雨水顺着她的长发往下滴，整个校服都湿透了，她却不管不顾。

雨势渐小，天色却越来越黑。

夏绫冷得牙齿打战，在垃圾袋里不停摸索着。当她正要解开又一个垃圾袋时，突然一把伞撑到了她的头上，接着一个温润如玉的声音传来："同学，你在找什么？"

夏绫茫然地抬起头，四目相对的刹那，她恍然想起了眼前这个人是谁。

陆行彦。

即便她对学校的事不大关心，但对陆行彦这个名字也有所耳闻。他以第一名的成绩考入这所学校，也是T市的中考状元，热爱篮球，人缘颇佳，偏偏还拥有一副好相貌，气质出众，是这所高中里女生们竞相追逐的对象。

但这些，都只是夏绫听说的而已。

就连第一次见到陆行彦，也只是匆匆一瞥，漫不经心。

那是开学第一天，陆行彦作为新生代表上台致辞。她因为前一晚照顾生病的老人，连觉都未睡好，一大早起来匆匆踏上开向市区的车，满脑子都还想着老人的病，再加上又累又乏，所以她趁着陆行彦讲话期间，迷迷糊糊地睡了过去，最后连他说了什么都不清楚。

他们并不是一个世界的人。

他优雅高贵，家世良好；而她，只不过是寄人篱下的孤女。

夏绫起先一声不吭，性格倔强的她不愿轻易向陌生人求助。

陆行彦笑了笑，并不在意她的沉默。他为她撑着伞，低着头认真地打量起眼前的女孩。马尾束得高高的，一张不施粉黛的脸清秀温婉，宽大不合身的校服穿在她身上，都能感觉像是有风随时穿透而过。

他虽然不和她同班，但也经常听到班上男生谈论起这个叫"夏绫"的女孩，虽然与女生不太合群，倒是隔三差五就有男生为她打架闹事。但她也一样都不理不睬，安静得如墙角默默生根发芽的植物，需要人好好剖析才能够有所了解。

于是两人就这样一个撑着伞站着，一个蹲在地上埋头努力找东西。

当夏绫解开第七个垃圾袋的时候，从操场边远远走来两个结伴而行的女生，其中一个是她的舍友，她看到夏绫蹲在地上不停地翻垃圾，一问才知道发生了什么事。

女生恰好是送垃圾过来的人，对她说："你实在要找那个中国结，就找写着'姚记食品'的几个袋子，那是我们宿舍的。"说完就和旁边的女生捂着鼻子，嫌恶地走远。

夏绫全然不在意，开始翻每一个写着"姚记食品"的袋子。

陆行彦终于知道了她在找什么，放开了伞，冒雨加入寻找的行列，就这样一直陪着她。

缩小了范围，再加上有人帮助，那天雨将歇未歇的时候，夏绫终于找到了她心心念念惦记着的中国结。她喜极而泣，紧握在手，珍而重之。

"找到了……谢谢你啊。"

夏绫终于露出那晚的第一个笑容，那笑容宛如惊鸿掠影，在他眼里投下清丽动人的光。

不知为什么，陆行彦看到她笑了，心底也跟着轻轻松了一口气，温柔含笑道："找到就好。天色太晚了，你一个女孩子在外面不安全，还是快回去吧。"

夏绫年少时读《红楼梦》，看见作者这样描绘他笔下的男主角："忽见丫鬟话未报完，已进来了一位年轻的公子：面若中秋之月，色如春晓之花，鬓若刀裁，眉如墨画，面如桃瓣，目若秋波……"

她一直以为那种丰神俊朗、温润如玉、眉眼含情的少年只存在于虚幻的世界中，却没想到，今晚就有这样一个少年，踏着簌簌雨花出现在了她的眼前，于是连周围的景物都好似焰火般刹那鲜明起来。

后来两人再次见面，是一周后的年级大扫除。

和夏绫同组的两个女生将所有打扫任务都推给了夏绫一个人，可她从不是逆来顺受的人，她做完了自己该做的部分后，踢了一脚那两个女生留下的水桶，当作小小的发泄，准备走人。

结果这么一踢，将整个水桶都踢了出去，桶里的脏水不小心泼在了旁边路过的一个高个子男生脚上，他白色的球鞋上多了一块很明显的污渍。

夏绫瞬间变得手足无措起来，低头向那个男生连连道歉。

那个男生却不领情，看着夏绫邪邪一笑，吊儿郎当地开口："哟，这不是2班的夏绫吗？平时想找你说句话都跩得很，现在你继续跩啊……来，给爷把鞋擦了，擦得干净咱们就这么算了；擦得不好，我今天就不让你走了……"

夏绫只是站着，不说话。

男生见夏绫一动不动，不耐烦了，踢了踢那个倒在地上的水桶："喂，擦个鞋都不会吗？"

围观的女生们没有人站出来，都轻轻捂着嘴笑，露出幸灾乐祸和鄙夷的表情。

"反正她爷爷不是清洁工吗？出生在那种家庭里，她也最擅长干这种清理垃圾的事了吧……"

讥讽嘲笑的话语如潮水般向夏绫涌过来。

她可以不在乎针对自己的挑衅，但绝不允许别人轻慢对她有收养之恩的老人！

夏绫捡起地上的水桶，看向那个说话的女生，淡声说："是啊，所以没教养也是遗传的吧，情商不够，非要刻薄来凑。"

她说完转身就走，与女生擦肩而过的一瞬间，风吹起的长发里分明有种嚣张的味道。

那个女生也许是没想到她会反击，愣在那。但故意挑衅的男生反应极快，缠着她不放她离开。

两个人正争执着，一只修长如玉的手拽住了男生的胳膊，温和的声音也随之响起："宋今城，不要惹是生非。"

夏绫闻声惊讶地抬头，眼前风流倜傥的翩翩少年，不是陆行彦又是谁？他唇边带着淡淡的一抹笑，让人感到无比安心和舒服。

男生退后一步："班长。"他见陆行彦过来，不想事情闹到老师那里，便没了为难夏绫的意思，挠挠头无趣地走了。

陆行彦接过夏绫手里的水桶和拖把，转头对她微微一笑，神色自若地道："是不是还没打扫完？正好我有时间，一起吧。"

夏绫怔怔地看着他的一举一动，傻站在原地，心跳得太快，几乎什么话都说不出来。

第一次可以说是巧合，那么第二次呢？

"为什么……总是帮我？"

两人去池边打水的时候，夏绫忽然问出声。

"为什么？"陆行彦认真地思考了一会儿，侧头看着她，笑着说："因为，你看上去需要我的帮助啊……"

夏绫怔住，她想了无数种答案，却没想到，他偏偏给出最简单最出乎意料的那一种。

一直以来，旁人给予她冷漠无数，让她一直备受孤独和自卑的煎熬，如今这样一个出众的少年却偏偏把目光投向了她。

再没什么比这感觉更好。毕竟，没有人能拒绝得了漫漫寒冬里仅有的温暖。

夏绫停下了脚步，专注地凝视着前方。阳光下，陆行彦越走越远的挺拔身影化身为冬日里的蝴蝶，慢慢飞进了她的心里。

如果说第一次，她尚且对陆行彦抱着好奇之心，对他仅限于好感有余，心动不足，那么现在，她的心像是化成了烟火，砰的一声，就这么毫无预兆地绽放。

那种紧张、羞涩、小心翼翼，又满心欢喜的情绪，在她心底反复流窜、碰撞，擦出火花，让她清清楚楚地看明白，这一刻站在她眼前的少年，必定会是她往后人生里最重要的一个存在。

　　青春年少时，喜欢一个人的表现会很明显，在人群中总是一眼就能看到他的背影，想起他的时候心就会怦怦跳个不停，认真聆听女生的课间话题，按图索骥找出有关他的所有信息，千方百计地接近，万般小心翼翼地观察。

　　从那天以后，夏绫的所有心思都放在了陆行彦的身上。

　　下课后，她总是找机会路过陆行彦的教室，站在后门边，四下寻找陆行彦的身影，偷偷看他。他穿着笔挺的校服靠在椅背上看书，或者低着头认真作业。额前的一缕头发散下来调皮地垂在眼角，就算安安静静坐在喧嚣的人群里，他也闪耀出一股光芒。偶尔他看书看得累了，会趴在桌上休息。从夏绫的角度看过去，午后的阳光暖暖地落在他的侧脸上，衬得他恍若梦幻一般。

　　校园里书声琅琅，知了在香樟树上唱着歌。斑驳的光影中，她看得渐渐入神，目之所及，满世界都是他。

　　夏绫想，如果喜欢这张试卷满分为100分，那么她对陆行彦的喜欢程度，大概可以拿到优秀。

　　那时，她每天放学都会悄悄跟在陆行彦身后，保持不近不远的距离，欣赏他清爽修长的背影；夕阳西下，她踩着他的步伐一前一后地走，眼里盛了满满的欢喜和雀跃。有时人潮涌动里，他的目光不经意向她这里一瞥，也能令她脸色绯红，心跳加速。

　　后来，陆行彦接手了学校每周一主持升旗仪式的任务，于是每周一成了夏绫最期待的日子。

　　他的一点一滴，她都牢记在心，虔诚得像个信徒。

　　暗恋的时光总是最美好的，没有人发现她的小心思，她也从不希望被人察觉，一个人撑起整场戏，轻盈地旋转着舞步。

时光
与你共终老
▶Time will die with you

　　然而，夏绫这份不为人知的暗恋还是被发现了。

　　那是个周末，夏绫刚刚从打工的商场下班，就偶遇乘着电梯下来的陆行彦，一时因这难得的巧合开心不已，高声喊着"陆行彦"三个字，忘记自己面前是下行的电梯，就这么踏上去，结果在倒退的电梯上一个踉跄，摔倒在扶梯而下的陆行彦面前。而他身后站着的，是那么多同校同学。

　　他们将这令人尴尬的画面尽收眼底。

　　在一片哄笑声中，夏绫羞愧得不敢抬头看陆行彦一眼。

　　在意一个人，是不是就会情不自禁地做傻事，努力想要在喜欢的人面前做到最好，可终究还是笨手笨脚，没有办法变得聪明？

　　周一，夏绫因见到陆行彦而得意忘形的事已经闹得全校皆知，有关她暗恋他的事，当众摔了个狗吃屎的事，大家都在议论纷纷。

　　"也不看看自己什么身份，真是癞蛤蟆想吃天鹅肉……"

　　"就是……陆行彦是学校出了名的好人，她该不会以为陆行彦对她好就是对她有几分意思吧？"

　　"哈，自作多情就这个下场……"

　　夏绫在这些流言蜚语面前，落荒而逃，甚至开始对陆行彦避而不见。

　　她第一次那么害怕，怕他觉得她喜欢他是一种自不量力，更怕她的喜欢会给他带来麻烦，于是躲得远远的。

　　（3）温暖

　　可陆行彦仿佛并没觉察到夏绫的"疏远"，反而主动和她走近。

　　高一上学期的元旦晚会，2班和3班决定联合表演一个关于美人鱼的改编音乐剧。

　　所谓的改编，除去增加了几段搞笑雷人的台词和情节，音乐剧还将原著里变哑的人鱼公主改成了结巴，顿时一个具有悲剧色彩的角色成为颇具

114

几分诙谐幽默的角色。

王子的扮演者是学校的风云人物3班班长陆行彦，而人鱼公主这个人物原先定的是2班的文娱委员，但因为排练前一天她突然生了病，结果就空缺下来。

音乐剧的负责人询问陆行彦关于搭档的意见，他缓缓扫过周围围着的那一群女生，目光落在人群最后面的夏绫身上，凝视几秒，唇角忽然弯了弯。

那个曾经见到他而一时开心得在众目睽睽下摔倒的女生，现在居然为了躲他而恨不得变成一只鸵鸟，唯恐避之不及。这种截然不同的态度，让他觉得有趣，不禁笑出声来。

只是这种不合时宜的笑容，落入其他同学的眼里，反而有了不一样的含义。

那些女生笑嘻嘻地互相使了个只有她们看得懂的眼色，将夏绫推到陆行彦面前，大声嚷嚷："我们觉得夏绫不错……"一言一笑中，都是恶作剧。

夏绫就这样赶鸭子上架，本就是内敛寡言的性格，此刻面对陆行彦，她更是变得紧张起来，手心都是汗，一开口倒真的成了结巴："陆，陆行彦，我，我能不能……"

她本想拒绝，没想到大家因她那局促的话哄笑出声，仿佛她的结巴正迎合了她们看好戏的心理。

"没想到夏绫这么快就进入角色了。"陆行彦看到她的窘态，善解人意地开起玩笑，无形之中帮她化解了这一场尴尬，"那好，我的搭档就挑你了。"

夏绫还想说什么，却听见负责人拍了拍手中的一沓剧本，喊道："行了行了，大家都散了吧。各就各位，我们开始排练。"

大家陆续散去，只剩下夏绫和陆行彦两人依旧站在原地。

115

"夏绫……"

夏绫正欲走，身后忽然传来陆行彦纯净的声音，定住了她离开的脚步。

声音传播的速率是340米/秒，从他站的地方传到她这边只需要0.1秒，可她分明觉得，这一声"夏绫"破开了层层空气，似初融的雪，一点一滴融化她此前所有尴尬和委屈，从她耳畔轰鸣而过，让她顿时失去了前行的力气。

陆行彦缓步走到她面前，低头看着她，笑了笑："你不要误会，选你做搭档，我没有其他意思，纯粹是因为你比较合适……"

陆行彦忽然想起之前商场里的相遇，想起她摔倒在他面前的尴尬，又想起他惊愕地伸出手时而她已落荒而逃，再之后，所有的流言蜚语，如暗潮般汹涌而来。

于是他停顿了几秒，像是在思考接下来的措辞，慢慢地说："夏绫，你是不是还在介意那天摔倒的事？你也知道的，那些人平日里没脸没皮惯了，最爱开玩笑，所以你不用放在心上，也不用因此躲着我……若是因为这件事而让我失去你这个朋友，我会觉得挺遗憾的……"

他向她表明他的态度，安慰清清楚楚砸在她的心里，引得她忍不住眼眶一红，一颗坚硬的心变得酸酸胀胀，柔软得无以复加。

人生路上九曲十八弯，遇到爱不稀奇，难得的是遇到了解。

陆行彦仅仅凭借几面之缘，就已如此了解她，了解她心里数日来的不安、忐忑，了解到她惊慌失措在怕什么，不在乎自己的处境，反过来安慰她。

甚至说……他把她当成他的朋友。

她曾以为，自己在这里渺小如蝼蚁，不被任何人需要。而她自己也不会需要别人，所以用倔强敏感的外壳伪装自己，以一抔尘土的姿态仰望这个尘世。

然而时至今日，终于有一个人对她说，他不想失去她。

千回百转怎敌他款款温柔。

于是那一刻，他的字字句句，留在她心里，万古长青。

夏绫眨了眨眼睛，轻声说："其实我介意的，是让你也跌进这些流言蜚语里来了……"

陆行彦温柔道："我哪会在乎这些，你们女生啊，还真是会乱想……"

至此，夏绫的心结全解。

她抬头，冲他微微笑了笑，笑意从唇角两边慢慢扬起，连细长眼尾也弯起，这一笑，眼角眉梢尽是如画风华。

那是她进校半年，第一次流露出真心的笑容。

陆行彦看到她微笑的样子，怔了怔。

已是十二月，深冬的暖阳温煦柔和，落入排练室里，倾泻了一地。夏绫逆着光站在那处，清秀的容颜，水光潋滟的眸子，她抬头笑着看他时，暖阳将她的侧脸勾勒出优美的弧度，整个人散发出如空谷幽兰般安静乖顺的气质。

他最初以为，她是只长了满身刺的小刺猬，倔强敏感，面对世界背负着自己沉重的戒备和防范。然而当她卸下那表面的疏离后，却原来还拥有着那样温柔的一面。

陆行彦忽然抬手揉了揉她的头发，像邻家哥哥一样，笑着说："夏绫，以后多笑笑，你笑起来挺好看的……"

陆行彦这样的一句话，让夏绫的心尖像是掠过翩翩蝴蝶，阵阵酥痒，那是悸动的甜蜜。

相视而笑的两人没有看见，后台的一角，有个女生眼里闪过嫉妒的光芒，她在原地站了几秒，然后悄悄转身离去。

或许是夏绫本身就很擅长表演，又或许是陆行彦和她两人之间起了某种化学反应，两人排练中配合得无比默契，而两位主角的顺利合作也让整

个音乐剧组的成员士气高涨，信誓旦旦地要拿下最佳节目奖。

然而，生活总是这样，越是放松的时候，越是会给予人类莫大的玩笑。

演出当天，接二连三地出意外。

先是演出前，饰演魔女的女生的演出服装不知为什么后背部分被撕裂成两半，导致这件服装直接报废。

离演出还有三个多小时，时间太紧，来不及让人重新定做，她无奈之下，只有去主持人那里借了套裙装，却显得和整个节目风格极为不相称。

女生站在那里接受着其他人的指责和抱怨，抽抽噎噎。

夏绫认出这个女生正是那天她被男生挑衅着擦鞋时，出言侮辱她的女孩。

后台乱哄哄的，夏绫一个人坐在后台看了那边好久，眼神略有犹豫，眸中闪过无数心思，最终下定了某种决心。

她站起身，拍拍自己身上的灰尘，慢慢向人群走过去，在那个女生面前站定，直视着她，轻声说："关于那件衣服，我有办法。"

女生抹着眼泪，根本就不相信她说的话，也不相信她会帮自己，于是绕过她便走，头也没回："少假惺惺的，你能有什么办法？别给我添乱了。"

夏绫跟在她后面离开，一道进了化妆室。进去后，她抢在女生前面霸占了梳妆台，手撑在上面，看着她说："你把那件坏掉的服装给我，我想办法试试看。"

再坏也坏不过现在这种情况，女生一边抱着死马当活马医的心思，一边不想再让夏绫莫名其妙地缠着她，于是将衣服直接丢给了夏绫。

夏绫抱着那件被撕裂的演出服装，一个人去了后台集中放废弃服装的地方。

最先发现夏绫不见的，是音乐剧的负责人。

他找遍了整个化妆间和后台，始终不见夏绫的身影，急了，逢人就问有没有看见夏绫，问到那个女生的时候，女生顿了顿，说没有看见，接着继续若无其事地化妆。

负责人又火急火燎地抬脚便走，嘴里不停抱怨："都什么时候了还给我掉链子玩失踪，烦不烦……"

此时陆行彦已经化好妆走了过来，从女生座位旁走过时，听到她旁边的同学和她搭话："好像你是最后一个和夏绫说话的人吧，你刚才说没看见会不会不太好？"

女孩边画眉边轻哼："我的确是没看见嘛……我只知道她往后台放衣服的那个方向走，没多久又急匆匆地出去，谁知道她现在又去了哪里？"

后台放衣服的地方……

陆行彦的脚步顿了顿，转身向某个方向走过去。

几分钟后，他一打开放置废弃衣服的门，便看见了失踪已久的夏绫正埋首在一堆布料里裁裁剪剪，眉眼专注，神情格外认真。

"夏绫，你在这里做什么？"陆行彦好奇地走过去，忍不住出声询问。

夏绫被突如其来的声音吓了一跳，一抬头，发现是他，转而抿唇笑起来："我想试试看，能不能将几件衣服拼接起来，裁剪成新的演出服装……"

拼接成新的？

陆行彦看过去，桌面上堆的衣服占据了半壁江山，各色各式，而她手里正拼接到的服装快到收尾部分，已初现轮廓。

虽然夏绫缝补之后的衣服不及演出服装本身，但通过拼接、撞色、细节创意等也能够出奇取胜，整件衣服充满了异域风情，让人眼前一亮。

陆行彦没有想到，夏绫居然还有这种才能，他心里佩服不已，真心夸

赞："夏绫，你好厉害……"

夏绫听到他的夸赞，唇边绽开羞涩的笑意："我去校园商店买了剪刀和针线，看这边有一堆废弃的衣服，能利用的就利用了，想争取为节目组做点什么……"

她从小就练了一身缝补本领。在镇上的时候，她晚上常常开着灯，一个人坐在小床上为老人缝补那破旧的衣服。自己的衣服也是，哪里破了就自己动手缝补。后来出去卖塑料瓶的时候硬币太多，就自己缝制了个钱袋方便装零钱，结果钱袋被初中同班同学看见，觉得花色和款式还挺有民族特色，于是争相购买她制作的钱袋，倒也让她赚得不少钱。

陆行彦陪着夏绫完成最后一道拼接程序，空旷的放置室里，只剩下两人安静的呼吸声与缝补的声音。

嘀嗒，嘀嗒。

时间一分一秒地过去。

临开场一个半小时前，那件衣服终于拼接完成。

当夏绫把拼接好的服装交到女生手里的时候，周围同学落在她身上的目光变了又变，她们七嘴八舌地讨论这件衣服不错。就连负责人看到后也诧异了几秒，之后兴奋不已地道："这个衣服是夏绫刚刚做出来的吗？挺不错，很符合我们节目的风格！好了，就换成这个吧……"

夏绫轻轻松了口气。

女孩接过那件衣服，看了看，神情里没有什么不满。她套在身上试穿了下，还很合身。

夏绫转身去化妆前，听到她身后传来那女孩一句若有似无的话："夏绫……谢谢你，还有……"

她的脚步顿了顿。女孩后面还说了什么，她没有听清，暗自猜测可能是其他不重要的，所以没当回事。

时针指向晚上八点半，终于轮到他们上场。

"接下来出场的是音乐剧《你是来自深海的美人鱼》，表演者：夏绫，陆行彦等，让我们欢迎……"

先走上台的是陆行彦，短短几分钟之内将一个正直又幽默的王子演得入木三分，博得场下女生的阵阵掌声和尖叫声。而夏绫一出场就是连续的结巴台词，顿时引得大家哄堂大笑。

节目顺利地进行着。

正当美人鱼公主放弃魔女提出刺杀王子来换得正常声音的条件，从高台上一跃而下时，饰演人鱼的夏绫不知为什么，在高台上跳下的刹那突然脚步踩空，整个人摔了下去。

极具危险的画面引得全场惊叫出声，站在夏绫身旁的陆行彦反应极快，下一秒立刻拽住她的手臂，脚步一转，惯性将两人的身体狠狠带倒在地。

短暂的眩晕之后，夏绫再一睁眼，看见身下陆行彦那熟悉的眉眼时，怔了几秒。周遭络绎不绝响起的惊呼和此起彼伏的起哄声让她意识到自己此刻的处境，心中闪过不能因她一人搞砸节目的想法，于是她将错就错，手中原本紧握的短剑一改方向，缓缓将它推进身下救她的陆行彦胸口，手逐渐颤抖，她半跪在王子身旁，那一刻，泪水落了满脸，痛苦的哭声透过麦克风响彻全场。

陆行彦饰演的王子惊愕地看着她，却没有躲开，尔后，像是明白了什么，了然地笑笑，抬手轻抚人鱼公主泪如雨下的脸，说出剧本中没有的台词："亲爱的公主殿下，我不会让你变成一吹即散的泡沫，为了你，我做什么都愿意。"

话音刚落，他顺着人鱼公主紧握短剑的手用力，短剑正中心脏。

整个音乐剧因这一插曲被重新改写。

人鱼受到魔女蛊惑改变心意，为求一己之欲而将自己深爱的王子推向地狱，王子无怨无悔。

王子似乎想最后再摸一摸公主的脸，手却终究在半空中无力地垂下，

重重地打在舞台的红毯上，发出沉闷的声响，王子慢慢地闭上了眼。

全场寂静。

帷幕应景地落下。

几秒过后，掌声如潮水般响起。

演出格外成功。

大家纷纷松了口气。

下场后，夏绫往后台的方向走，与饰演魔女的女生迎面相撞。

女生看见是她，脚步忽然慢慢停下，犹豫了一会儿，叫住夏绫："夏绫，能和你说会儿话吗？"

夏绫困惑地转身："什么事？"

女孩踌躇良久，终于下定决心开口说了三个字："对不起。"

夏绫因这三个字怔了几秒，再联系到前前后后所有的事，很快明白过来她指的是什么。夏绫没有应也没有激烈地吵，只是静静地看着女孩，等她下面的话。

"是我换了你的眼药水，想让你在台上出丑……"

是因为嫉妒和报复。

她嫉妒陆行彦和夏绫两人之间的亲密，也为了报复之前夏绫那句针对她的反击，于是在演出前将夏绫惯用的眼药水偷偷换成了散瞳剂，而她的演出服装，也是因为偷换眼药水时不小心被椅子勾到，于是划出一道长长的口子。

散瞳剂这种药水专门用于成人及青少年散瞳检查和验光、内眼手术前，药效只有两三个小时，没有太大伤害，但会使眼睛对光线格外敏感。舞台灯光高度聚集，夏绫抬头那一瞬间，被强光刺痛，头晕目眩才会摔了下去。

女孩鼓足勇气抬起头："夏绫，请你原谅……"

她原本不打算说出这一切的，可是夏绫在演出前帮了她，这让她心怀愧疚。夏绫摔倒的那一刻，她已经做好了准备要冲出去救她，然而再快，

还是没有快过陆行彦。

夏绫语气出人意料的平静："你这么做，是因为陆行彦吧？"

女孩没有否认："你想告诉大家也没关系，总之，对不起……"

夏绫正准备说话，却见陆行彦正往这里走过来："夏绫，你怎么还在这？不去卸妆换衣服吗？"

女孩飞快地抬头看着夏绫，那几秒，夏绫分明看得很清楚，她的眼神里有忐忑，有紧张，有乞求，还有害怕。

全都是因为站在她们身后的那个少年，陆行彦。

有一千种爱情，就有一千种傻瓜。

这多像曾经那样卑微地在暗恋里苦苦挣扎的她。

然而她又是那么幸运。

当今晚她从高空中摔落被陆行彦抱在怀中的一刹那，她感受到了此生从未有过的安心和温暖。他就像个英雄，挺身而出，像是有他在，于她，哪怕从此绿水尽，寸草枯，世界末日降临又有什么可畏惧。

她从不知道自己会如此依赖和信任一个人，好像他就是她赖以生存的空气和阳光。

对那个女孩而言，不过是一场求而不得而已。相较于女孩，她已拥有了他的友谊，所以，还有什么好再去计较的呢？人不能太贪心的。

夏绫忽然淡淡地笑了笑，那笑容的含义或许只有女孩才能懂。她对陆行彦打了声招呼，关于女孩的事什么也没说，转身离开了。

晚上是节目组的聚餐时间，夏绫素来喜静，不爱热闹，推脱没有参加。

时间已是深夜十点，月色如缎，东风正劲，长长的街灯照亮冬夜的冷寂，就连漫步行走都如入梦境。

夏绫穿着白色羽绒服，牛仔裤腿束在平底长靴里，双手捧着脸呵气取暖，一个人逛到了校园后街处。这里是学生们购物的聚集地，便宜又实惠。

路两边经常会有无证经营的小贩来摆摊，烧烤、水果、衣服等五花八门，各种各样。有人来查的时候，那些小贩互相通报之后，连忙狂奔四散而去，就这么躲过一次又一次，辛辛苦苦赚取零碎家用。

夏绫路过一个水果摊的时候，正巧碰到有人查证，水果摊老人来不及做完手里的生意，骑上车就跑，车里的水果因为突如其来的颠簸滚落一地，那些经过的学生争先恐后地抢。老人骑车躲了很远，看到终于安全后，脸上露出了笑容。

夏时雨看到这幅画面，忽然没来由地觉得心酸，想到了收养她的老人。

平日里学习紧张，她几乎有大半年没有回去看望老人，明天开始就是元旦的三天假期，所以她打算趁着这个时候买点东西回镇上一次。

夏绫正想得投入，没注意到身后疾驰而来的汽车，她一个避闪不及，即将被车撞上时，突然被猛地拉进一个怀抱。

夏绫此时靠在对方怀里，还能听到自己的心跳声，飞快。她惊讶地抬头，正好撞上陆行彦含笑的双眸。他放开她，声音清凌凌的，像是清澈见底的溪水："夏绫，想什么呢，这么入神？我跟在你后面好久了……"

月光静静照在他脸上，像是浸了水一般，投下一片温柔的光辉，那一刹那，夏绫的心情似繁花绽放。

她蓦地想起自己也曾偷偷跟在他身后的那些不为人知的行为，羞红了脸，支支吾吾："你，你跟在我身后做什么？"

陆行彦揉揉她的头发，笑了笑："别误会，没其他意思，之前喊了你好几声，你大概没听见……后来我发现你走路也不好好走，在每个摊子前东张西望，我觉得有趣，就跟在你身后这么一路悠闲地走过来，就当散步了……"

夏绫低头踢了踢脚边的石子，问："你没有去参加节目组的聚会吗？"

陆行彦慢慢走在她身侧，声音温润地说："人太多太吵，吃到一半溜了出来，结果就看见你了……"

他说着说着，忽然一个怯怯的"同学，给女朋友买个漂亮的发卡吧"的声音打断他。他与夏绫不约而同地看过去，首饰摊前，一个高中生模样的女孩正手捧着发卡眨巴着眼睛看着他们，笨拙地兜售着她的发卡。

女孩儿大概是利用假期出来兼职的。

陆行彦在摊子前停下脚步，目不转睛地看了看女孩摊子上那些五光十色的发卡，还真的左选右挑起来。颀长挺拔的身影融在熙熙攘攘的人群里，成为一道优美如画的风景。

夏绫还在对卖家姑娘连连摆手解释他们不是男女朋友的关系，陆行彦已经选好了一个缀着蝴蝶的银色发卡。他拉过夏绫的手，将发卡递到她手中，温柔的声音似春风拂过："这发卡挺不错，很适合你，给你当新年礼物，好不好？"

夏绫此刻心跳又骤然加速，她紧紧握住那个发卡，开心得难以自持。虽然明知道他对她只是普通朋友间的示好，可还是很没出息地就激动起来，雀跃欢心的笑容越来越大。

她没想到，他会真的买给她，不是多昂贵稀有的礼物，可只要是他送的，就比这世间任何一样东西都价值连城。

这是他送给她的第一个礼物，她爱不释手。

她至今仍然没有忘记，陆行彦将发卡递给她时，她的手掌心还依旧残留着他触碰过的温度。

发烫、灼热，似乎连心都跟着一起变得烫起来。

行人已渐渐稀少，他们沿着那条路走了很久。校园后街尽头便是波光粼粼的小河，月色倒映，流光透过斑驳树影如雪花飞舞。

"当，当，当……"

城市上空响起零点钟声，新的一年来了。

夏绫从怀中拿出刚刚在小摊上买的烟花，用打火机点燃引线，然后捂着耳朵飞快地跑到小河旁，看烟花"砰"的一声冲上天际绽放，照亮夜空。

　　陆行彦站在夜空下仰头微笑，安安静静没有说话。明明暗暗的光影在他温润如玉的脸上不停转换，冷风过境，树影斑驳，身后的影子晕开一片片光芒，让夜色都因他而变得浓墨重彩。

　　他看着风景。

　　夏绫歪着脑袋静静看着他。

　　明明是寒冷冬夜，可有他在她的身旁，她却仿佛已经拥抱了整个春天。

　　那是她记忆中，最暖的隆冬。

　　后来，再也没有过。

CHAPTER07

第七章

钟无艳没有眼泪

··

TIME

WILLDIE

WITH YOU

（1）告白

高一下学期开学没多久，学校根据上学期的期末成绩分文理科班。

夏绫和陆行彦未分班的时候是隔壁班，分完文理科班之后，他们一个在最顶楼的理科尖子班，一个在最底层的文科尖子班。

一天一地的距离。

课业重，再加上老人身体越来越虚弱，夏绫的经济压力大了起来，她每天疲于奔走在学校和打工的地方之间，已经好久没有见到陆行彦，关于他的事情多是从旁人口中听说的。

比如，他代表省里参加数理化竞赛，拔得了头筹；

比如，他今天打篮球打得很漂亮，连续投进三个三分球；

比如，年级测验他又是全年级第一……

他的一切从什么时候开始变得那么陌生和遥远？

想到这里，夏绫不禁微微叹了口气。

站在她身旁的导购姐姐侧头看了她几眼，微微诧异道："小夏妹妹，怎么最近经常看到你唉声叹气的，发生什么事了？"

夏绫很不好意思地摸了摸自己的脸，没想到自己表现得这么明显……

导购姐姐打包着手里的礼物，用过来人的口吻对夏绫说："能让你们这个年纪的人多愁善感的，除了成绩单就是感情了吧？"

夏绫一怔，点了点头。

"是上次来商场购物的那个男孩吗？"导购姐姐似乎对那天发生的事记忆犹新，直觉告诉她夏绫喜欢的少年就是他，忍不住对夏绫开玩笑道："原来小夏你还有那样热情的一面啊……"末了，她对夏绫眨眨眼，"女孩子啊，有时候勇敢一点未免不好……"

128

勇敢一点吗？

夏绫看着导购姐姐转身去迎接顾客的身影，怔怔发愣。

夏绫十八岁的生日是在三月的最后一天。

那一天云白风轻，碧天若洗，天气极好。公交车急速行驶，飞快地倒退，窗外风景正浓，万物正盛。

28路公交车终于开到最后一站慢慢停下来。此时夕阳西沉，这条路向来偏远，来的人很少，夏绫和陆行彦两人相继下车时，车内已空无一人。

这里虽然偏远，可是风景绝佳。一片视野开阔的绿色田野，退去冬的严寒后，处处春暖花开，生机盎然。成群的归鸟掠过天空，夕阳西下，流云溢彩，火烧云把半边天烧成血红一片，似是一幅美不胜收的画卷，叫人身心也跟着舒畅起来。

三月初春，斜阳唱晚，此时正是人间好时节。

这样美的景色让行走在田野间的陆行彦赞叹不已，他侧头对夏绫笑了笑："把我带到这么美的地方来，是有什么事情吗？"

他们许久未见，仿佛上一次相见都像是时隔很久的事。

这段日子里，他过得一直很压抑，也很颓废。

前不久，他父亲的公司遭人暗算，导致对外投资失误，最终一败涂地。父亲破产之后一时承受不住打击，跳楼自杀。父亲的去世让他悲恸欲绝，更是让整个陆家陷入摇摇欲坠的边缘。

父亲葬礼的那一天，他在母亲和父亲好友谈话的过程里得知，公司是被一家叫言氏集团的广告公司恶意算计，才让陆行彦父亲在这一场钩心斗角的商战里节节败退，最后跌落谷底。

在学校这边，他因为不想面对外界的同情，不想让他们的家庭被指指点点，所以他隐瞒得很好，只有极少数亲密的朋友知道，也正是因为这几个朋友的帮助，他才尽快走出了阴霾，重新振作了起来。

　　落日光芒将陆行彦的眉眼都染上一层朦胧的金色。当他转身笑着看向夏绫的那一瞬间，那双褐色的眼眸仿佛有种细沙滑过指间的极致温柔，让她一时微微恍惚。

　　夏绫很快回过神，对他的问题避而不答，反而轻声说："陆行彦，你知道我怎么发现这里的吗？有次我兼职结束回校，结果因为太累就在28路公交车上睡着了，一醒来就到了这里，那时候正好也是现在这个时间，晚霞从天际无限蔓延开来，看上去美极了……"夏绫弯起唇角笑了笑，"后来我干脆坐在这里，看了一场夕阳盛宴。我想，等我过生日了，一定要带一个人与我一起再来这里看一看……现在，这个愿望你帮我实现了，陆行彦，谢谢你……"

　　谢谢你出现在了我的生命里，谢谢你来到我身边，谢谢你给予我的所有温暖。

　　让我不至于那么孤单，让我也有了值得珍藏的记忆。有了你，我甚至开始觉得，原来我也被命运这样善待。

　　陆行彦认真地听着，听到最后，神色一震："夏绫，今天是你的生日？抱歉，我不知道……祝你生日快乐！"他满含歉意地看着她，"生日礼物我明天补上好不好？"

　　夏绫轻轻咬了咬下唇，在心里拼命鼓足勇气，终于决定要在此刻说出之前酝酿已久的告白："不用，对我而言，认识你就已经是上天给我的最好礼物……"

　　她抬起头望着他，清秀的面容宛若一朵湿润的空谷幽兰，眼神认真而炙热，那里面的期待让人无比动容。虽然她竭力假装镇定冷静，声音却止不住地轻颤："其实今天约你出来，我还想对你说，陆行彦，我喜欢你，喜欢到……已经没有办法做朋友了。"

　　突如其来的告白让陆行彦措手不及，他怔怔地看着眼前的少女，他的

表情孤注一掷，却又那样志忑期待地等待着他的回答。

陆行彦看了夏绫良久，似乎想说什么，但是终究什么都没有说。

一时间，沉默像是被打翻的墨水，一瞬间铺满了两个人之间的所有间隙。

陆行彦并不是不知道夏绫对他有好感。但那次雨中相助，他只是觉得，哪怕是普通同学，也不能坐视不理。

从很久以前开始，甚至在夏绫还不知道的时候，他就已经认识了她，但见到的，听在耳朵里，大多都是负面评价。她就像长势不良的植物，是一个极其复杂的个体，与这个世界格格不入，引得无意间闯入她世界里的他好奇探究。这个女孩总给他一种很奇怪的感觉，不特别漂亮，却能轻易吸引他的目光。

而他越了解她，就越觉得，她身上有很多值得人珍而重之的宝贵地方。她是这样的女孩，一旦向谁敞开心扉，就会豁出全部，哪怕是她心底最坚硬的地方，也会默默地打开。

再后来，他陆陆续续从她那里听说她小时候被收养，以及被福利院虐待最终千辛万苦逃出来的事，从此对她更加同情和疼惜，他把她当成不可缺少的好朋友。

他分得清心动和好感的区别，他对她有欣赏般的好感，却始终不曾心动过。更何况现在，父亲刚刚过逝，而他背负着陆家的重任，也实在不想考虑这种事情。

她很好，可是，他们不适合。

时间不对，地点不对，人也不对，哪一样都不对。

陆行彦在心底叹了口气，终于缓缓开口，他甚至能敏感地觉察到，他开口的一刹那，她下意识地屏住了呼吸。

"夏绫，我是真的很想在你生日这一天满足你所有愿望，但请原谅我，有些话还是必须要向你坦白……你不是我想要的女孩……抱歉，我无

法回应你的喜欢。"

这是最妥当的拒绝话语。

可无论多体贴多无奈，依旧残忍。

陆行彦的声音像泡过青橙汁，穿过夏绫的耳膜直达心底，铺天盖地的酸苦和涩意在她心中渐渐荡漾漾开来，快要将她淹没。

她不是他想要的女孩……

换言之，他心里根本就没有过她的存在。

这一段感情行到至今，她真的以为，他对她也是有哪怕那么一点点好感的。

所以当导购姐姐鼓励她勇敢一点，她想为他勇敢一次。她想当面告诉他，她对他的感情，像层层喷涌的火热岩浆，像冬天肆意飞舞的雪花，像漫出地平线的蓝色海水，延绵不绝。

于是她今天亲手将自己推上命运的转盘，赌注是自己。

却原来，他对她的好无关风与月，终究是自作多情。

因为陆行彦的拒绝而产生的疼痛压得夏绫几乎不能呼吸。她红着双眼，可还是努力假装若无其事，努力向他展现出落落大方的好姿态："陆行彦，你不用觉得对我抱歉……我只是想在今天这个特殊的日子里，把我的心意好好传递给你。现在我做到了，也就没有遗憾了。至于结果，真的没有那么重要……"

她不后悔向他告白。

夏绫声音轻颤，可仍然极力撑出一点笑容来，强颜欢笑："陆行彦，最后，就当是安慰，你能不能给我一个拥抱？"

陆行彦像是不忍，依言缓缓向她伸出手，将她抱进怀中，苦笑道："夏绫，我是不是……要失去你这个朋友了？"

夏绫在他宽阔的肩上抬起头。此刻有风乍起，天边的火红灼眼烧心，暮色四合，落日正盛。

夏绫收回目光，闭上眼，闻着他身上清新的薄荷皂香，温热的眼泪终于一滴一滴落下来。

"陆行彦，以后我们再也不见了，好不好？"

在深海里辗转已久的孤帆，当拼尽全力也无法靠岸时，要学会忍痛向彼岸阑珊的灯火挥手告别，重新起航。

这是她最后的骄傲。

如同俄罗斯式命运轮盘，要么赢，要么死。而她对他的感情也一样，既然爱而不得，那么就干干脆脆利落斩断，不拖泥带水，不给自己留任何余地。

这对谁都好。

陆行彦永远都是最了解她的那个人，知道她在想什么，于是点点头，低声应道："好，我答应你。"

他离开的时候，夏绫一个人站在他身后静静地看了很久，直到他融进万丈霞光中消失不见。

（2）帮助

从那天以后，夏绫和陆行彦成为彻底的陌生人。当彼此在人群中发现对方的时候，也会心照不宣地错开视线，非常默契。

夏绫本以为，她和陆行彦的关系也只能到此为止了，但没想到，一个叫"言歆"的转学生，让他们再次有所牵连。

言歆是四月中旬转到夏绫班上的。

彼时言歆因为她父亲公司的重心放在了T市，所以最近跟着父亲一道回国，从国外转学到夏绫的班上，成了文科尖子班里的一员。

转学生并不稀奇，稀奇的是，这个叫言歆的女孩在短短的时间内就迅

速博得了全校风云人物陆行彦的青睐。

事情起因源于某一次陆行彦宿舍的男生夜谈，当陆行彦的舍友纷纷在讨论"2班新来的那个言歆长得真漂亮，就是脾气火暴了点，多像一朵带刺的玫瑰"时，素来不参与这种无聊话题的陆行彦竟然破天荒地应了他们一句："言歆是挺不错，我很欣赏她……"

简简单单的一句话，让陆行彦的舍友们都傻了眼。

宿舍夜话的第二天，关于陆行彦和言歆两人之间的绯闻就甚嚣尘上，甚至身为当事人之一的陆行彦每逢经过2班，目光总有意无意地看向言歆的位置的传言越传越真。

这一切都被夏绫看在眼里。

她从不相信陆行彦的任何传闻，除非他亲口承认。只是这一次，她真的感觉到不对劲。

陆行彦每一次经过，把所有的注意力都放在了那个新来的转学生身上。一开始她确实慌乱和难受过，可次数多了，她却分明觉得，他看向言歆的目光饱含深意，复杂得让她看不透。

陆行彦曾经对她说过，她不是他想要的女孩，那么他想要的，会是言歆这种女孩吗？

另一位当事人言歆或许习惯了这种绯闻，哪怕对方是学校风云人物也依旧无动于衷。

言歆与外冷内热的夏绫不同，从小千人宠万人捧的她身上带着身为富家千金那种特有的傲慢无礼，转学没多久，很快就将同班同学得罪了个遍，大家却敢怒不敢言。

不敢言的原因有很多，比如言歆性格本身，再比如她的家庭背景。她父亲一出手就是大手笔，为学校捐了两栋独立的图书馆，这样的家庭背景，让老师和校方多少有意无意地要来讨好言家和言歆。

学校五十周年庆典的那一天，邀请了包括言歆父亲在内的数十位嘉宾，夏绫与其他十三个同学担任了布置会场的任务。

庆典开始前是最忙的时候，夏绫一边忙着布置会场，一边还要迫不得已听着耳边同学们叽叽喳喳地讨论言歆和陆行彦的绯闻，内心压抑无比。

言歆父亲从车上走下来和言歆一道进校的时候，夏绫完成了手上最后一个任务正要出门，偏偏遇到了陆行彦此刻进来，身边是他的朋友，两人指着手上的文件，互相交谈着，谁也没有注意到夏绫。她张了张口，想与陆行彦打声招呼，却最终还是低下头，默默走了出去。

关了门出来，夏绫轻轻叹了口气，走了好久，忽然看到言歆和她的父亲正往这个方向走来，整个人一下子就僵住了，脸色变得煞白。

老天又和她开了一次巨大的玩笑。她没想到，言歆的父亲就是从小收养了她随后又狠心抛弃的姨父！

比意识更快的是动作，尽管夏绫脑袋一片空白，但她用最快的速度逃离了原地，重新跑回会场里。

夏绫转身用力关上门，慢慢滑坐在地上，瑟瑟发抖，脑袋涨得生疼，手脚冰冷，一颗心像陡然被拎起，悬在半空，恐慌、悲伤、痛苦紧紧扼住她的喉咙，几乎不能呼吸。

她这一生一分一秒都没有忘记过，当她年少被言歆父亲亲手扔在福利院并下令对她严加看管时，那是怎样的绝望。

时隔十年之久，夏绫阴差阳错地再次遇见那个男人。

她只要一想起他的面容，便觉得害怕，他的眼神凶残得像深海里的鲨鱼，只要他向她看一眼，都能让她感到胆战心惊。

幸好，刚才言歆父亲正侧着头对学校领导说话，并没有注意到她这边的动静，否则……她的人生必定会在那一秒被全部改写。

夏绫缓缓呼吸，安抚自己镇定下来。她从地上慢慢站起，往会场楼上

另一个出口方向走去。无论如何，她都不敢再出现在那个男人面前，她现在只想逃得远远的。

失魂落魄的夏绫没注意到自己已经偏离出口方向越走越远，等她回过神来的时候却发现自己迷路了。忽然有一个声音从走廊传来，听上去是学校的学生会主席，也是刚刚和她擦身而过的陆行彦的同伴。

夏绫认识他，他是陆行彦最好的朋友，陆行彦在学校多半得到这位学长的照顾，两人经常形影不离。

果然，他的话的确是对身旁的陆行彦说的，那声音非常严肃，甚至还有些不赞同："行彦，你最近和言歆之间是怎么回事？那些同学不知道你的情况所以随便开玩笑，可你自己不可能不清楚言歆她父亲是谁吧？那你为什么还要有意无意地接近那个女孩？"

夏绫身体渐渐绷紧，心思全都放在身后的声音上。她有预感，接下来陆行彦的话绝对会揭开她心底一直以来的谜团。

脚步声越走越近，声音变得无比清晰。

还是陆行彦那熟悉的清醇声音，却又有让夏绫分明觉得有什么不一样了："言歆不是我的目的，言氏广告公司才是。既然言歆可以让我达到目的，我为什么不利用？她对我来说，是至关重要的一张牌，假以时日，她必定会是我打入言氏内部的唯一可能……"

陆行彦说得很平静，暗地里却慢慢握紧了拳头。

不止一次在夜深人静时，他一个人轻轻抚着父亲的照片，心中发下毒誓：穷此一生，势必要亲手毁掉言氏。

所以他将目光放在了言氏广告公司董事长的掌上千金言歆身上，心中开始慢慢形成某些计划。

得到言歆的心，获取她的信任，再利用她去慢慢攻击她背后的言氏。

无论他要付出什么样的代价，无论多久，他都义无反顾。

他们说话间已经来到电梯这里，陆行彦看到一个熟悉的身影踏入电梯

后，脚步倏然停住。

身旁的朋友困惑地问他："行彦，怎么了？"

陆行彦摇摇头，继续往前走："没什么……可能是我看错了。"

他们没再继续谈下去，空旷的走廊里只剩下两人缓缓走路的声音。

电梯里，夏绫松了口气。还好电梯门在他们即将看到她的那一刻及时关上，否则，她不知道该以什么样的姿态来面对陆行彦。

夏绫一个人静静地靠在电梯门上，脑中不停回想着陆行彦说的那些话，顿时明白过来。

之前她只听说陆行彦父亲去世，原来将陆行彦父亲的全部心血毁于一旦的那个人，居然是言歆的父亲，她的姨父。

她终于明白，陆行彦拒绝她时说的那一句："她不是他想要的女孩"背后的全部含义。

他要的，是言歆，却又不仅仅是言歆。

陆行彦的短短几句话，就将他的立场剖析坦白，他对言歆所有的接近，只为了言歆身后的言氏广告公司。他计划利用不明真相的言歆来试图夺走言氏，试图击败言歆的父亲，这其实是最卑鄙的方式，但，也是最佳捷径。换作从前，她绝对不会想到，刚刚那些令人不齿的话竟是从陆行彦嘴里说出来的，然而现在，她无法不信。

苦难总是让人迅速成长起来，一夜之间，陆行彦从一个曾经纯白如纸、拥有和煦温暖笑容的少年，变成了这样一副陌生的模样。

原来，任何人都能变得冷酷无情，只要尝试过刻骨铭心的失去。

她还记得，那一次听说他父亲去世后便很久没有在学校里看见他，他再次出现在她视线里的时候面容憔悴不堪，连眼神里都带着深深的痛。

夏绫知道，陆行彦虽然平日里一向以谦和优雅的形象示人，但当他真正受了伤的时候，他不需要任何同情和安慰。事实上他的状态的确恢复得

137

很快，没过多长时间他又是别人眼里开朗温柔的陆行彦，甚至还和言歆传出了绯闻，让人辨不清真假。

夏绫轻轻叹了口气，他骗得了其他人，却骗不了她。

走廊里他和别人的一段话，让她误打误撞得知了他接近言歆的真实目的，几乎是同时，她心里有什么东西在悄悄复苏。

她决定帮助他。

哪怕她要面临被言歆父亲认出来的危险，哪怕她曾对他说过永不见面的话，可她到底还是不争气，顷刻之间就让这句话再也不成立，忍不住将一颗心捧上，愿意为他做任何事。

（3）吸引

六月初，在夏绫默默的帮助下，陆行彦与言歆在一起了。

尽管夏绫清楚他们之间所有的一切都是她明里暗里推波助澜造成的，尽管她心里明白陆行彦接近言歆不过是为了报复，是虚情假意，可心中还是疼痛不已，如同黑夜一口吞没了白昼，不知何时才能重见光明。

每天的晚自习夏绫都是最后一个才离开，只是因为不想看到陆行彦与言歆结伴离去的身影，然而，这并不能阻止她亲眼撞见他们的亲密无间。

那天是周一的升旗仪式，夏绫下楼梯时，恰巧看见陆行彦站在走廊的角落里，言歆微微仰头给他整理衣领。一向孤傲的她在凝视对面的陆行彦时，竟然放下千金小姐的身段，笑得那么甜蜜。

而陆行彦在低头与言歆对视的那一瞬间，目光柔和得不可思议，那是夏绫从未见过的。

乱花渐欲迷人眼。

这一份真真假假的感情里，到底不知不觉中多了几分她不知道的隐秘情意？

夏绫怔了几秒，撞上陆行彦有所察觉扫过来的视线，那复杂的眼神让她鼻尖蓦地一酸。

最酸的感觉不是吃醋，而是没有权利吃醋。

她跌跌撞撞地转身离开，没有发现，身后言歆那若有所思的目光。

夏绫没了参加升旗仪式的心思，失魂落魄地走到学校的花园边，坐下来怔怔地看着天空，眼睛仿佛失去焦距一般，很空洞。

她忽然听到一个低沉清冽的男声在她身后响起："为什么坐在这里哭？"

她下意识地转过头，声音的主人是一个英俊淡漠、气质清冷的少年，朝阳将他的轮廓衬得熠熠生辉。

夏绫摸了摸脸，才发觉自己竟然不知不觉中流了泪。

她顿时有种被看破心事的懊恼和尴尬，换作平时她会一言不发地掉头就走，可是那天她实在情绪糟糕，口气也变得冲起来，像是要将心中堵住的一口气迁怒到这个陌生少年身上："关你什么事？"

被一个素不相识的人看到流泪软弱的样子，夏绫也没了再继续待下去的心思，她抬脚便走，走了没多远，却忽然脚步一顿。

电光石火间，她脑中蓦地闪过一幅画面。她生日那天和陆行彦告白结束后，因为心情低落，于是一个人去了海边，结果无意中救了一个溺水的人。

那人的几个朋友没多久便赶过来，现在社会上碰瓷的事情太多，她不想闹大，于是匆匆看了一眼那个被她救上来的人就迅速离开了。

现在回想起来，刚刚的那个人似乎就是她从海中救起的男生。

夏绫听说他是言歆青梅竹马长大的朋友，不知道叫什么名字，只记得姓顾……虽然和言歆一起转学过来没多久，却很有地位，颇受女生欢迎。

和言歆青梅竹马吗？

夏绫低声念着这几个字，当她再次转过身的时候，却发现那个少年已经慢慢走远，背影挺拔修长。

（4）寒意

高三高考的那三天也是高一、高二的假期。放假之前班上的同学要将教室打扫干净，腾出来作为高考考场。

夏绫边清理着卫生边思考未来三天假期的安排，正想得入神，忽然听到旁边的女生小声地讨论："对了，你知道吗？前几天我去找理科班同学玩的时候，听说他们班的班长陆行彦明年就要和我们班上的言歆一起出国读书了……这两个人如今可真是浓情蜜意啊，一刻都舍不得分开……"

"啪'的一声，夏绫手中的拖把突然倒地，随即她身后的同学莫名其妙地看着她跑了出去，神情似乎焦灼万分。

陆行彦竟然要与言歆出国念书了？

为什么……

他竟然打算不声不响地离开这里，而她被蒙在鼓里，什么都不知道。

夏绫用最快的速度跑向顶层，正巧与出门的陆行彦相遇。他看见夏绫，诧异地笑了笑："夏绫，你怎么来了？是来找我的吗？"

自从那次告白之后，他与夏绫之间的关系淡了不少。他不知道她得知了他多少事情，但唯一清楚的是，他和言歆能够在一起，夏绫的帮助是最重要的原因。

这个女孩，为了能够让自己死心，所以主动远离他，可当她看到他出了事，又不忍心不闻不问，重新回到他的世界里。

他对夏绫，不是不感激的。可也只是感激而已。

陆行彦想到这里，看着夏绫，轻轻叹了口气。他忽然想到什么可能，话锋一转，声音变了，再开口时语气带着连他都不自知的担心："是不是

言歆出了什么事？"

表演得太好，还是入戏太深，以至于提起言歆都变得这样自然而然起来？

夏绫无法去想是哪一种可能。

事到如今，她一听到从他嘴里说出"言歆"这两个字，就觉得讽刺无比。她轻声开口，声音不稳："我听说……你明年要和言歆一起出国？"

陆行彦的目光变得意外，似乎没料到她会知道，看他的样子像是也没打算让她知道。他避开了她灼热的视线，点头承认："是的。"

夏绫忽然觉得荒唐，甚至还有点可笑。

她的目光牢牢锁住他，试图剖析他所有神色背后的含义："陆行彦，究竟是你自己想出国，还是因为舍不得离开她才想和她一起走？"

问题一针见血。

陆行彦沉默了很久，再看向她时目光里再没有了往日的温柔，是让她陡然心惊的暗色。他什么都没说，从她身旁缓步离开。

夏绫怔怔地看着他的身影，心底深处像是被冻住了，寒意一点点蔓延上来。

明明她知道如今没有任何资格也没有任何立场对他的人生指手画脚，也一次又一次自我催眠，让自己努力做到无动于衷，可她还是忍不住觉得悲哀。

为她，也为他。

夏绫低声喃喃道："陆行彦，你疯了。她父亲是害得你家庭支离破碎的罪魁祸首啊，你竟然……"

陆行彦似是听清了，又似是没有听清，脚步顿了顿，终究是头也不回地离开了。

夏绫看着陆行彦离开的背影，蓦地觉得万分难过。

当初她以为，正是因为言歆与陆行彦之间有着无法跨越的仇恨，让陆

行彦根本不可能会真心喜欢上言歆，所以她才愿意主动帮他，成全他，只要他得到他想要的。

然而她终究是高估了陆行彦，时至今日，陆行彦却用行动明明白白地告诉了她，他喜欢言歆，真心实意。

她怎么能不害怕，怎么能不着急？

说到底，喜欢一个人是有私心的，她再怎么大方，也不会眼睁睁地看着她喜欢的男孩因为她的推波助澜，从而喜欢上另一个女孩，这个女孩又恰恰是他最不能碰的。

他踩进了泥沼，明明会越陷越深，却执意要向前进。

这一刻，她承认，她做不到对陆行彦放手不管，她想自己必须阻止他。

曾经他帮过她，给她送去漫漫人生里唯一的温暖，这次换她来帮他好了。既然他无法说出口，不能说出口，那么，她替他向言歆摊牌，结束这场荒唐的、错误的恋爱。

然而就是这样一个决定，将夏绫推向了万劫不复之地。

CHAPTER08

第Ⅷ章

最熟悉的陌生人

TIME

WILL DIE

WITH YOU

（1）重逢

"各位旅客请注意，您乘坐的飞往Y市的CA7228次航班现在开始登机……"

机场的广播声将夏时意拉入现实，她失神地看着陆行彦越走越近，仿佛看尽这么多年来离散的时光，他的每一步，都好似踏在她经年累月的朝思暮想之上。

然而陆行彦的视线始终看着他身旁的言歆，即使她站在很远的地方，也能清楚地看见他眼底的温柔，一如当初。

却不是对自己。

"夏时意，你这样赤裸裸地看别的男人，我会吃醋的。"

夏时意的耳畔猝不及防地响起顾决低沉的声音。

顾决一向擅长察言观色，尤其是在面对夏时意的时候。他姿态闲适地单手插在裤袋里，一手揽住她的腰，侧头看她，语气漫不经心，目光似有无限深意："该不会是……言歆的未婚夫长得很像你的初恋？"

都说女人是世上一流的侦探，第六感敏锐得像是最精准的探测仪，但谁说男人不是呢？

夏时意的心猛地跳一下，不过逐渐平静下来，很快将异样神色全部敛去。她抬手拢了拢长发，头发上的宝蓝色发卡在灯光下闪着光，衬得肌肤雪一样的白。她笑起来，道："如果真是呢？"

"那我得把你藏起来，不能让旧情敌看见。"顾决毫不掩饰对她的在意，闲闲回应，"不知道我们现在走还来不来得及……"

"堂堂顾总，居然这么不自信……"

两人谈笑间，言歆与陆行彦越走越近。

144

几米之外，言歆边挽着陆行彦边向前走，终于看见了熙攘人群中顾决修长挺拔的身影，不过他并不是一个人来的，正举止亲密地和身的边女人调笑。平日里素来清冷淡漠的男人，此刻低头含笑，连眼角眉梢都带着几分缠绵悱恻的味道。

这样的顾决，还真难得看见。

是电话里她听到了其声音的那个女人吗？

言歆正暗自思忖间，终于见方才被人群遮住的女人朝她这里遥遥看过来，只一眼，就令她大惊失色。

顾决看上的女人……居然就是那个长得像夏绫的时装设计师夏时意！

言歆下意识地看向身侧的陆行彦，心中惴惴不安。

夏绫和他有着千丝万缕的暧昧关系，至今下落不明，而现在出现了和她长相极为相似的人，他会是什么反应？

果然，当陆行彦笑着将目光从言歆身上移向前方，落在顾决身侧女人身上的时候，他神色一震，情绪陡变，笑容刹那间全部收起，不自觉地停下了脚步。

他怔怔地直视前方，连声音都开始轻颤："歆儿，顾决身边的女人……是夏绫吗？"

陆行彦的变化来得太快，几乎就是转眼之间的事。

言歆细长的眉微微蹙起，语气却是一种故作的轻松："她叫夏时意，是我的婚纱设计师，她和夏绫两个人长得很像是不是？连我当初也认错了……"

即使她怀疑那个女人就是夏绫，可在陆行彦面前，她还是极力否认，掩饰着自己真正的想法。

陆行彦还想问什么，这边顾决和夏时意见两人忽然停住不走，已经向他们迎了过去。

顾决打了一声招呼，随后淡笑说："你们怎么忽然停下来了，在说什

么秘密？"

"在讨论你的女人。"言歆极其自然地将话题带到夏时意身上，"我和行彦之前就在好奇，你素来奉行事不关己高高挂起的冷血原则，舍生忘死去救一个女人这种事居然有一天也会发生在你身上，真让我们大开眼界……现在知道了，原来能让你放下原则去救的女人就是这位夏时意小姐……"

言歆握一下夏时意的手又很快放开，哪怕如今夏时意的身份不再是低她一等的设计师而是顾决的女人，她的语气依旧高高在上："夏小姐，好久不见。"

她顿了顿，轻昂下巴看着夏时意，微微地笑了，笑容饱含深意："真没想到，短短两个月，你就成了顾决的女友……要知道他历届女友，没有一个不是从名门望族里走出来的。看来夏小姐手段果然不一般，我之前还真是小看你了……"

顾决自然听出言歆话里有话，有那么几分为难夏时意的意思，于是眸光变深，正欲开口，夏时意却很快地接上，不卑不亢地笑着回应："言小姐这么一说，我倒更觉得这个位置宝贵了。谢谢言小姐的提醒，我会努力成为顾决最后一个女友的。"

夏时意和言歆客套完，继而转头，看向言歆身边的陆行彦，心底虽然翻江倒海，但极力克制着自己的情绪，对他笑吟吟道："这位就是言小姐的未婚夫陆先生了吧？你好，我是夏时意。"

声音。

这世上会有一模一样的声音吗？

陆行彦不知道，也从未想过这个问题。他有那么一瞬间真的以为，站在他眼前和他说话的人就是八年前的夏绫。

如果说之前相似的容貌让他已无比震惊，那么现在耳朵里听到的一模

一样的声音更是让他无所适从，甚至忘了去回应夏时意。他只是恍惚地反复看她，一句话都说不出来。

相似的容貌，一样的姓，一样的声音，却截然相反的性格。

这个叫夏时意的女人……究竟是谁？

言歆将陆行彦所有变化看在眼里，手指渐渐收紧。她忍不住轻声提醒他："行彦？"

陆行彦这才回神，抱歉地对三人笑了笑："不好意思，时差还没倒过来，让你们见笑了……"

顾决拍拍他的肩，看了一眼手表，说："好了，既然都认识了，我们现在就去吃饭吧。"

所有的暗潮汹涌，随着顾决的这句话暂时告一段落。

虽然顾决在家里晚饭做到了一半，但因为言歆和陆行彦两人的突然回国，让他一时没有准备，于是他还是将接风洗尘的饭局定在T市一家远近驰名的西餐厅。

餐厅装饰奢华，以明艳亮丽的色彩为主，每一处都别具一格，相当精致，让人赏心悦目。

饭桌上，夏时意除了机场里那句打招呼的话，就再也没主动和陆行彦说过话，她刻意避开陆行彦灼热探究的视线，一心一意地为身旁的顾决夹菜。顾决倒也落得舒坦，安然地享受着她的体贴，享受的同时，还有意无意地将对她的照顾做得滴水不漏，风度十足。

陆行彦很多次看着夏时意欲言又止，看见她和顾决之间其乐融融的气氛，终究不愿意唐突破坏，怕因为他而让这一顿饭尴尬起来。于是他忍下心中所有困惑，与他们推杯换盏，谈笑风生。

没有出现意料之中的局面失控，这让言歆悄悄松了口气，只是对夏时意的态度依旧不冷不热。

这顿饭吃了很久。

今晚不知为什么，顾决明知陆行彦身体刚刚恢复，却像是有意要放倒他，两人连续喝了数杯酒后，酒量不行的陆行彦身体明显吃不消，先行去了洗手间。

没几分钟，夏时意也借故往洗手间的方向走去。

两人一前一后离开，这边饭桌上的言歆也没了吃饭的心思，放下筷子，对依旧气定神闲端着酒杯品酒的顾决没好气地道："顾决，够了吧？"

顾决懒懒地抬了抬眼皮，假装不明白她在说什么："什么够了？"

言歆心疼陆行彦，却又拿装腔作势的顾决无可奈何，只能咬牙切齿地点明："好吧，我承认在机场里我不该那么挤兑夏时意，但你有必要这么小心眼，立刻在行彦身上'报复'回来吗？幼不幼稚？哼，重色轻友！"

顾决笑了笑，泰然自若地回她："彼此彼此。"

的确，他们从小一起长大，就连性格也极其相似，争强好胜，个性冷傲，爱憎分明。但也因为这样，两人太了解对方，一言一行都能将彼此看透，所以注定无法成为恋人，只能成为最好的朋友。

言歆被顾决呛得说不出话，只能气闷地转移话题："你什么时候爱上她的？"

她其实好奇这个问题的答案很久了。

虽然这几年顾决交过几任女友，但作为旁观者的言歆看得很清楚，他始终没有认真投入过。所以，当她知道夏时意成了顾决的女友时，甚至他不顾一切将她救出，才会那样诧异。

她记得，距离上一次看到顾决这么将一个异性放在心上，还是八年前高中的时候，而且还是悲催的单恋。不过那段时间她的全部心思都放在了陆行彦身上，对顾决的感情世界关注得少之又少，只听说后来那个女生出了事，于是这段单恋也不了了之。

三年之后，顾决接管顾氏集团，为了商业利益，顾谢两家家族联姻，

女方却因为顾决腿部受到重伤而主动弃婚离去。接下来的这五年里，顾决陆陆续续地维持了几段不咸不淡的关系，却又由于这样那样的原因总是不得长久。

那么夏时意，长得极其像夏绫的这个女人，又能和天生薄情的顾决走多远？

顾决手指轻敲桌面，并没有正面回答这个问题，反而正色道："我知道因为夏绫的关系或多或少让你不喜欢她，甚至厌恶，但能不能仅仅因为她是我喜欢的女人，答应我以后不要再为难她？"

从高中到现在，他亲眼见证了言歆和陆行彦恋情的整个过程，也知道言歆有多喜欢陆行彦就有多讨厌夏绫。所以对长得极其像夏绫的夏时意而言，机场上言歆对夏时意轻微的出言挑衅只是一个开始。

当顾决用这种语气为一个女人说话的时候，那么，代表他是认真的。所以言歆目不转睛地看着他，故意笑说："如果我说不，我做不到呢？顾决，你真的要舍弃二十多的友谊和我对立，选择一个相识不超过两个月的女人吗？"

"你之前都说了我重色轻友了，那答案你应该很清楚了吧？"顾决淡淡地回她，"你有陆行彦，还有身后庞大的言家，而她，只有我。"

言歆没想到顾决的态度如此干脆利落，怔了怔，忽然扬起嘴角，耸了耸肩道："行了，我也没那么刻薄无礼。只要她不像以前的夏绫那样对陆行彦有所企图，安分守己，认真负责地设计出我的婚纱，我也不会把对夏绫的印象强加在她身上的……"

两人说话间，顾决低头看了一眼手表，忽然站起身往门口方向走。在即将打开门的时候，他背对着言歆，单手插在西裤口袋里，外套搭在他的手臂上，整个人显得慵懒而漫不经心，说的话却又那么意味深长："这两个人一起出去那么长时间了，要不要一起出去看一看？"

八年。

夏时意花了整整八年时间才以全新的姿态走到陆行彦身旁，从始至终从容镇定，落落大方，一整个晚上在他面前谈笑风生，可现在在即将单独一人面对他的时候，却反而情怯起来，甚至不知道，在他面前是否还能将夏时意这个角色顺利地扮演下去。

她看到陆行彦去了洗手间，维持了一个晚上的耐心终于消失殆尽，明明知道这个时候出去未免太过巧合，却还是没沉住气跟着他一前一后地出了包厢。

夏时意抱着手臂，慢慢地在洗手间外的走廊里来回走动，高跟鞋踩在厚实的红毯上，如行走云端，安静无声。

她正想得入神，没注意到身后走过来的陌生男子，一转身就撞了上去。

那男人或许是今晚心情不好，又或许是喝多了，也不管夏时意是个女人，不听她的道歉，被撞了一上来就骂骂咧咧，还险些要对她动手动脚，吸引了越来越多的围观者。

夏时意被指责得走也不是，站也不是，正尴尬得不知如何是好时，陆行彦捂着胃部从男士洗手间走了出来，一眼就看到了夏时意被围在人群中遭受指指点点，甚至惊动了经理。

陆行彦下意识地走了过去，比他思想更快的是他的动作，他挡在夏时意面前，拨开那个男人都快要指到夏时意脸上的手，皱着眉，向来温润的声音已变得十分严肃："她已经道过歉，这位先生你再这么咄咄逼人，是不是有点小题大做？"

男人见有人维护夏时意，立刻不爽："你是谁啊？要你来多管闲事！老子今天不高兴，还就小题大做了！"他正要冲上去对陆行彦挥出拳头，被后面的服务员眼疾手快地架住身体，随后几个保安也赶了过来。

闹事的男人终于离开，陆行彦轻轻松了口气，转过身，看向身后怔

怔望着他的夏时意，心猛然一颤。他咳了咳，掩饰眼神里的异样，关切地问："夏小姐，没事吧？"

走廊上方的灯光落在陆行彦的身上，清透又明亮，让夏时意将他看得清清楚楚。

八年未见，他比曾经更成熟，温润雅致的眉眼间，依稀还有年少时柔和青涩的影子。当他像从天而降的王子一样，挡在她身前维护她时，他的举止笑貌，与八年前在学校走廊间替她赶走调皮的男生的那个陆行彦重叠。

急景流年都一瞬，往事前欢，未免索方寸。

时间像是变成流沙瓶中的细沙，将她带回他们过去，仿佛离散的岁月眨眼融化在一场绵绵梦境里的轻雪中。

（2）拥抱

人在特定的环境里，情绪总会轻易陡然失控。

夏时意心里的疼一点点蔓延开来，直至涨满整个胸膛，眼泪就这样突兀地涌了出来。那一句简简单单的"没事吧"让她的自制力瞬间溃不成军，所有的理智全部退后，明明知道不应该，可她还是冲动地冲上去抱住他，泪如雨下，连话都说不完整："陆……"

她想说，陆行彦，我是夏绫，我好想你……

她想说，陆行彦，我替你坐了三年牢，可为什么你最后不要我了……

她想说，我没有被那场大火夺去生命，我好不容易活着走出来，你却要和别的女人结婚了……

那么多的话，她一时间反而什么都说不出来，只能紧紧地抱着他，仿佛只有这样，才能将自己心底的心意传递给他。

陆行彦因夏时意投怀送抱的动作而显得难以置信，神情惊愕无比。他

僵直着身体，一动不动地站着。离得那么近，他还能听见夏时意声音里的悲痛，忍不住低头看她，眼泪从她白皙的脸颊上慢慢留下，像是清晨白色花朵上的露珠。

陆行彦心里忽然传来一阵熟悉的钝痛，可他不知道为什么。

"夏小姐是被吓到连站在你面前的男人是谁都分辨不出来了吗？"

陆行彦正迟疑地慢慢伸出手，在快要触碰到夏时意身体的那一瞬间，身后猛地响起言歆凉凉的讽刺。

犹如一记惊雷，让陆行彦的动作下意识地改碰为推。夏时意因为他猝然推开的动作而站立不稳，下一秒却已被稳稳搂在一个熟悉的怀抱里。

她抬头，看见了顾决清清冷冷的面容，才发现原来不止言歆，顾决也从包厢里出来了。

只是她不知道他们刚刚站在远处看了多久。

夏时意眼神中蓦地涌上复杂的情绪。她不知道现在该怎么面对顾决，其实从很久之前开始，她就明白这种情况无可避免。

顾决看着脸色微微发白的夏时意，深邃幽暗的眼眸中似是有细碎的寒冰沉浮，但隐藏得很好，让人看不透他在想什么。

他的目光很快从夏时意身上收回，对陆行彦一点下巴以示谢意，虽然唇角有着若有似无的淡淡笑意，一字一句中却显得对夏时意占有欲十足："我的女人我接手了。不管怎么说，我替时意谢谢你。"

陆行彦沉默了几秒，才笑了笑，那笑容干净磊落："不客气。且不说夏小姐是你的女朋友，任何一个女人遇到这种事，我都会忍不住路见不平，拔刀相助的。"

这一句话，让身旁言歆的脸色顿时变得好看了一点。她太了解陆行彦，生性良善，同情心极强，所以他看见夏时意被欺负，上前去救她的行为也不难理解，只是，夏时意的投怀送抱又该怎么说呢？

言歆的视线慢慢落在夏时意身上，冷得像是屋檐上倒挂的冰棱。

她忘不了，当夏时意忍不住抱住陆行彦时，那双美丽的眸子里似乎有

千言万语，眸中喷涌的感情与记忆里某个女孩如出一辙。

这种目光，她这一生只在一个女人身上看见过。

那就是夏绫。

"上次的绑架一直给时意留下了很深的心理阴影……"说话的是顾决，不愧是言歆二十几年的好朋友，他见她不出声只是看着夏时意，就一眼看透她在想什么，于是对言歆解释，"所以刚才大概她一时后怕才抱住了行彦……言歆，你别介意。"

与其说是解释，其实是维护，是开脱。

言歆瞥了一眼低着头默不作声的夏时意，带着审视的意味看了她好一会儿，即使心里因为那一抱不大舒服，但她还是控制住自己不悦的情绪，勉强地一笑："你都不介意了，我还能说什么呢？幸好没出什么大事……我看夏小姐也有些累了，顾决，你先送她回去吧，不用送我们了。"

顾决也正有此意，点点头，带着夏时意很快离开了。

夜已渐深，月色铺陈，星光渐次跌宕开来。

路两旁的街道上种满了高大挺拔的法国梧桐，树影婆娑，风掠过后，黄叶如秋蝶般纷纷飞舞，簌簌响声回荡，衬得夜色几分安宁几分寂静。

顾决一路目不斜视地开着车。月色斜斜入窗，映得他的面庞半明半暗，让人看不清他眼底真实的情绪。车慢慢行驶在公路上，车身线条流畅，大气磅礴，是玛莎拉蒂今年的限量新款SUV，在夜色中更显出尊贵傲然的冰冷质感，气势逼人，一如车的主人。

车行驶的整个过程里，夏时意静静地靠在车窗上，闭着眼，沉默不语，不知在想什么心事，就连顾决的问话也忽略了过去，没有听见。

直到顾决低沉清冽的声音第二次传入夏时意的耳畔，她才茫然地抬起头，向顾决看过去："什么？"

听出夏时意语气里的心不在焉，顾决修长白皙的手指慢慢握紧方向

盘，清冷俊美的眉宇间，表情有一刹那的隐忍和克制，还有几许无奈，但他又很快全数隐藏，耐心地重复第三遍的关心："心情好点了吗？"

夏时意点点头，语速放得极慢，就像是在极力遮掩什么情绪："好多了，今晚幸亏当时陆先生及时赶到……"

这一句话像是触到顾决心里的某一处，他猛地停下车，地点正好是夏时意的住宅前。

顾决侧过头，手懒洋洋地搁在方向盘上，勾起唇，似笑非笑地重复那几个字，语气泛着突如其来的冷意和讽刺："多亏他及时赶到？"

他离开前，因为过于担心夏时意晚上遇到的意外，所以趁着她返回包厢拿包的时候，一个人去了前台查监控，发现她与陆行彦一前一后出门不是寻常巧合，而是她为了单独见到陆行彦专门等候在那里。

一如他所预料的。

早在机场里见到陆行彦时，他就将夏时意与陆行彦两人之间所有的暗潮涌动尽收眼底，只是他隐藏得很好，即使心如明镜，却依旧什么都不说，什么都不问，甚至还坦然大方地在言歆面前，为夏时意掩饰了她那忘情下的投怀送抱。可那种漏洞百出的理由，连他自己都不相信。

百无一用是情深。

做男友做到这个份上，是不是好没出息？

顾决自嘲地笑了笑，终究还是继续隐藏了自己的真实情绪，不打算说破夏时意今晚持续不对劲的事实。

他伸手为夏时意解开安全带，边解边平静地开口，云淡风轻地转移话题："是啊，也多亏了他及时赶到……只是你被别人英雄救美了，我怎么想都有点不甘心。"

夏时意敏感地察觉出顾决前后两句话语气的变化，不知为什么，她上一刻差点以为顾决会说出什么让她难堪的话，但下一秒，还是一贯的漫不经心，轻轻松松地说着玩笑话，仿佛之前他身上那股迫人的凛冽气势是她

看错了。

夏时意暗地里悄悄松了口气。

她从晚上与陆行彦见面的情绪里强行抽离，打起精神，在顾决面前又扮演起完美的女友，弯起唇角，笑他幼稚："顾决，你这么爱吃醋，你以往的那些女友知道吗？"她伸手点了点顾决的胸膛，回应他那句似真似假的抱怨，"我现在整个人都是你的，你还有什么不甘心的呢？"

顾决替夏时意解开安全带后没有退开，因她那一句话而扬眉看她，神情里刹那间分明多了几分不一样的东西，明明灭灭，漆黑如墨的双眸里神色一片晦涩。

人是他的，那心呢？

星光散碎，月色无边。朦胧月光透过半开的车窗，将夏时意的侧脸勾勒出一个优美的剪影，那双眼中波光流转，顾盼生辉，似是世上最迷人最无法抗拒的诱惑。

一时间，彼此的呼吸相互缠绕，近在咫尺，四目相对，那张线条冷峻英挺的脸和她离得那么近，极其暧昧的气氛让夏时意的脸忽然烧起来。她避开顾决的视线，不自然地推开他，转而开门下车："我，我到了，你回去的路上小心……"

"只有道别，没有吻别吗？"顾决低声笑了笑，"砰"的一声关上夏时意打开的车门，扣住她的手腕把她拉到自己怀中，一低头就猝不及防地吻住了她，那么用力的亲吻，似是情深难以自持，又像是害怕失去，在努力地证明什么。

夏时意到家后，倒了杯茶，捧着茶杯，坐在落地窗前，怔怔地抬头看着夜空。月光倾泻而进，落在她身上，晕出模糊又柔软的光影。

这一天，因为陆行彦的回归而变得浓墨重彩起来。

这八年里，她时时刻刻想着今天重逢的情景，可当它真正实现的时

候，她的情绪却比之前更沉重压抑了，心思剪不断，理还乱。

今晚陆行彦那下意识推开她的动作，始终是她心底的一根刺，耿耿于怀。这一举动背后的原因代表了什么含义，她不愿去深想，也不敢去深想。

开弓没有回头箭，她已经没有任何退路，只能孤注一掷，勇往直前。

在窗前枯坐了很久的夏时意没有发现，那一晚，顾决的车停在她的住宅前，直到天亮才悄然无声地离开。

临走前，只剩下一地熄灭的烟蒂。

似此星辰非昨夜，为谁风露立中宵。

（3）美人鱼

不知是时差原因，还是夏时意的原因，言歆回国后的第一天，彻夜都没有休息好。

她总是梦到婚礼那天，陆行彦哀伤地看着她："言歆，对不起，她回来了，我不能结这个婚……"说完之后，她眼睁睁地看着他和夏时意在她面前牵手相携离去，无论她在他背后怎么放下骄傲和自尊哭着喊他追他，他都头也不回，不肯回头看她一眼。

梦里，她撕心裂肺，伤心欲绝。

言歆一下子惊醒过来，继而就是持久的失眠，还有焦躁，烦心，几种负面情绪揉在一起，搅得她极度心绪不宁。

她起身靠在床上，闭目养神了几分钟。可没过一会儿，她又睁开眼，疲惫的双眸充满血丝。

只要大脑空闲下来，她总会想起昨天夏时意拥抱陆行彦的画面，那么多的巧合堆积下，夏时意的拥抱又给了她强有力的一击，她根本就不相信

156

顾决给出的解释。

越是相处，越让她对夏时意的怀疑与日俱增，但如今有一点她百分之百确定，夏时意绝对与夏绫有关。

然而夏时意到底是夏绫本人，还是夏绫的姐妹，抱着什么样的目的接近她和陆行彦，她毫无头绪，她现在最需要的是证据。

言歆慢慢平复了心情，她思考了一会儿，拨了某个号码打过去："继续查那个叫夏时意的女人，无论要花多大代价都不要放弃，给我加大力度，必须挖出她身上有价值的东西！"

得到下属的答复后，言歆挂了电话，揉揉眉心，叹口气，不知道是夏时意隐藏的手段太高明，还是被人保护得太好，要调查像夏时意这样一个身份背景普通的女人，竟然比她想象中艰难许多。

想到这里，她决定主动出击，用讨论婚纱设计为理由来接近夏时意，以便发现蛛丝马迹。

言歆拨出夏时意的号码后，等了很久，一开始并没有人接，她放下电话，起身换衣，几分钟之后，电话反拨过来。

电话里传来的却是一个低沉磁性的男声："言歆？"

居然是顾决接的电话。

言歆愣了愣，神情满是诧异："顾决，怎么是你？你们昨晚在一起过夜了？"

她走到窗前，一边和他说话，一边低头摆弄花草。已经是上午八点，阳光懒洋洋地洒进来，落在花草上，更显生机勃勃。

顾决挑眉，反问："大家都是成年人，而且我和她又是男女朋友，在一起过夜难道有什么不对？"

"话是这样讲没错……"言歆换了接电话的手，继续说，"只是曾经你其中一个女伴对我哭诉你对她太冷淡，最后反而还被不解风情的你指责

作为女孩应该矜持点……这种啼笑皆非的事让我印象太深，结果换了个女人，你就进展这么迅速……"

"言歆，你还真是对我的感情世界了如指掌。"顾决失笑，随即解释，说出真相："昨晚送她回去之后，她的手机落在我车里了。"

他早晨来到公司才发现她掉在车内缝隙里的手机，还没来得及送过去，这边言歆的电话就打来了，也因为她不是外人，他才替夏时意接了电话。

言歆微微眯起眼睛，笑了笑："彼此彼此，我的那几个男友不是也被你了解得一清二楚的？尤其是行彦，本来我以为真的要失去他了，如果不是你最后帮了我，我现在的人生里恐怕没有爱情这回事了吧……说起来，要是高中的时候帮你追那个让你念念不忘的女孩，或许我们的婚礼都能同时进行了……"

她说到最后，开始升起女人的八卦劲头："顾决，每次问到高中的事你就避而不谈，那个女孩到底是谁？"

"反正不是你。"顾决低笑着懒洋洋地回了一句，不动声色地转移话题："好了，你不是要找时意谈婚纱设计的事吗？我把她的私人号码报给你……"

顾决和言歆可有可无地又聊了几句后，挂了电话。他转过身，站在十八楼的窗口前，看着外面的世界。

早上八点多，天空蔚蓝得似是上等宝石，柔白的云朵漫不经心地向远处移动，明媚的阳光直射在这栋庄严恢弘的建筑物上，如同撒上了一层密密的耀眼金粉，也让站在窗前的他隐在夺目光芒中，变得模糊不清。

顾决慢慢地闭上了眼睛，言歆的话不停地叩击着他的心门，让他不由自主陷入回忆里。

八年前，他和言歆一起转学到T市之初，偶然路过T市景色宜人的海

边，喜好游泳的两个人第二天便兴致盎然地带着当地的朋友一起过去游玩。

云白风轻，蓝天碧海，成群的归鸟掠过天空。沙滩旁种植着一排排棕榈树，海水拍打着岩石，激起无数浪花，波光碎影，真是一幅绝美的景象。

顾决在海里游了一会儿，开始觉得不对劲。

他发现自己已经脱离了人群，无意中来到了深海区。陌生的地方让他很快失去了方向，而此时小腿突然抽筋，身体的疼痛让他难以忍受，他还没来得及呼救，一大口海水涌进他口中，呛得肺部一阵剧痛，紧接着，眼睛、耳朵、口鼻里全都灌进了一波又一波海水。

在他整个人昏昏沉沉，失去意识之际，有个女孩快速朝他的方向游了过来，用尽全部力气把他救上了沙滩。

所有的急救措施做完后，那女孩拍了拍他的脸，耐心地喊他："喂，你醒醒……醒醒……没事吧？需不需要送医院？"那声音清凌凌的，似是六月碧波。

连续的呼喊之后，她觉察到他快要醒来，松了口气。

与此同时，言歆发现他失踪了，也带着朋友急匆匆地赶向这里，边喊他的名字边四处寻他。

那女孩许是见有人来了，居然像做错了事一样惊慌失措，扔下他转身就跑。她没有发现，他早已睁开了眼睛，静静看着她越走越远。

"美人鱼姑娘吗？"

他低声笑了笑，觉得有趣。

很小的时候，母亲给他讲美人鱼的故事，他一直觉得那个人鱼很可怜，为了心爱的王子失去声音，拼尽全力却没有得到王子的爱，直到她化为泡沫，王子也一无所知。

然而，若是人鱼没有失去声音，王子知道了她才是真正救他的人，结局会不会是幸福的？

159

小时候的他不知道，但是现在，他竟遇到了如童话中美人鱼那样的女孩。

从始至终，明明那个女孩只说了几句话，他却将她的声音记得那样牢那样清楚。

风起云涌，她与碧蓝澄澈的大海慢慢融合的身影，像慢镜头一样在他的脑海里变得格外漫长，从此他这一生，再也无法忘记。

他没有想过会再次遇见那个女孩，更巧合的是，她竟然与他同校。

第一次和她对话是因为言歆的关系。

那时候他去找言歆，在2班门口却始终不见言歆的身影，他随便问了个男生，那个男生挠挠头说他刚打完球回来，也不知道言歆去了那里。

在他正准备离开时，就听到身后那个男生锲而不舍地问身旁经过的女孩："夏绫，刚才有人找言歆，你看见她没？"

"她好像去了化学老师办公室……"

这个清凌凌的女声传到他耳边的同时，也让他的脚步倏然停住。

这声音……

是那个女孩。

是救他的女孩！

他慢慢地转过身，望过去，看到那个女孩四处张望，像是寻找着谁，眼角眉梢都带着急切："谁找言歆？是陆行彦吗？"

清秀的容颜，乌黑长发披散肩头，一身朴素简单的水蓝色长裙。不是多惊艳的五官，却有一种清淡怡人的感觉，吸引着他的视线，让他莫名地移不开眼。

上午的阳光斜斜照进教学楼，洒在她的眉眼间，看起来格外动人，顾盼之间，朦胧仿若一场江南烟雨色。

那一刹那，他分明感觉到，自己心底深处被某种陌生的柔软情绪狠狠

撞击了一下。

时间仿佛刹那凝滞，连空中浮动的微尘都静止了，他清楚地听见他的心怦然而动。

很久之前他看过一句话，是说，一见钟情的最佳定义，大概就是我在心里想象过你无数遍，直到有一天你被我恰好遇见。

那时候他对这句话感到可笑。一见钟情，不过都是见色起意。

所以他从不相信一见钟情这回事，事实上他也从未对哪个女孩一见钟情过。

直到遇见她，他才真正开始明白，一见钟情到底是何种意义。

海边夏日阳光里的惊鸿初见，她落荒而逃，他用心记住了她的声音；校园走廊处人潮涌动里的再次相遇，他终于找到了他的美人鱼女孩。

除了他，没有人知道，从那时起，她的一言一笑，已入他心。

然而……

她是他的美人鱼，他却不是她的王子。

时隔几周后，他从一些流言绯闻里听说，她喜欢那个叫陆行彦的男孩。

他对她情有独钟，而她早有意中人。

他曾看见过她对她喜欢的男孩微笑的样子，唇角微微翘起，牙齿雪白，衬得她身后娇嫩的蔷薇花也黯然失色。

他也曾看见过她因为喜欢的男孩落泪的样子，那双通红的眼睛，波光潋滟，让他心里疼惜得微微一颤。

她却仰着头，不耐烦地看着他，说："关你什么事？"然后站起身，目不斜视地从他身旁擦肩而去。

看着她难受，看着她哭，可他连最简单的伸手安慰都没有办法做到。

于是他只能眼睁睁望着她娇弱却坚强挺直的背影慢慢走远，心里下起一场大雪，终年未歇。

八年过去，沉默内敛的少年成长为冷情凉薄的男子，纵然岁月将瘦，时光渐老，往事废壁残垣，腐化成白骨，可他从没有一天忘记过，自年少起便深埋于心底的所有情深义重。

CHAPTER09

第Ⅴ章

戏中戏

TIME
WITH YOU

WILL DIE

（1）线索

言歆连续打了几遍夏时意的私人电话，却始终没有人接听。不知为什么，她冥冥之中有种今天一定要见到夏时意的感觉，于是她开车来到夏时意的工作室。

已经是上午九点多，言歆本以为夏时意这时候应该在工作室里，可她发现只有唐落与几个助理在，她抬手敲了敲门。

工作室里的几个人闻声抬头，看见一个身穿艳红色露背裙装的高挑女子踩着尖细的高跟鞋走了进来，拎着价格不菲的手袋，眼角眉梢都有一种高傲贵气的冷艳。

唐落作为首席助理，连忙起身迎了上去，客气地问："小姐，你好，我是助理唐落，请问有什么事吗？"她倒了杯咖啡，递给言歆。

言歆径直走到沙发旁坐下，边喝着咖啡扫了一眼四周，边问唐落："我是夏设计师的客户言歆，我想和她讨论婚纱设计的事，但现在我联系不上她，你知道她大概什么时候会过来吗？"

唐落露出可爱亲切的笑容说："言小姐稍等，我联系一下夏设计师。"

言歆没想到连夏时意的助理都不知道她的行踪，蹙了蹙眉，起身站起来，拎着包打算走："那谁……"

"唐落。"

言歆点了点头，接着说："唐落，不用联系她了，回头我有时间私下里再找她吧……"

　　言歆往门外走，走了一半，快出门的时候忽然转身，下巴微扬，对唐落表扬了一句："咖啡不错。"

　　唐落满脸笑容地把她送走。

　　进了电梯，言歆才想起夏时意这个助理的名字，倒与她公司里一个实习生同名同姓了。她摇摇头，难怪觉得"唐落"这两个字耳熟。

　　等等，同名同姓？

　　言歆眉头微蹙，她仿佛抓住了某一点，脑中似是有什么东西蓦地闪现，让她心中陡然涌起强烈的情绪。

　　她一直怀疑夏时意便是夏绫本人，夏时意只是她为了某种目的而重新起的名字。

　　但根据她日复一日的调查结果来看，夏时意这个身份不是凭空捏造出来的，从小生活背景的确真实，就连从小到大的朋友也都说有这个人，从那些朋友嘴里听到的有关"夏时意"的描述，与现在出现在她面前的"夏时意"一模一样，性格、外貌、品德等这些抽象的东西，和以往她所知道的夏绫相差了十万八千里。

　　所以她一直不敢下结论。

　　但她总觉得，她调查的内容是夏时意或者背后支撑夏时意的人想让她看见的，故意把她引向"夏时意确有此人，这个人是和夏绫完全不同的人"这个方向。而这些表面内容，只是全部真相的冰山一角，剩下的一部分不显山不露水，在她看不见的地方隐藏得极深。

　　这个世上，只要是做过的事情，总会留下痕迹，痕迹再少也有痕迹，总会有能耐的人能找得到。

　　所以一定有被遗漏的地方。

　　同名同姓这一点，让她灵光乍现。

　　她脑中快速分析，倘若"夏时意"这个身份是真实的，那么只有一种可能，夏绫盗取了一个叫"夏时意"的名字，用了那个人的身份。

　　她如果能找到真正的"夏时意"，那夺走了"夏时意"身份的夏绫到时只能面临着被戳穿的局面。

　　想到这里，言歆不禁冷笑一声，一边走出电梯，一边拿出手机，拨出了一个号码，问对方："查了这么长时间了，那家美容医院还没有透漏些别的信息吗？"

　　那边声音恭敬道："言小姐，我们这边给出的价码已经接近于天价，然而美容医院的负责人始终不肯提供那位夏时意小姐整容后的照片，如果坚持要调照片，只有去向法院申请。"

　　言歆嘴角挑起讥诮的弧度："这世上有钱能使鬼推磨，如果钱都推不动，那么只能说明那家美容医院的负责人已经是他们的人了。"

　　还有个让她觉得有意思的地方是，既然美容医院肯提供夏时意整容前的照片，为何偏偏要对整容后的照片死守保密态度？

　　看来还真是应了她前面的一个猜测——只给她看到他们想让她看到的，而剩下的，他们只手遮天。但她不会就这么放弃的。

　　"既然这样，那我们就放弃从美容医院这边下手。我现在想到了其他的可能性……"言歆打开车门，坐了进去，调整蓝牙的位置，继续说，"首先你查下全国与'夏时意'同名同姓的有多少个人，这里面是否有个原名叫夏绫的女人改名成'夏时意'；再之后，我要'夏时意'这人五年里的酒店记录、出境记录，给我查出她最后出现的地点是哪里！"

　　挂了电话，言歆拿下蓝牙，握着方向盘的手越来越紧，一双眸子寒气逼人，眼底都是冷意。

　　一切开始变得有迹可循。

　　她觉得自己快要接近真相的某一点，一颗心因为终于在千丝万缕中找到了突破口而激动，那种感觉，抓心挠肺。

（2）接近

时针指向上午九点半，夏时意终于从沉沉的梦境中醒过来。她一看时间，从床上猛地坐起，竟然不知不觉睡到这么晚！

手机定的闹钟呢？夏时意四处找了一会儿，才懊恼地发现手机丢了。

下了床，她第一件事便是打开电话留言，她今天没有出现在工作室，也没和唐落打招呼，唐落肯定急了吧。

第一条是顾决的："时意，你的手机昨晚落我车上了，我本来想给你送过去，但这边一时走不开，你如果急用手机的话，来我这取一下。"

第二条是言歆刻板的语气："夏小姐，我需要和你谈一下关于我婚纱设计的事，听到留言后请尽快和我联系。"

第三条才是唐落惊呼的声音："时意，你怎么还没到工作室？没出什么事吧？早上有位叫'言歆'的客户来访……"

……

夏时意听完全部留言后，依次给唐落、言歆回复了之后，最后才给顾决打了过去，没有人接。

夏时意决定还是先去一趟顾决的公司，把手机取回来。

一顿收拾过后，夏时意准备出门，然而刚走到门前，她心中忽然闪过某种情绪，脚步顿了顿，神情有些犹豫。她思考了一会儿，返回厨房，将烤好的点心一一打包好，装入精致的盒子。

顾氏集团地处T市最繁华的商业金融区，牢牢控制着T市的经济命脉，宏伟磅礴的建筑大楼高耸入云，每天人潮汹涌，川流不息。

夏时意到达顾氏集团的时候，才知道顾决果然非常忙，现在还在会议

室里脱不了身。

不过顾决的秘书一看到她来，便主动将她领向顾决的办公室，微笑道："顾总交代，若是夏小姐来了，可以直接进办公室等他。"

这是夏时意第一次来顾决的办公室。

整间办公室格调高雅，装饰简洁大气，如他的人一样利落，从不刻意地修饰自己，但仿佛与生俱来，周身总是有着清清淡淡的冷色调，举手投足间都是身为上位者的沉稳和冷厉。

目光落在办公桌上，夏时意看见自己的手机就被顾决放在桌面上。她起身走过去，刚拿起自己的手机，一条短信忽然应声而至。她下意识地查看自己的手机，结果发现短信铃声是来自桌上另一部手机，那是顾决的。

夏时意不在意地看了一眼，即将收回的视线却因手机屏幕上"陆行彦"三个字而缓缓凝滞住。

——阿决，听说你和市中心那家MG珠宝专卖店的总负责人很熟，有负责人的联系方式吗？我今天下班后有事正好要过去一趟。

短信内容只有简单的一句话，夏时意却看了很长时间，脑中闪过无数心思。

五分钟之后，夏时意拎包出了办公室。顾决依旧在会议室里忙碌，直到她坐上回去的车，她才终于收到一条来自顾决的短信。

——本来打算趁着你来的机会和你吃顿午饭，不过还是错过了，等我有时间再联系你。对了，谢谢你送的礼物，这是我吃过的最美味的点心。

夏时意收起手机，才发现她因为这条短信竟然不知不觉露出了一丝笑意，她忽然意识到什么，摸了摸自己的嘴角，怔了怔。

MG是一家顶级珠宝奢侈品旗舰店，位于T市著名的购物中心。

　　装饰奢华的珠宝店里，各式各样的首饰在灯光下闪着夺目光晕，让人应接不暇。专柜前，导购小姐正为夏时意试戴当季最新款式的项链。

　　夏时意锁骨处的项链光芒四射，灯光落下来，给她镀上了一层朦胧的光晕。钻石项链的点缀使得她的颈部更加白皙，惊艳得令人们频频侧目。

　　夏时意对连连赞叹不已的导购小姐莞尔笑了笑，正当她打算取下项链的时候，身后一个清朗温和的声音阻止了她的动作："夏小姐，这条项链很不错，非常适合你。"

　　等了这么长时间，要等的人终于来了。

　　夏时意轻轻松了口气，飞快地敛去眸中异样的神色，闭了闭眼，再回头的时候已是无懈可击的完美姿态，笑意盈盈："陆先生，这么巧？"

　　陆行彦离夏时意很近，几步走到她身边，微微一笑，声音里带着一丝与生俱来的温柔："叫我的名字就好了。你是阿决的女朋友，不用这么客气。"

　　方才他在一旁的展示柜前为言歆挑选手链，一抬头，偶然看到了正试戴项链的夏时意。

　　他看得恍惚，那一瞬间，熟悉的身影，熟悉的声音，熟悉的感觉，让他简直有种回到八年前看到夏绫的错觉。似曾相识的感觉让他的一声"夏绫"快要脱口而出，但他很快又清醒过来。

　　她不是。

　　无论多像，她都不是。

　　夏时意发现，当自己顶着陌生的身份站在陆行彦面前时，她无论如何都喊不出他的名字，怕一开口，就会泄露心中全部情绪。"行彦"这两个字在唇边辗转，终究说出口的，还是将距离拉得分外遥远的称呼："陆……先生。还是叫陆先生吧，习惯了……"她掩饰性地笑了笑，伸手

将脖颈处的钻石项链取下来，递给导购小姐，不好意思道："还是麻烦你收起来吧。"

说实话，这条项链她一见钟情，特别喜欢，并非不是她不想买，而是她这次来只是为了"偶遇"陆行彦，购物并不在她计划之内，所以她带的现金不多，就连信用卡也没有带在身上。

导购小姐惋惜地摇了摇头。

陆行彦本想阻止她的动作，忽然像是想到什么，收起了要替夏时意付钱的打算。

夏时意没有注意到他神色的变化，边往门口方向走边侧身问："陆先生来这里，是为了言歆小姐吧？"

陆行彦点了点头，风度翩翩地为她开门："夏小姐怎么一个人来？阿决呢？"

"他啊……"夏时意耸了耸肩，无奈道，"掌管着顾氏那么大一个公司，平时吃饭都要挤出时间来，今天又不是周末，哪有时间出来陪我逛街……"声音似是委屈，又像是抱怨。

陆行彦忍不住一笑："回头我帮你跟阿决说说。其实我挺理解你的，以前他的那些女伴也经常向我和言歆抱怨他太重视事业了，有时候忙起来一个月都见不到……"

他正要说下去，突然发现夏时意没有注意到身后的动静，一辆车快要撞了上来。他几乎没有任何犹豫，下意识地将她拽进了自己怀中。

夏时意正全神贯注地听着陆行彦说话，一时没发现身后的车，等她反应过来后，才发现自己已经被陆行彦紧紧地抱在了怀里。

陆行彦很快放开了她，松了口气："好险，没事了。"他刚说完，忽然发现夏时意的脸色不对劲，疑惑地问："夏小姐，怎么了？"

夏时意痛苦地蹙了蹙眉："我好像……扭到脚了。"意外来得太快，导致脚下的高跟鞋一歪，脚崴到了，幸好不太严重。

170

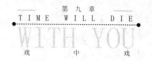

"怎么会这样……"陆行彦看着她痛苦的神色，连忙蹲下身，帮她检查脚踝，"严重吗？我看看……"

陆行彦的话说到一半，结果蓦地停了下来。他的视线落在她脚踝的某一处，神色变得震惊无比，似是感到难以置信，声音在抖，话说断断续续："你，你这里的伤……是怎么回事？"

夏时意被这句话惊得心神一凛，眼神倏然变色，她立刻意识到……

糟了。

（3）破绽

八年前，夏时意与陆行彦同台出演美人鱼音乐剧的时候，陆行彦无意中发现她的脚上有一道伤口，他好奇之下询问才知道，原来那是她童年爬树时留下的伤口，因为伤口太深，一直没有痊愈。

夏时意脑中不断寻找着理由，当终于找到一个说得过去的理由时，才渐渐冷静下来。她稳了稳情绪，笑着回应："我读大学野外训练的时候，训练过程中不小心伤到了这里……怎么？"

陆行彦神情有些恍惚，欲言又止。他看了很久，才起身向她解释："我曾经认识的一个女孩，她这个位置也有一个和你类似的伤口，所以一时有点惊讶……"

他扶着夏时意往前走，关切地道："还好，没有肿，不过要不要再去医院拍个片子检查下？"

夏时意在他的搀扶下慢慢往前走，摇了摇头："没事，不用去医院……"她不好意思地笑了笑，"不过要麻烦你送我一趟了。"

她顿了顿，像是想起什么，连忙补充："当然，要是陆先生有事的话，我自己也可以打车回家……"

"我方便的……再怎么说你也是阿决的女朋友，我怎么能把你丢在半

171

路不管？"陆行彦开着玩笑，"这要是让护短出了名的阿决知道了，指不定想着要怎么'报复'我呢……"

说话间，两人已经来到了陆行彦的车旁。他小心翼翼地将她安置好，才开车，边开车边耐心地再一次问："你确定不需要去医院吗？"

"我没那么娇气的。"夏时意忍不住弯了弯唇角，"回去用热水泡下脚，再擦点红花油也差不多了……"

这一句话，让陆行彦似乎陷入了什么回忆，他微微一笑："曾经有个女孩，也像你一样这么爱逞强……"他还记得，第一次他与夏绫接触的时候，她宁可被大雨淋湿，也不愿向他求助，倔强得仿佛还没有学会和这个世界妥协。

他继续说："不过她就像个小孩一样，没有夏小姐你这样八面玲珑，处事大方得体。"

也正是由于这种截然不同的性格，才让他觉得，夏时意绝对不可能是夏绫。

夏时意心中一动，极其自然地接了话，故意试探道："听陆先生怀念的语气，难道……她是你喜欢的女孩？"

陆行彦沉默了几秒，才缓缓开口，只是没有正面回答她的问题："她是个很不错的女孩，只可惜早在五年前就已经下落不明，失去了踪迹。"他叹了口气，"我一直在找她，可始终没有任何消息，我甚至开始以为，她或许已经不在这个世上了。"

夏时意放在双腿上的手慢慢握紧。

她装作无意，谈起了关于五年前的那场火灾："那这女孩到底发生了什么事？"

"五年前她的家被一个纵火犯人放了火，后来听说被人救了，但也不知道是真是假……其实——"

陆行彦说到这里，又转头看了看夏时意，语气涩然："我第一眼在机场见到夏小姐的时候，差点以为你就是我一直要找的那个女孩……"

夏时意摸了摸自己的脸，困惑道："我是不是真的和她很像？连言歆小姐和顾决也这么说过呢……"

"像，真的很像。"陆行彦点点头，"说起来，我们三个都和那个女孩有非常深厚的关系，当初她爷爷的医疗费就是阿决出的……"

"顾决？"

夏时意因为太过惊讶，控制不住地提高了音量。

她没有想到，这一试探，居然将她一直最不可能涉及到的人也牵扯进来。

八年前，她与顾决仅仅有过几面之缘，说过的话连五句都不到，从始至终站在言歆身侧的他，为什么会出手援助？八年来一直身处事外的他，在这场局里又扮演了一个什么样的角色？

陆行彦似是没料到她会有这么大反应，困惑地看着她："夏小姐，怎么了？"

"没什么……"夏时意连忙敛去眼中异样的神色，笑道，"经常看到顾决投身于慈善事业的新闻，原来他那么多年以前就这么富有同情心，开始致力于慈善事业了，真是良心老板……"

"慈善？"陆行彦听到这两个，想也没想地纠正，"不，他是为了言歆——"

说到一半，他猛然惊觉自己在夏时意面前说得太多，一时间停了下来，气氛有些尴尬。他巧妙地岔开话题："不过阿决这个人，确实挺仗义的……"

夏时意却什么都听不进去了，配合地敷衍了几句，后来渐渐沉默下去，心中情绪起伏不定。

173

陆行彦后面还未说完的话到底是什么？言歆、顾决、陆行彦这三人的身上，到底还有多少她不知道的事？

剪不断理还乱，陆行彦无意说出的事，让她开始觉得，那一年的失火真相变得更加扑朔迷离。

就在陆行彦送夏时意回去的路上，言氏广告公司总经理办公室里的气氛却陡然降至冰点。

言歆坐在办公桌前，来回翻看着查到的资料，渐渐地，尖利的蔻丹指甲直接划破纸张，心里翻江倒海。

果然顺着她的思路去查是对的。虽然有关夏绫的一切资料依旧被人封死，但以"夏时意"这个名字作为突破口，她已经查出："夏时意"这个身份早在五年前就已注销，那么，现在顶着这个身份，看似无意，实则有心出现在她眼前的人……

除了夏绫，还会有谁？

言歆眼里闪过愤恨的光芒，居然敢骗她！

就在她起身决定去和夏时意见面的时候，她的下属突然打电话过来："言小姐……"

"你查得如何？"

"抱歉，那边封锁了消息，我没办法查到任何东西。"

不对劲。

很不对劲。

言歆的视线落在手边那一沓资料上，纤细的手指满满轻击桌面，一下，一下，又一下。

她一个字一个字重复那人的话："没办法？"

椅子一转，她起身看向窗外开始进入夜生活的城市，嘴边泛起冷笑：

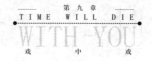

"我简单地查了下都能查出关键信息，可是，为什么你却告诉我，你没有查到任何东西？是你太无能，还是——你被谁收买了？"

那边沉默了几秒，突然挂断电话，只剩下"嘟嘟嘟……"的忙音。

在距离工作室还有最后一段路程的时候，夏时意接到了言歆的电话。她看了一眼身旁的陆行彦，发现他并没有注意到她这里的动静，才清了清嗓子，开口道："喂？"

言歆的声音冷漠极了："我是言歆，夏时意小姐，我现在人在你的工作室，我需要见你一面。"

不知道为什么，夏时意总觉得言歆在"时意"这两个字上加重了语气，她不禁坐直了身体："出什么事了？"

"什么事我们见面说……"

"嘟——"

夏时意的手机自动关机。

她看着手机，蹙了蹙眉，这么晚了，已经是下班时间，言歆也并不是沉不住气的女人，能让她一刻都等不及的事，到底是什么？

她忽然有种不好的预感，会不会言歆已经查到自己的事了？

夏时意一想到这里，立刻对身旁的陆行彦急声道："停车！"

声音很大很急，让陆行彦觉察到不对劲，他疑惑道："夏小姐，怎么了？"

夏时意的嘴角极力撑起一丝笑意，向他解释："我突然发现我有东西落在了工作室，我得打车回去一趟。"

"何必这么麻烦？我送你也一样的……"

夏时意装作为难道："我同事还在工作室里加班，她看到陆先生送我回去，如果不小心在我的客户言小姐面前多说了什么……"她苦笑了下，

175

"上次吃饭的时候，她大概对我慌乱之下拥抱了陆先生的这件事很介怀吧，所以我怕到时候如果引起什么不必要的误会……"

经夏时意这么一说，陆行彦倒也有几分在意起来。的确，言歆一直对于上次的事情不太高兴，其实，她平时不是爱吃醋计较的女子，但也许夏时意长得太像夏绫，让她总大度不起来。

他只能在路边缓缓停下车，抱歉地对夏时意笑了笑："还是你们女人心思细腻，那我就不送了。"

夏时意轻轻松了口气。今天与陆行彦见面的这一张牌，还没有派上用场。她不知道言歆查到了她哪些方面的事，如果现在贸然让陆行彦与言歆见面，恐怕效果会适得其反。

晚上八点，月淡星疏，风吹来几丝凉意，却吹不走此刻夏时意心底的紧张。

车终于到达目的地，夏时意一下车，就看到言歆正等在她工作室的大楼前，神色凝重地拎着手袋在原地来回走动。

夏时意整理好情绪，落落大方地向言歆走过去，微笑道："言小姐，我以为我们早上关于婚纱设计的事已经说得很清楚了，是不是还有什么问题？"

言歆闻声抬头，微眯着眼睛轻昂下巴看着她，盛气凌人的模样像只高贵的白天鹅："谁说我是为公事来的？"

夏时意在她面前站定，笑容不变："那么就是私事了。言小姐要和我说的，是什么私事？"

"前几天，我遇到了一个和夏小姐同名同姓的姑娘，我和她聊天的时候谈到了你，后来我感慨，'夏时意'这个名字看似很少见，但同名的也挺多的嘛……于是我好奇之下，查了全国到底有多少个叫夏时意的人……"

　　言歆慢慢说着，目光如一张细密的网，捕捉她脸上任何细微的表情："结果却发现了一件非常好笑的事，也觉得非常不可思议。"

　　言歆的目光如刀尖淬了毒，嘴角噙着一丝讽刺的笑："我看到，夏小姐的身份证显示已被注销，时间是——五年前。"

　　言歆的话，如同惊雷在夏时意的耳畔炸响，她忍不住倒退一步，一颗心陡然被拎了起来。

　　"一个早已被注销了身份的人，怎么还能顶着这个名字出现在我的面前？甚至连家世背景都一模一样？"

　　言歆像是早预料到夏时意会有这种反应，得意地笑了，一副看穿她把戏的模样，慢慢逼近她，一字一句，刻意加重语气念她的名字："你说呢，夏时意？"

　　夜色浓重，夏时意手心渐渐冒出冷汗，整个人僵直如雕塑，浑身如被疯长的藤蔓缠住一般，动弹不得。

　　五年前，她为了一个真实的身份，选择了使用当时和她一起整容的女孩的名字，因为那女孩和她一样无父无母，是个孤儿，也没有任何亲戚，只有平日里交往不深的同学和一个已分手的男友。关系网越简单，她越容易封住那些人的嘴，这样哪怕日后言歆去和他们对质关于她的事情，她也没有任何后顾之忧。

　　她千算万算，却没有想到，偏偏就在那个女孩本人身上出了问题。明明五年前，她就已经和那个女孩统一好口径，但为什么现在言歆说，五年前叫"夏时意"的女孩已经被注销了身份？只有死亡才能被注销，难道……女孩很久之前就去世了？

　　现在要如何解释？

　　"我……"夏时意舔了舔干涩的唇，只说了一个字就没了下文。

言歆却不急，仿佛笃定夏时意没办法解释，所以她环抱着双臂，居高临下地冷笑道："编啊，继续编理由，我倒是想知道，你还能编出什么理由？"

她正说着，目光却蓦然一顿，一辆熟悉的车进入她的视线里，正朝她们所站的方向缓缓驶来。

那辆轿车终于停稳，随即，一道气质卓绝的身影从车内走下来。

那是顾决。

CHAPTER10

第Ⅴ章

似是故人来

TIME

WILL DIE

WITH YOU

（1）躲过

"呵，顾决来了……"

言歆向夏时意身后走过去，经过她身边的时候，故意放慢速度，在她耳边不怀好意地低语："你觉得，他如果知道了这件事，会有什么反应呢？"

言歆的这句话，轻易传到了正向这里走过来的顾决耳边，他没有觉察到两人之间对峙的气氛，漫不经心地开口，问："难道有什么不可告人的秘密不能被我知道？"

"秘密啊……就是——"言歆向夏时意的方向抬了抬下巴，语带嘲弄，"你维护了那么久的女朋友夏时意小姐，不过是个冒牌货而已。"

冒牌货……

夏时意条件反射般抬头看着顾决，心跳得很快，她在赌，顾决能信她几分。

顾决深邃的目光笔直地朝夏时意望了过去，他的眼眸很黑，在夜色下黑如墨玉，眸中雾霭重重，深不可测："冒牌货，什么意思？"

夏时意极力冷静下来，边思考该如何解释，边对顾决慢慢地说："言歆小姐对我有些误会……"

"误会？白纸黑字的事，能有什么误会？你要是不愿意说，我来替你说。"言歆不耐烦地打断她，冷笑一声："顾决，你知不知道这个女人她根本就不叫夏时意！真正的夏时意早在五年前就被注销了证件信息！"

言歆本以为这句话会掀起惊涛骇浪，没想到顾决只沉吟了几秒，语气

平静地问夏时意："我怎么记得，你五年前是因为要出国留学，所以注销了身份证，移民到了法国？"

简简单单的一句话，却让夏时意猛地反应过来。

刚才面对言歆的突然逼问过分紧张，她竟然忘了，不是只有死亡才能注销身份证。而她五年前出国留学的巧合，竟然无形之中，让她有了理由应付言歆的逼问和对质。

一想到这里，夏时意的神情已经完全变得镇定，她顺着顾决的话笑了笑，对言歆神色自若道："我刚刚想回答的就是这点，所以言歆小姐是不是误会什么了？"

言歆没想到，情况转眼之间就发生了不利于自己的变化。

她查到夏时意的证件注销后，第一反应便认为是由于当事人死亡导致的，甚至没有想起，移民也可以是条件之一。人在得意的时候往往容易忘形，她没有查清楚注销原因，就迫不及待地来质问，终究是功亏一篑。

虽然夏时意的话听上去有理有据，可言歆不甘心，依旧没放过她，咄咄逼人地继续问："如果没做亏心事，那刚才，你紧张什么，慌什么？怎么连话都说不出来？更何况，你自己留学移民的事你会忘记？"

不知道为什么，她总有种感觉，如果不是因为顾决的突然出现搅乱了她的计划，夏时意的答案绝不会是这个。

夏时意无辜地看着她："抱歉，这段时间忙于时装秀和言小姐的婚纱，脑中装的事情太多，加上我这人记性一向不太好，对于五年前的事，一时还真没反应过来……"

话已至此，其实已无话可说，没有其他证据，再继续纠缠下去也没有意思。

言歆也没了继续待下去的念头，她走近夏时意，靠近她冷哼一声："有些事情你我心知肚明。你可以隐藏身份，但我一定会继续查清楚的，

你记住，纸包不住火，夏时意！"

言歆经过顾决身边的时候，抬头看他，眼神中有复杂的情绪："顾决，你过来一下，我有话对你说。"

顾决送言歆回去的路上，她再一次和顾决强调："顾决，你那么聪明，应该知道，这世上不可能同时有那么多的巧合，也不可能有那么相像的两个人，我总觉得，夏时意就是夏绫！"

顾决一手搭着西装，一手的衬衫袖口被他卷至手腕处，姿态悠闲，语气轻描淡写："证据呢？"

"不知道是谁收买了我的人，让我一直查不到她的资料，就算查到了也都是不痛不痒的皮毛。"说到这里，言歆不禁有些咬牙切齿，"总有一天，我会让她露出马脚，滚出我的世界！她的存在，对于我来说，简直就是一个噩梦！"

"言歆。"顾决忽然停住脚步，脸色沉了下来，眯起眼睛盯住她，"暂且不说为什么你总是针对夏时意，执意要认为她与夏绫是同一个人。我之前就已经和你讲明，如果你要为难她，我绝不会坐视不管。"

言歆被他亲疏立现的态度气得跳脚："这个女人有什么好的？来历不明，地位低下，为人伪善，成天挂着虚假的笑容。你说，她有哪一点配得上你的？最重要的一点是，她长得那么像夏绫！"

她非常不明白地看着他，声音里有极深的不解："八年前你能做到对夏绫无动于衷，从头到尾做陌生人，八年后怎么突然对一个长得像她的人这么袒护？"

话说到最后，言歆脑中闪过夏时意的身影，心里蓦地像是有道白光闪过，让她突然联想到某种猜测。

言歆忍不住心神一凛。

她慢慢退后几步，用极度震惊的眼神看着顾决，甚至连声音也染上几

分不可思议："难道……八年前，你喜欢的女生是夏绫？"

话题跳得太快，也如此预料不及，顾决沉默了很久。

夜色里花香正盛，月光汹涌，倾泻而下，投射在他冷峻的眉眼和英挺的鼻梁间，氤氲开一层浅浅的阴影，有种说不出的迷人感觉。

正当言歆以为顾决不会回答这个问题的时候，却见他轻轻勾起唇角，只说了一个字："是。"

他竟然没有否认。

言歆没想到，很久之前一直想知道的答案，今天会以这种方式呈现了出来。她难以置信，可顾决的态度让她不得不信："为什么？"

顾决极短促地笑了一声，坦然开口："一见钟情。"

言歆慢慢摇了摇头："顾决，你看女人的眼光还真是……"她甚至不知道该如何形容，只能说："你伪装得这么好，连我都看不出来你曾经喜欢过她……可惜，她喜欢别人。"

原来落花有意，流水无情这种人间悲事，居然有一天还会发生在天之骄子顾决身上。

果然老天是公平的。

"是。"顾决淡淡地说，"我知道她喜欢陆行彦，所以我才没有追她，刻意和她保持距离。"

言歆突然想到一件事："那么，你这么多年来一直对陆行彦不冷不热的，不是因为我，而是因为夏绫？"

顾决似笑非笑，慢条斯理地说："岂止是不冷不热。"他还很嫉妒，不，或许连嫉妒都不能形容那种得不到的感觉。

言歆回想前前后后的所有事，开始明白了某些东西，神色若有所思："我终于知道为什么你对那个夏时意那么在乎，我还以为她有什么非同寻常的手段，原来她最大的优势在于那张和夏绫相似的脸。"

顾决不置可否地笑了笑，没出声。

言歆见他默认，心里忽然涌上复杂的情绪，她最好的朋友，喜欢的却是她最讨厌的人。

言歆不由得蹙起细长的眉，看着他："顾决，我和你关系这么好，既然她现在是你的女朋友，那我总要无可避免地见到她。但你也知道，八年前夏绫不仅从我手里抢走行彦，因为她的挑拨离间我还差点被男人……所以我真的讨厌看见夏绫以及和她有关的任何人任何事！你既然能因为夏时意的那张脸爱屋及乌地喜欢上她，那你就该明白，我因为夏时意的那张脸有多讨厌她。"

言歆说到最后，开始放软语气，降低姿态："我知道我说的话很自私很无礼，但你能不能为了我，和那个夏时意分手？天下女人那么多，你又不是非她不可，对不对？只要不是她，任何人都可以，好不好？"

她真的很害怕失去陆行彦，很害怕重蹈覆辙。

而自从夏时意出现在她面前后表现出来的种种，让她真的无法心无芥蒂地去和她相处。

只要顾决和夏时意分手，这样她就没了出现在他们圈子里的理由。更重要的是，失去了顾决这个强大的后盾，哪怕夏时意真的如她的最坏设想那样意图破坏她和陆行彦两人之间的感情，她也能毫不犹豫地给予反击。

顾决一直静静听着，不说话，直到此刻，他终于不紧不慢地开口，声音听不出喜怒："这话，还真不是一般的自私。八年前，因为你的恳求，我做了有生以来第一次卑鄙无耻的小人；八年后，你又要让我为了你，放弃我喜欢的人……"顾决的脸上有着让人猜不透的情绪，"言歆，你为什么会以为，我要迁就你一辈子？"

顾决离开之前，留给呆怔在原地的言歆最后一句话："你放心，我知

道你担心的是什么。我不会让她伤害到你，但，你也不能伤害到她。"

顾决一步一步往回走，收起了眼底漫不经心的神色。

时间倒退至半个小时前。

顾决终于结束了几个小时的会议，边和下属谈事情边走出会议室。

一整天的会议已让他分外疲惫。

秘书见他往办公室的方向走过来，连忙迎了上去，凑在他耳边小声说："顾总，十分钟之前，有人打电话过来，说言小姐查到真正夏时意的身份被注销，现在言小姐正往夏小姐的工作室赶过去……还有，他在言小姐面前暴露了……"

突如其来的意外，让顾决的脚步倏然停住。

"啪"的一声，顾决将手中一沓文件扔到办公桌上，语气凌厉地对身边亦步亦趋的秘书开口："为什么不早点说？"一向体恤下属从不因为公事乱发脾气的顾决，竟然为了这件事而向秘书发了很大的脾气，"你知不知道这样会坏事！"

秘书低头道歉："对不起，顾总，您吩咐过开会的时候，任何事都不可以打扰您。"

"以后有关夏时意的所有事情，不分时间不分地点汇报给我。"

顾决说完这句话，皱着眉打电话给夏时意，想阻止两人见面，让她先躲过去，结果电话里传来的，却是占线的忙音。

他意识到不妙，以最快的速度赶向夏时意的工作室，幸好，没有出现不可挽回的局面。

顾决返回原处的时候，夏时意正在打电话，一转身看到他折回的身影，便挂断了电话，看他时的神色微微有些不自然，犹豫了几秒，试探道："言歆她……和你说什么了？"

顾决向她缓步走过去，似乎知道她在想什么，故意将问题踢给她，语气促狭地道："你觉得她会和我说什么？"

夏时意捉摸不透顾决的语气，耸了耸肩，装作不在意："看来，不会是什么好话。"

"放心，我有分寸。"顾决淡淡笑了一声，走到她身边才发现她的脚不对劲，甚至还明显看到了青紫的瘀血，立刻皱起了眉，低声问："脚受伤了？什么时候的事？"

夏时意简单地说了情况，尽管说得不太严重，顾决的神色依然有些凝重，坚持要送她去医院，态度强势。

为了方便夏时意，他们去的是夏时意小区里的门诊，到的时候已经是晚上十点。通常这个时间点人不多，所以病房里只有两个正在陪着孩子打点滴的家长，还有一个正在替输液结束的孩子拔针的护士，周围很安静。

门诊部里的医生给夏时意检查完之后，没什么大问题，便开了些药，叮嘱了具体的注意事项。然后，顾决才扶着夏时意走出来。

距离上一次顾决去夏时意的公寓已经有一个月之久，虽然他只来过一次，但这并不影响他对公寓的熟悉程度，轻车熟路地送夏时意回房去休息。

一切安置好，顾决又去了厨房准备了热毛巾，返身回到夏时意的房间，坐在她的床上，轻柔地握着她的脚，抹药，热敷，包扎。

一举一动里，是十足的体贴细致，动作循序渐进，得心应手，熟练得似乎是做过无数次。

夏时意自然看出来了，揶揄他："顾决，你好像很有照顾女人的经验。"

顾决挑起眉，微微勾起薄唇，一笑之间，连冷硬的轮廓都跟着柔和几

分："你介意？"

夏时意但笑不语。

"是我母亲的原因。"顾决低头为夏时意包扎，嘴角噙了一抹笑，淡淡地说，"她身体一直不好，离不开人的照顾。也因为这样，从小到大，我和我的两个哥哥练就了一身照顾女人的好本领。而我的父亲更夸张，为了母亲的病，废寝忘食地钻研各种医学书籍。"

昏黄灯光里，顾决对她讲起自己不曾对人说过的家事："后来我曾问过我父亲，明明身边一流的医生比比皆是，为什么还要这么做。我父亲怅然对我说'在你母亲的病情面前，我才懂一无所知和手足无措是什么感觉'。"

在金融战争里叱咤风云的商界枭雄，为了不让自己在妻子面前茫然无力，所以努力去学习自己不擅长的、从未接触过的领域的知识，尽自己微薄之力，一分一寸守护着爱的人。

顾决抿唇低声笑："我把这事情告诉我母亲，调侃父亲是金融界里最擅长医术的人，医学界里最精明干练的商人，并把父亲那句话传达给了母亲，你知道她是怎么说的吗？"

"她说，当年她家人看不起白手起家的父亲，最后我母亲抛弃一切和他私奔出来，只因为我母亲觉得，从她喜欢上他的那一刻开始，她相信她这一生注定只能和他一起走完了。"

夏时意感慨道："而你父亲也确实对得起她，证明了自己，没有让你母亲后悔当初的决定。"

顾决笑了笑，不再说话。

一时间，房间里寂静下来，却又让人觉得无比温馨和安宁。

夏时意看着全神贯注的顾决，忽然想起下午陆行彦无意中说破的话，

当年她的入狱导致收养她的老人旧疾突发，而生死关头，出手救援的人竟然是顾决。

到底为什么？

夏时意这么想着的时候，也主动问了出来："顾决，你……能不能和我讲讲夏绫的事？"

顾决闻声，手中动作微微一顿，抬头看了她一眼，语带深意："怎么突然之间提到她？"

夏时意翘起唇角，故作轻松道："在你们这里听到这个名字的次数多了，也就有了那么几分好奇嘛……"

"那你可能要失望了。我和她只是高中同学，所讲的话也没有超过五句，仅此而已。"顾决像是不愿意多谈夏绫，帮她包扎好，为她盖上薄被，轻抚着她额角散落的碎发，转开话题，对她说，"时意，我后天有事，要去法国一趟，这几天你要照顾好自己。"

这个话题成功地转移了夏时意的注意力。

夏时意完全没有料到顾决会突然离开，惊讶地坐起身："那什么时候回来？"

等这句下意识的话脱口而出，她才猛然惊觉，不知什么时候，她已经无形之中慢慢变得依赖顾决，听到他说要离开，第一反应竟然是无法接受，心里涌上的，都是不安。

夏时意敛了敛眸中复杂的情绪。

她终于知道，八年之前，当陆行彦另有所图接近言歆时，为什么向来理智的他，会喜欢上仇人的女儿。

因为感情这种东西，太容易迷惑人。

"说不准。要看那边项目什么时候能谈下来，不过这一次要打持久战，所以时间上应该不会太快。"

顾决眯起眼，愉悦地看她的反应："见我要走，开始舍不得我了？"

夏时意唇边扬起清浅的笑意，语气似真似假："我说是的话，那就能早点看到你吗？"

顾决笑容戏谑："我可以给你一张法国往返机票，到了那里，我工作外的时间，都是你的。"

（2）离间

顾决出国的这两个星期之内，正如他所说，不止一次地给夏时意打电话说，要她去法国。

夏时意不仅要忙于完成言歆的婚纱和迫在眉睫的时装秀，而且还由于某种不可明说的原因，便婉拒了顾决的提议，次数多了，顾决便也不再勉强，只是增加了每天通话和视频的次数。

虽然相隔两地，两人的感情却与日俱增。

然而，相较于他们来说，言歆与陆行彦之间闹得却不大痛快。

吵架的导火索，在于最近有人匿名给言歆寄了一沓照片。她一看照片的内容，便像是被毒舌咬了一口，怨怼和嫉恨犹如藤蔓疯长，将她心口寸寸勒紧。

照片上的人是陆行彦与夏时意，地点是MG珠宝店，每一张照片都抓拍了他们亲密的镜头，有陆行彦低头凝视着夏时意佩戴钻石项链看得入神的场景，有两人时不时地相视而笑的场景，有陆行彦为夏时意挡车而紧紧把她抱在怀里的场景，还有夏时意坐上陆行彦的车回去的场景……

每一张都在刺激着言歆那根脆弱多疑的敏感神经。

言歆的部门和陆行彦的部分仅有一楼之隔。

一大早她就气势汹汹地下楼，踹开了总监办公室的门，将那一沓照片全数洋洋洒洒撒在陆行彦的周围，那双气势凌人的丹凤眼不断往外喷火，劈头对他就是一句质问："陆行彦，你能不能和我解释一下，这些照片到底是怎么回事？"

陆行彦正批阅着文件，先是错愕地看着言歆不打一声招呼闯门而入，再接着就看到那些偷拍的照片掉落一地。只看一眼那些照片，一向斯文温和的他脸色也变得不好看起来："言歆，你找人偷拍我？"

"重点是这个吗？你要不做亏心事，会被人拍到？"言歆冷笑，胸口因为呼吸急促而不断起伏，"结婚前夕，我的未婚夫却和别的女人郎情妾意，那个夏时意还真是本事啊。"

"郎情妾意？"陆行彦头疼地揉揉额头，"言歆，你知不知道你在说什么？吃醋也要有个度吧？那是顾决的女朋友，你这么说，有没有考虑过他们的感受？"

"很好，你还记得她是顾决的女朋友，我还以为你被她迷得魂不守舍不顾朋友情谊了。"言歆被他气笑，"那你和夏时意两人这么亲密，考虑过我和顾决的感受吗？"

陆行彦叹口气，他了解言歆的火暴脾气，不顺着她让她冷静下来是没办法解决争吵的，于是他只能耐心解释："你的耳坠不是没了吗？我为了给你个惊喜，所以那天去了MG。前几天你也见到耳坠了，你总该相信这一点吧？只是我没想到会和夏小姐偶遇，之后有车撞上来，我能不拉她一把吗？那一拉让穿着高跟鞋的她崴了脚，我看在顾决的面子上送她回去有什么不对？言歆，你这样把你自己的胡乱猜测强加在我的身上，公平吗？"

有理有据的解释让言歆的脸色已经略有缓和，但她仍狠狠地瞪了他一眼，倔强地道："那你答应我，以后不要再和夏时意见面，这件事，我就可以不计较。"

陆行彦莫名其妙看着她："你也知道她是顾决的女朋友，我们和顾

决关系那么好，见面是无可厚非的吧？难不成以后每一次我们四人吃饭，我都要为了你那点莫须有的吃醋和猜测避着她，找理由推脱顾决的饭局？一次两次还好，时间长了，这说得过去吗？再说，我和夏小姐明明才见过两次面，连话都没说过多少句，我们之间清清白白，你怎么就那么介意她？”

言歆的话脱口而出："因为她长得像夏绫！你让我如何不介意？”

"夏绫"这两个字一出现，瞬间让陆行彦沉默了下去。

这几秒的沉默让言歆再一次冷笑："五年了，你还没有忘掉夏绫。陆行彦，我看我们需要冷静冷静。"原本剑拔弩张的气氛随着她的话又回到原点。

"砰"的一声，言歆摔门而出。

这一声巨响，让陆行彦猛地回过神，愣了一会儿，追了出去。

言歆没有回办公室，而是直接去了公司大楼前的喷泉边，打算坐下来平复情绪。

然而老天像是存心要和她作对，连喘息的机会都不给，就让她看见夏时意往这边走来。

几米之外，夏时意逆光而来的身影窈窕妩媚。她穿着缀满水钻的黄色长裙，长裙质地华贵，贴身的剪裁将她修长的身材恰到好处地展现出来，一双匀称白皙的长腿在裙摆下时隐时现，黑如瀑布的长发全数盘起，一对钻石耳坠将她的面容衬托得愈发美丽。

夏时意向她走过去，主动打招呼："言小姐，你在这啊，我正想进公司找你呢。"

言歆盯着她闪着碎光的耳坠仔细看，越看眸中寒意越重，冷笑掠过嘴角，她的目光移到夏时意的脸上，倨傲地开口："什么事？"

夏时意将手中装有设计图的资料袋递给她，笑吟吟道："这是婚纱设

计图，请言小姐过目一下，有任何不满意或者觉得需要改进的地方，都可以提出来。"

言歆扯开资料袋，仅仅看了一眼设计图，就将那张图一下一下撕成竖条，最后全都"啪"地拍在夏时意的胸口上，声音带着冷彻刺骨的寒意和嘲弄："我这也不满意，那也不满意，全都不满意，怎么办，我可以换设计师吗？"

夏时意的笑容一下子凝结在脸上："这是……什么意思？"

言歆"啧啧"了两声："字面意思听不懂吗？你被解雇了，夏时意。"

她本就不想真心启用夏时意设计她的婚纱，一直在等这一天，等夏时意完成她的心血后，再全部亲手毁掉。

真解气。

这让她糟糕透顶的心情稍微有了点安慰。

言歆慢慢逼近，斜眼看着她，冷笑："手段真是够低劣的，你以为我看不出来那些照片是你偷拍了然后寄给我的？这么快就暴露身份了啊，夏绫？你说除了你，还会有谁要耍这样的把戏？还有谁会怀有目的地接近陆行彦，再刻意拿给我看，让我发怒，啊？"

夏时意推开她，语气平静地道："什么偷拍？什么照片？抱歉，我不懂言小姐的话。如果你执意要解约，那么我接受这个结果，很遗憾我们无法合作。"

夏时意转身欲走，却被言歆拦住，他靠近夏时意的耳边，说："想走啊，可以，但是——"

言歆突然伸手，用力拽下夏时意佩戴的钻石耳坠，语气带了点恨意："谁让你跟我买一模一样的耳坠了？你配得起吗？把它给我拿下来！"

夏时意一时间避闪不及，耳朵被她这么拉扯，猛地流血，疼意钻心。

她吃痛地捂住耳朵，正要反击，身后骤然响起一个熟悉的声音："言歆，

192

你干什么？"

一瞬间，言歆的脸色倏地一变，声音带着讽刺："我记得你说你和这位夏时意小姐清清白白，我还么对她怎么样呢，你这么巴巴地赶过来，不是自己打自己嘴巴吗，行彦？"

陆行彦见她误会了自己追过来的举动，尴尬地看了一眼站在他旁边的夏时意，着急道："言歆，你够了啊！"

"嫌我烦了是吧？好啊，我走！"言歆把自己的钻石耳坠一一取下来，狠狠扔到前面的喷泉里，恨声道："我现在都要怀疑，你是不是买了两副一样的耳坠，一副给我一副给她！不然怎么那么巧？我最讨厌别人和我用一模一样的东西，既然你见不得她摘下来，那我摘！"

陆行彦见言歆越说越离谱，心也凉了半截，疲惫地开口："我现在觉得，我们是要好好冷静一下了，你看看你说的都是些什么话，简直不可理喻。"

"如你所愿！"

这一次，他看着言歆转身离开的背影，没有再追。

喷泉边，只剩下夏时意与陆行彦两个人面对面站着。

喷泉溅起的水花洋洋洒洒，时大时小，时缓时急，此起彼伏变换着光影造型。阳光直射下来，与水中的光影交相辉映，散成金色的波光碎影。

"夏小姐的耳朵没事吧？"陆行彦的目光落在夏时意受伤的耳朵上，神情愧疚，连声对她抱歉："你别太在意言歆说的话，言歆刚刚和我吵了架，所以口气有点冲，真不好意思，我替她向你道歉。"

夏时意捂住耳朵摇了摇头，诚恳地对他解释："也有我的原因，要不是我买了和言小姐一样的耳坠，她也不会误会……不过请相信我是无心的，我因为惦记着那天看中的项链，所以后来特地又去了一次MG，没想到那条项链已经被买走了，所以无奈之下，又看了看其他的，没想到和言小

姐看重了同一款……"

半真半假。

项链被买走没错，却是故意要挑选和言歆一样的耳坠。

她知道言歆这人向来追求独一无二，所以以此来激怒她。

陆行彦根本没在意这件事，一想到夏时意那天怕被言歆误会，特地不顾脚伤中途下车避嫌，结果还是被言歆指责了，现在反而想他解释致歉，于是他对夏时意更歉疚起来，对她温柔地笑了笑。

远处，言歆缓缓摇下车窗，看着远处夏时意和陆行彦相视而笑的画面，眸中闪过怨恨的目光。

我不管你到底是谁，无论你想对陆行彦动什么样的心思，你都别想好过。

CHAPTER11

第十一章

爱情徒有虚名

TIME

WILL DIE

WITH YOU

（1）破坏

十天后是国内时尚界最主要的年度盛会H&T Girbaud时装周的日子。

H&T Girbaud时装周在国内时装界拥有着至高无上的地位，被认为是潜力设计师向时尚界、行业潜在雇主、买家展示才华的重要活动。H&T Girbaud时装周以时装发布为核心，促进珠宝配饰、化妆品、汽车等大时尚范畴内的产品发布跨界合作，是国内时装产业的新风潮，也是新锐设计师的绝佳起点。

对于夏时意的设计师职业生涯而言，这一天并非只是单纯参加一次时装秀，更多的是肩负着开辟她国内市场的重任，要通这场极具影响力的秀来为她所设计的品牌服装造势，准确地建立、传递出品牌形象。

H&T Girbaud时装周是每家时装公司在行业内安身立命之本，向来集结了世界各地精英，要做到脱颖而出并不容易，不仅非常考验设计师的水平，更多的是要依靠作为展示时装的"衣架"——模特，模特的好坏直接影响到走台的效果。

每个设计师都希望启用最好的模特，而每个模特的经纪公司又都希望自己的模特在最好的设计师手里、最好的走秀上出现。所以一到时装秀的日子，大牌模特们总是身价倍涨，时间紧张。僧多粥少，设计师之间抢夺大牌模特的竞争也出现白热化状态。

夏时意早在一个月之前，就已经利用自己手里的全部人脉，敲定走秀时需要用到的十个模特。无论是从模特与服装的契合度上，还是走秀的情况来看，她这边都非常顺利。

月盈则亏，就在她以为万事俱备，只欠东风时，她的压轴模特Christian却出现了意外。

由于Christian有非常严重的高蛋白过敏史，夏时意一再对几个助理强调要格外注意Christian的饮食情况，避免让Christian误食鸡蛋、乳制品、海鲜等蛋白质高的食物。

没想到在进行排练的前几个小时，Christian吃了一口某位助理买回来的点心，结果呕吐不止，脸上和身上立刻泛起阵阵红点，是典型的过敏症状。

距离正式走秀仅仅只剩最后三天的时间，过敏的突发性，以及它含有的不确定性因素直接影响到Christian的出场，也给了夏时意的秀一个沉重的打击。

一场秀里，普通模特穿的只是衣服，而一个出色的模特能够引发潮流，创造出时尚。对于设计师而言，越是追求品牌的卓越和完美，对模特的选择就越苛刻。

乱哄哄的后台，素来鲜少发脾气的夏时意表情变得分外严肃，怒声责备助理小宋："不是之前一再和你们说Christian的食物里不能含有高蛋白物质吗？为什么你还是不注意，买回来的东西不检查？"

刚参加工作的助理小宋也被这个突如其来的意外吓傻了，不停抽泣，哽咽着回答："Christian的食物一直都是在同一家餐厅买的，之前我都和厨师交代过，每天送来的食物我也仔仔细细地检查过，但今天送食物过来的时候我赶着要去送衣服给其他模特，所以一时给忘了……"

他们说话间，唐落匆匆地进来，对夏时意说："查到了，Christian的食物送进来那会儿被别家的模特误拿了。"

这个残酷的圈子向来水深，钩心斗角的事不计其数，究竟是真的误拿，还是被人有心掉了包？

夏时意已经顾不得深想，她神色凝重地思前想后了很长时间，开始交代任务："小宋，你去医院负责跟进Christian的病情，正式走秀前Christian如果恢复了立马汇报给我！小落，联系几个模特公司，一旦有

适合的，时间上没有冲突的其他一线模特，尽可能和对方谈下来。"

可事发突然，眼下只有三天时间，时间太少，更何况，所有大牌模特早就被一抢而光，即使时间上没有冲突的其他一线模特，也不太适合此次服装的风格和特点。哪怕夏时意抱着试一试的态度，却依旧少了那么几分运气，小宋和唐落那边得到的回复都不容乐观。

夏时意本欲向法国Alisa老师那边求助，但偏偏Alisa这段时间以来因长期不分昼夜伏案设计，眼睛除了问题，一直闭关，住院静心接受治疗。再加上远水解不了近渴，哪怕真的启用国外模特，国内与国外来回的路程，在时间上也来不及。

已经快接近走投无路的地步，夏时意的心情无比沉重。

晚上顾决打电话过来，夏时意和他匆匆说了几句就要挂断，向来善于察言观色的顾决自然发现了她语气里的不对劲，问："出了什么事？"

夏时意一怔："你怎么知道？"

顾决在电话里低声笑了笑："如果我连你的这点小情绪都看不出来，那我岂不是白当你这么长时间的男友了？"

这句话让夏时意忽然想到她曾经在书上看到过的文字：爱是一场捕捉。

顾决的这句话背后是在说，因为爱你，所以捕捉你的每一分情绪的变化，你的一举一动我都能在第一时间里发现细微不同。

尽管事情依旧没有得到解决，但在顾决面前，夏时意的心情莫名地安定了下来，她蓦地有了向他倾诉的欲望。

夏时意趴在窗口，任晚间的长风肆意吹乱她的头发，仰头看着夜空，苦笑道："顾决，你有过这种感觉吗？当你拼尽全力去做一件事的时候，却发现怎么也无法到达终点线，所有心血即将毁于一旦的这种感觉，真的好糟糕。"

对于设计师这个行业来说，可以不在时装杂志上投放广告，能接到多

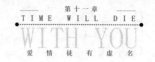

少服装订单也并不是那么重要，但时装秀一定是重中之重。

一场备受关注的时装秀，不仅是"名利场"，更是"生意场"，它与商业接轨，将媒体、买家都结合到了一起，目的是让设计师能够实现商业上的价值，背后涉及的商业产链数不胜数。

换言之，若设计师的品牌无法在时装秀里大放光彩，拔得头筹，那这个品牌就失去了一次最强有力的宣传和支撑，很难立足。

顾决沉默了几秒，淡淡地道："我懂。"顿了顿，他问："有没有什么需要我帮忙的？"

夏时意叹了口气，不愿让这时候忙于公事的顾决还要为她分神，于是唇角勉强撑起一丝笑意："别为我担心，我没事的。"

她又和顾决聊了几句后，便挂了电话。

自从意外出现后，夏时意的心里一直沉甸甸的，导致她彻夜失眠。

经过彻夜的思考，夏时意决定启用新秀。

然而千挑万选选出来的新秀没有丰富的时装周走秀经验，当夏时意将最终试装交到新秀模特手上时，模特理解不了她的设计作品内涵，没有足够的能力将她的作品穿活，停留在肤浅的表面，只是一种呆板的展示。

计划A失效，那就实行计划B。

夏时意决定亲自登场，像曾经在顾决公司的开盘庆典那样。但这也实属无奈之举，因为作为压轴出场的设计作品，并不是她所能驾驭的风格。

在一筹莫展之下，夏时意没想到，事情突然发生了转机。

那一天黄昏将尽未尽时，天空中开始下起淅淅沥沥的小雨，一辆低调的黑色商务车在雨帘中缓缓停在夏时意工作室的大楼前。

司机恭敬地撑伞，打开车门，一身中国唐装、戴着墨镜的卷发中年男子抱着一只血统纯正的白色波斯猫缓缓走下，紧接着，一个身姿高挑的女郎也随之走下，金发碧眼，娇艳红唇，桃红色的洋装，发亮的铆钉长筒

靴，双手插在黑色紧身裤的口袋里，一双漂亮迷人的眼睛微微眯着，仔细打量着前方的大楼，冷酷的面容上不带半点情绪。

当这两人被身后的保镖、经纪人簇拥着走进夏时意工作室的时候，所有人都彻底震惊了，惊讶和激动的呼声此起彼伏，就连素来处事不惊的夏时意，也一时间无法回神。

眼前的男人，正是被法国时装界誉为"上帝之手"的国宝级设计大师Jason Beckham，而他身后的女人，则是他的御用专属模特，纵横时尚圈的顶级超模Isabelle！

（2）成功

日子一天一天逼近。

终于来到正式走秀那天。

华灯初上，灯火在夜色中渐次跌宕开。时过八点，H&T Girbaud时装秀的现场已经全部布置妥当。会场外铺着厚重绵长的红地毯，时装圈中的各种人物陆续登场：设计师、影视明星、摄影师、模特、时尚博主，还有时尚行业各大一流企业。大楼前的停车坪上，停放的车辆比比皆是，气势磅礴。

早就严阵以待的媒体记者们纷纷一拥上前，将一眼望不到人潮尽头的红毯包围得水泄不通，他们扛着摄相机疯狂拍照，一时间，无数闪光灯骤起，拍照声此起彼伏。整个会场外，星光闪耀，璀璨奢华。

大厅内，耀眼夺目的水晶灯将整个会场照得金碧辉煌，华美梦幻，时尚圈内的嘉宾们正一一入场，落座后与友人颔首示意，彼此熟稔地寒暄着，气氛热络，谈笑风生。

言歆作为广告投资商，今晚也来到了时装秀的现场，以她男伴身份的出现的，自然是陆行彦。

尽管两人之前闹了不大不小的矛盾，但言歆太爱陆行彦，那天她发了

火离开之后，冷静了两三天，又主动去找陆行彦，放低姿态道了歉。因为言歆知道，个性温和的陆行彦一旦真正钻了牛角尖，在认为自己没有做错的情况下是坚决不会退让半步的，所以如果她不示弱，久而久之，这段即将步入婚姻殿堂的感情真的会冷却下来。

言歆刚挽着陆行彦在大厅里坐下来，就听到身边某家服装公司的总经理客气地和她打招呼："听说言小姐最近快要与陆总结婚了，恭喜……"

陆行彦温文尔雅地道了谢，随后言歆笑容满面地回应她："谢谢。"接着真心夸赞："高经理真有眼光，今天这一身衣服不错，不知道是来自哪位设计大师的手笔？"

"也不是什么大师啦……一个和我公司旗下品牌合作的新人设计师，叫夏时意……起先是因为顾氏集团的开盘庆典注意到她，后来合作过程中发现这个设计师确实深得我心，今晚也很期待她的作品……言小姐如果也对这位设计师感兴趣，我可以把她介绍给你……"

"原来是夏时意小姐……"言歆在心底冷笑一声，语气里都是赤裸裸的鄙夷和不屑，"我曾经也很欣赏这个设计师，所以真诚邀请她来设计我的婚纱，没想到她却反而给了我一幅抄袭作品……"

高经理许是没料到自己看好的人竟然做过这种事，大为惊讶："是吗？"

言歆装出遗憾的样子，惋惜道："这件事真的让我对她无比失望，后来我听圈中有个模特说，这个设计师不仅盗用别人的作品，还很有心计。当初夏小姐为了宣传自己的品牌，想在顾氏集团那次开盘庆典中出风头，于是故意设计赶走原定的压轴模特……"

简单的三言两语，就透露出了很多"信息"，让那位高经理惋惜地摇了摇头："我真是错看这位设计师了，也不知道她今晚的表现会如何……"

言歆暗暗在心底得意地笑开。

她之前让人将食物掉包，害得夏时意损失一名大将，今晚夏时意的表

现当然不会如何。

夏时意越想要什么，她就越要拿走什么。

当言歆交谈完，她身边一直端坐着的陆行彦压低声音，皱着眉问她："真有抄袭这事？我怎么一直没听你说过？"不知为什么，他总有种感觉，夏时意并不是会做那种事的人。

言歆强压下心头的不舒服，唇边保持优雅的笑容，与他十指相扣，避重就轻道："夏时意已经同意和我解约了。放心，不管怎么样，她还是顾决的女朋友，看在顾决的面子上，我不会太为难她的……没告诉你呢，是因为你负责筹备婚礼已经够烦的了，这些小事还是交给我去操心吧。"

陆行彦还想说什么，却终究欲言又止。

相比热闹的会场大厅，此刻后台却是一片紧张的气氛。

空气中充斥着各种彩妆粉味、发胶味，到处都是行色匆匆，步履凌乱的模特和工作人员，他们还在做走秀前的最后准备。

夏时意正和几位工作人员对即将登台的模特仔细检查身上的每个细节，后台其他人也一刻不得闲，有的仍在补妆，有的在换衣服，有的在对身边的助理交代任务，有的在忙着指挥，还有的人在发火大声吼叫，周遭频繁传出对讲机里刺啦的声音，让原本燥热狭小的空间更加逼仄了几分。

距离开场只剩下最后二十分钟。

模特们已经拍好走秀造型手册的照片，按走秀顺序列队站好，在做最后的调整。

距离开场只剩下最后5秒钟。

"准备完毕。5、4、3、2、1！GO！"

H&T Girbaud时装秀，正式开始。

大厅里的灯光从后往前依次关闭，只剩下T台上耀眼逼人的镁光灯，沿着整个走道铺展开来，将璀璨奢华的背景墙映衬得美轮美奂，烘托出众星捧月般的夺目气势。

一场视觉盛宴即将开启。

音乐响起，无数双眼睛和镜头对准了T台，强劲有力的音乐节奏里，模特们信心十足地踩着猫步走向T台，仿麂皮、剪羊毛拼接、防风夹克面料、荧光绿、玫红、紫罗兰的穿插点缀……各式各样的服装与妆容让人眼花缭乱，应接不暇。

模特用她们的方式完美地诠释了设计师所设计的作品，演绎得入木三分，走出了那种优雅高贵，风华多姿，一时间，闪光灯闪烁不停，场上掌声阵阵。

舞台上的模特换了一批又一批，当顶级超模Isabelle出现在秀场上的时候，迅速在嘉宾席里引起一阵很大的骚动和震撼，惊讶和赞叹声此起彼伏，一刹那席卷了整个秀场。

"Isabelle不是Jason Beckham的御用模特吗？她怎么会出现在这里？"

"听说Isabelle一直没有出现在后台，也没有参加彩排，还是那么神秘低调，也不知道她的设计师是如何说服她来参加这场秀的……"

一首《young folks》的背景音乐中，Isabelle自后台缓步走出，头发高高盘起，那张完美的脸上，带着半张深蓝色面具，镁光灯追在她的斜后方，在面具上反射出孤傲冰冷的金属光泽，神秘危险的气息极具侵略性，犹如冰雪世界中走出的女王。

另一半未隐藏在面具下的妆容却与之相反，没有过多的浓墨重彩，淡妆、裸色，恰到好处，无可挑剔，多一分太浓，浅一分则太素。从冷艳桀骜过渡到原生自然，呈现出两种截然不同的状态，尽显圣洁又妖娆的极致诱惑。

走秀时，Isabelle直视前方的目光纯粹得没有任何情绪，干净、无暇、透彻，像一滴水墨坠落大海，不起波澜；像刚出生的婴儿眼眸，还未

203

沾染任何俗世的尘埃；像冰清玉洁的幽谷芳兰，绽开那一抹最后的绝色。惊艳得超凡脱俗，让人无法移开眼，夺人呼吸。

Isabelle担任的，是夏时意压轴主秀，命名为"Mermaid"的主打品牌。

深蓝色的连衣裙以薄纱制成，绣有古典精致的手工花纹，质感如水轻薄无感，却又立体有型，利落流畅的裁剪贯穿始末，精湛唯美的设计于细节之处描绘女性的娇柔妩媚，打造出浪漫梦幻的海洋风情。

重点是及膝裙摆处的设计，层层断裂的褶皱裙裾似是披着鳞片的漂亮鱼尾，Isabelle行走间若隐若现的修长双腿，完美诠释出"Mermaid"的诱惑、性感，而她冰冷高贵的纯净气质凛然不可侵犯，遗世独立，却如暗夜里妖娆盛放的罂粟，集虚荣、美丽、无情、残忍和绝望于一体，让被蛊惑靠近的人想远远逃离，却又欲罢不能。

Isabelle的出现成了整个秀场的高潮。她走得旁若无人，走得漫不经心，然而她的存在万众瞩目，让人无法忽视，她的一举一动将"Mermaid"的美妙之处演绎得淋漓尽致，她的每一个眼神都在吸引场下嘉宾的沉迷和追逐。

无数闪光灯不断闪烁，交织的灯光仿佛足够撑起一个白昼。

夏时意靠在后台的柱子上，眼睛一眨不眨地看着Isabelle的方向，她的目光所及之处，都是Isabelle所带动的传奇。

夏时意如释重负地在心底笑开。

或许这世上，真的再也没有人比Isabelle更适合她设计的"Mermaid"。

一个好模特是一场时装秀的灵魂，毫无疑问，Isabelle让"Mermaid"达到最完美的巅峰状态。

夏时意忽然回忆起三天前的场景。

那时她初次见到法国时装界国宝级的设计大师Jason Beckham与他的

御用模特Isabelle，无比震惊，激动之下甚至忘了打招呼。

Jason Beckha却丝毫没有计较她的"怠慢"，抱着他那只血统纯正的波斯猫主动走到她面前，对她轻轻额首，眼里带着长辈般的慈祥笑意，用不甚流利的中文说道："美丽的夏小姐你好，我是Jason Beckham，当然你的眼神告诉我，你已经认出我，那我就直说了，听说夏小姐加入了H&T Girbaud时装秀，现在急需一个模特，我对这个名额很感兴趣，不知夏小姐觉得我的模特Isabelle如何？"

包括夏时意在内的所有工作人员都感到难以置信，设计大师Jason Beckham有一天竟然会站在他们的面前，放下尊贵的身段，降低大师的姿态，亲自将自己的御用模特Isabelle送到他们身边，并且说很感兴趣？

比起法国巴黎、意大利米兰、英国伦敦、美国纽约、日本东京这些地方的时装周来说，H&T Girbaud时装周虽然是国内盛事，但到底无法企及它们的高度。为什么Jason Beckham会突然带着他的御用模特出现在这里，并且及时地雪中送炭？

这听上去，不可思议到简直像是天方夜谭。

不过既然Jason Beckham开了口，夏时意当然不会说一个"不"字，有谁会拒绝一个高不可攀的神话？更何况对她来说，有了Jason Beckham和Isabelle强有力的支撑和帮助，她已经笃定，自己会在这场梦寐以求的秀里得到自己想要的。

当主秀Isabelle和她的设计师夏时意上台谢幕时，她们成了T台上的焦点。

台下已有不少人认出夏时意正是近段时间炙手可热的新人设计师，言歆甚至能听见，周围互相交谈评论的声音："这个设计师，未来一定会红……"

"Isabelle神秘现身H&T Girbaud时装周，真是让人太意外和惊喜了，还以为她不会参加我们国内的任何一场秀……夏时意小姐居然能请到

Isabelle作为她的主秀，真是一个让人羡慕的幸运儿……"

"这才是一流的时尚盛宴……"

"我敢说，这场秀，已经奠定了'Mermaid'这个品牌在时尚圈内不可撼动的地位……"

不止他们，就连陆行彦也连连赞赏。

言歆终于忍不住，忽然起身，脸色难看地往外走！

从Isabelle出场后，她就明白，她彻底失算了。

她来这里是为了欣赏夏时意失败的模样，根本就不是为了见证她的成功！

（3）想你

走秀结束之后，夏时意处理完所有的事情，整个人已疲惫到不行。她与助理唐落去了休息室，准备卸妆，收拾物品离开秀场。

夏时意反手解着礼服后面的拉链，没想到头发却被拉链卡住，一时间动弹不得。

她正无奈地反复和拉链作斗争，忽然听到门被打开，以为是刚刚出去接电话的唐落去而复返，连忙说："小落，你来得正好，我的头发被卡住了，你帮忙解一下……"

身后的人没有应，只是慢吞吞地走到她身后，伸出手，为夏时意解开被拉链卡住的头发。

当夏时意的目光终于触及到眼前的人时，心陡然漏跳一拍，彻底怔住。

一张英挺冷峻的面孔，穿着银灰色衬衫，是zegna当季最新款，衣袖漫不经心地挽到手肘处，气质清冷卓绝，眉眼间的矜贵浑然天成，双眸深邃幽暗，似是一眼看不尽的深海，仅仅只是慵懒悠闲地站在那里，便叫人再也无法移开眼。

他轻轻松松地就为夏时意解决了麻烦。

她一抬头，便对上他似笑非笑的双眸，终于喊出停留在唇边的名字："顾决……"

话音未落，男人猝不及防地俯下身，唇覆了下来，吻得热烈而迫切，扣在她腰间的手慢慢收紧。

直到很久之后，他将她抱在怀里，低声问："我回来了。想我吗？"末了，他没等她回答，自己忍不住笑着说："我很想你。"

绕过大半个地球，相差六个时差，时光里山北水南，搁在心底的思念又斑驳了几番，他在异国他乡看着没有她的风景，而她在他的心里却占据了每一条街。

夏时意望着他，轻轻抚摸他的脸，蹙眉："你看你最近变得这么瘦……"

顾决心情很好地与她懒懒调笑："心疼我？"

夏时意翘起唇角，也跟着笑了："看来你没少被资本主义国家虐待啊……不过我没想到你会这么快回来，那边工作上的事都结束了吗？还是挺快的嘛，我还以为至少要一个多月呢。"

"完美收官。"顾决伸手拢了拢她散在肩头的黑色长发，凝视着她，语气突然变得认真："恭喜你。"

夏时意知道他指的是什么，一下子猜测到了某件事，惊讶道："你看了走秀？"

顾决慢条斯理地开口："你觉得，我会错过你人生中任何一件重要的事吗？"

顾决的态度，表明了答案显然是肯定的。

夏时意装作恍然大悟般开玩笑："原来你是为了我，才马不停蹄地提前回来的啊。"

顾决极为配合地点点头，神色坦然："是啊，身在曹营心在汉，恨不得马上飞回来见你，所以化想念为动力。"

夏时意唇边笑意渐盛，调侃他："看来美色不仅误国，还能成事呢。"

顾决忍不住低声笑道："感谢你，能旺夫的夏时意小姐。"

夏时意收拾完东西，和溜回到休息室的唐落打完招呼后，就跟着顾决一道离开，路上瞥一眼顾决，直言他的小心思："原来喊小落出去的人是你，我就说怎么那么巧……"

顾决步调慵懒地往前走，慢吞吞地说："有些事做起来，别人在场不太方便……"

莫名地，夏时意不禁想到顾决刚才那个攻势十足的吻，神色变得有些不自然起来，于是主动转移话题，说起了秀场的事。

两人走出会场时，夏时意提到Jason Beckham和Isabell，说出心底存在已久的困惑："设计师Jason Beckham和他的模特Isabell出现的时间太巧合，我觉得我运气没有那么好，一定是有人在暗地里帮了我。现在事情终于忙完了，我想查清楚到底是谁帮了我，好谢谢那个人。"

顾决轻描淡写道："既然Jason Beckha不曾点明，自然有他的理由。运气也好，旁人相助也罢，总之你安然渡过了危机，这比什么都来得重要。"

顾决这句话说得有点奇怪，夏时意狐疑地看着他，目光里有几分若有所思："该不会请Jason Beckham过来帮我的人，是你吧？"

她记得，她的确曾经和他说过自己的困难，但和顾决来往的人，应该大多数都是地产界的吧？怎么会和法国时尚圈的设计大师扯上关系呢？

顾决不置可否地笑了笑，说话间已来到了停车场，他为夏时意打开车门："上车，我们去吃饭。"

一经顾决的提醒，夏时意才记起自己现在还没有吃晚饭，真是忙到连饥饿都没有感觉了。

出发前，顾决从准备好的纸袋里拿出一个天蓝色丝绒礼盒递到夏时意

手上，薄唇勾起，含笑看着她："我有礼物送给你。"

夏时意面对这份礼物措手不及，直到顾决将丝绒盒打开，熟悉的钻石项链在她眼前散发出夺目碎光的时候，她才反应过来，神情里是不加掩饰的惊喜："珠宝设计大师Charles Jasqueau的作品！顾决，你——"

感动来得如此猝不及防。

正是她那天在MG一见钟情的钻石项链，她是真心喜欢过，可后来再返身去买的时候，却被导购小姐告知已经售罄，她只能遗憾地离开。

往往有时候，不止感情不会一成不变地在原地永久等待，就连某件价值连城的东西也是。

但是她没有想到，有朝一日她竟然还能见到它的身影，并且带给她的那个人会是顾决。

"是陆行彦告诉我，你喜欢这条项链，后来我专门去MG找过，不过很可惜的是我去晚了，项链已经被人买走，于是只能托人从总部带。"

顾决提到"陆行彦"这三个字的时候，深邃的眼底尽是一片晦涩的幽暗，但他掩饰得很好，语气漫不经心。

他轻轻拨开夏时意的头发，亲自为她戴上钻石项链，如瀑的黑发滑过白皙的颈项垂到胸前，衬得项链如星辰般闪耀璀璨，碎光荡漾里，氤氲了人间整个月色。

"的确很适合你。"

顾决低头看她胸前的项链，满意地赞叹了一声，眼里的柔光，仿佛雪后初晴。

他看着项链，而夏时意眼睛一眨不眨地看着他，那一刻，她的心里蓦地涌上阵阵复杂的情绪，有什么一点点崩塌，并引起了每一根神经的共鸣。

关于顾决这个人，她最初的印象里，顾决的身份于她而言，只是言歆最好的朋友。既然言歆与她势不两立，那么自然，顾决也成了她敌对的角

色，所以她一直对他很戒备，没有任何好感。

五年后他们重逢，她需要他，需要从他这里攻破，采取迂回战术打进陆行彦的圈子，于是她对顾决暗藏心计地接近，试探，欲拒还迎，拼尽全力。

然而当她终于让他爱上她，把他变成与她统一战线的人，才发现，他与别的女人口中描绘的顾决，很不一样。

她知道他以往那些女友怎么形容他，冷性冷情，看似对你专注，却对感情淡得很，似是随时做着抽离的准备。

所以倘若顾决某天得知了她利用他的真相，她也根本不怕自己会伤害到他，因为在他心里，她与以往那些女友也没什么两样吧，过去了就过去了，不过是一场你情我愿的爱情游戏。

但如果她与那些女友真的不一样呢？她会不会真的伤害到他？有没有可能？

很多时候，夏时意不得不承认，顾决总是能不断打破她对他的看法，无论关于她多微不足道的小事，他也能珍而重之放在心上，简直能叫百炼钢化为绕指柔。

她不是不愧疚，也不是不感动。

感情这回事，从来都是要讲究几分运气的，不是每个女人一生里都能碰上对她好且能保护她的男人。

幸运的是，她遇见了。

不幸的是，她终究没有资格拥有，而且，她想要的，也不是他。

连她都觉得自己太过分。

当某天真相大白的时候，或许就是她永远离开他的那一刻了……

一想到这里，夏时意整颗心都柔软得无以复加，她一抬头，像是某种补偿，第一次主动吻上顾决，喃喃道："顾决，谢谢你……"还有，对不

起。

顾决的回应，只是神情的吻。

回去的路上行到一半，夏时意猛然想起，秀场上模特们走秀的照片还在摄影师手中未拿回来，于是两人又重新掉头。

幸而那位摄影师仍然留在会场里，夏时意过去后很顺利地联系上他，只剩顾决一人在车内等她。

等的过程里，顾决的手机接到Jason Beckham的电话，他没有任何犹豫便接了起来，一开口，便是尊敬有礼的语气，用的是对方熟悉的母语："Jason叔叔，这次多谢您了。"

Jason Beckham在电话中无奈地一笑："虽然躲记者的采访躲得够呛，不过能让我放下大好的旅游时间赶过去帮忙的人恐怕也只有你这个侄子了……Elvis，这回你可欠下我一个好大的人情……"

顾决含笑应道："好，等我回法国，我一定再专程拜访您。"

Jason Beckham打趣道："记得同夏小姐一起来见我。Elvis，你这次难得向我求助，夏小姐对于你来说，应该是很重要的人吧？"

顾决思考了一会儿，用了一个词回答Jason Beckham的问题："挚爱。"

正和Jason Beckham说话的顾决没有发现，他身后静静站着不知道什么时候出现的夏时意。她保持着僵硬的姿势站了许久，脸上的神情因极度震惊而骇然失色，整个人犹如跌入万丈深渊，连呼吸都变得急促和不稳。

如果说，两个月之前她曾对自己在电梯里模模糊糊听见的熟悉的法语口音起疑，那么现在，离她一米之远不断传来的那个只属于Elvis.L的口音，给了她天旋地转般的铿然一击。

她从未想过，一直寻找的那个神秘人Elvis.L，就在她的身边！

211

所有的线索开始串起来。

从他一开始不让她接近言歆，到他笃定地对她喊出"夏绫"这个名字却又不知为何改变主意，再到他的国外好友Logan说曾经见过她，而最重要的是他的英文名Elvis与Elvis.L基本吻合，一个字母之差而已，为什么她就根本不曾怀疑过他，甚至想要去调查？

夜色无边，冷风过境，夏时意只觉得浑身冰冷，脚底虚软，扶住身旁的大树才站稳。她慢慢拖着沉重的身体机械地往回走，目光空洞，脑海里反反复复重复着几句话。

原来……他从一开始就知道她是夏绫……所有的一切……他全都知道！

　　（4）争吵

顾决靠在车门边等了很久，终于觉察到不对劲。当他第四次拨打夏时意的电话时，终于通了，他还未开口询问，耳边就传来她干涩沙哑的声音："我在二楼最里面的休息室，你过来吧。"

说完这句话，夏时意就挂断电话，干脆利落。

顾决不禁微微皱眉，薄薄的唇抿成一条线，他心里忽然涌上某种不好的预感。

十分钟后，顾决缓缓推开门，走进休息室，才发现那里没有开灯，一片漆黑。夏时意抱着双腿坐在沙发上，默不作声地低着头，整个人隐藏在暗色里，叫人看不清她脸上的情绪。

异样的气氛让顾决心里立刻闪过无数种猜测，那种不安越来越强烈。他开了灯，走到夏时意身边，半蹲下，握住她的双手，目不转睛地看着她，低声问："时意，发生什么事了？"

夏时意抬头，面无表情地看了他好一会儿，才开口说话，声音像是

被水浸过，分外冰冷："顾决，你就是五年前送我去法国留学的Elvis.
L。"

笃定的语气，直截了当，开门见山。

顾决一言不发地看着她，那长久的沉默令气氛陷入死寂。

正当夏时意以为他不会回答这个问题的时候，顾决终于轻声应了一
句："看来，你已经知道答案了。"

他深邃幽暗的双眸牢牢锁住她，声音带着不自觉的轻颤："什么时候
查到的？"

顾决的承认，让夏时意脑中的弦猝然断裂，她猛地挣脱开顾决握住她
的手，嘴角扬起嘲弄的笑意，眼底尖锐的光芒骤起："查到？不，我压根
就没想过要去查你！你当初说着法语接近我，目的不就是让我下意识地以
为Elvis.L是个法国人吗？所以哪怕我知道你与那个人有一样的名字后，
也始终不曾怀疑过你！更没有想过要去试探，让你说出法语！如果不是
我刚刚无意中听到你和别人交谈时那熟悉的法语口音，我至今都会被你蒙
在鼓里！那么，顾决先生，告诉我，看着我改头换面接近你，诱惑你，设
计让你爱上我，像个狼狈的小丑一样演戏，好玩吗？"夏时意讥讽的笑意
扩大，甚至连眼眸里都带着刺人的光芒，"这种将人玩弄于股掌之中的感
觉，你一定觉得有趣极了，是不是？"

她频繁出现在他的身边，在他面前刻意扮演了一个与夏绫性格完全不
同的女孩，步步设局，步步攻心，为每一场声势浩大的偶遇而机关算尽。
但实际上呢？从一开始，他就对这一切洞若观火，心知肚明，把她当成胜
券在握的猎物，漫不经心地逗弄，玩耍。

她为了夺回陆行彦精心策划的这场复仇，在他眼里，原来只是一个笑
话。

她竟然还天真地以为，他真的爱上了她，还对不明真相的他感到愧
疚，可现实立刻就狠狠反手给了她响亮的一巴掌。

真够愚蠢。

顾决站起身，看着眼前浑身散发着一股冷冽气息的她，知道她已将所有属于夏时意的表象全部退去，此刻整个人都透着利刺和戒备的人，是夏绫。

那个心里只有陆行彦的夏绫。

他的心里无端烦躁起来，脸色渐渐沉了下去，下巴绷紧，目光如同结了冰，声音低沉而压抑："你非要这样恶意揣测我？在你眼里，我就是这种卑劣无耻的人？"

夏时意毫不犹豫地反唇相讥："如果你不是这种人，为什么你曾经在我面前识破过我是夏绫，最后又反悔？既然要说，为什么不干干脆脆地说出来？是因为不愿意收手，还想陪我把这个游戏玩下去吗？所以玩到现在？顾决先生，你的恶趣味还真是超乎常人啊！"

顾决走到窗前，闭上眼睛数秒，努力控制住自己的情绪，再转身看向她时，他的目光已然平静下来，神情淡漠道："是，我很抱歉，那一次兴起试探了你。但我没有任何恶意，我当时也立刻为我的行为感到后悔，所以之后对你承诺永远不会再主动提起'夏绫'这个名字。时意，你能不能明白，从始至终都是你一直在主导着我，而不是我在控制着一切。"

"所以呢？我应该感谢你？感谢你没有戳穿我？"夏时意走到他身边，笑起来，带着浓浓的嘲弄，"够了！顾决，这一场戏你还打算演到什么时候？从八年前你就在演，假扮法国人Elvis.L，主动接近被抛弃被烧伤一无所有的我，虚情假意地陪着我，好心送我出国念书，再到我们重逢之后，从易渊那里舍身救我，赠我钻石项链。对了，说服Jason Beckham来帮助我的人就是你吧？这一切的一切，你还演得不够多吗？一开始就是言欲身边人的你，又怎么会这么好心来帮助我？顾决，说吧，你的目的到底是什么？"

顾决清冷的眼底漾着深不见底的暗色："如果我说，我没有任何目的，你信不信？"

　　"一个男人愿意为女人做这么多，不是另有所图，就是喜欢她。"夏时意偏过头，冷冷地看着他，"你说你没有目的，那么就是喜欢我了？"

　　顾决沉默地看着她，没有否认。

　　"哈，你怎么会喜欢我呢？"夏时意慢慢摇头，忍不住嗤笑一声，"如果我不曾认出你是Elvis.L我会信，我会以为，是我回国后费尽心机地耍手段让你喜欢上了我，后面的一切都有了理由解释……可你要我怎么相信，在这之前的八年里，你就喜欢我？那时候全校都知道你和言歆青梅竹马，是言歆身边的人，你那么维护她，怎么可能喜欢和她敌对的我？更何况，你和我说过几次话见过几次面，你就喜欢我？顾决，你不觉得可笑吗？"

　　她用"可笑"这个词，来形容他对她的感情，将他和她之间的界限划分得清清楚楚，彻彻底底。

　　顾决明白了。

　　她是在告诉他：从她知道他是Elvis.L的那一刻起，她就彻底认为他背叛了他，对他所有的信任刹那间分崩离析。她不信他，不信他的每一句话，不信他对她的感情，不信他这个人，觉得他一直一直都在欺骗、隐瞒，而这两样，恰恰都是她最无法容忍和原谅的。

　　所以她认定，他最初就别有目的。

　　尽管她的认定对于他来说是错误的，甚至是不公平的，然而，他的确还有某一件事对她永远没有勇气说出，而正是那一件事，让他从此愧对她一生。

　　所以，事已至此，他也不打算辩解。

　　他选择退让。

　　顾决的态度落在夏时意眼里，却成了另外一种意思。她冷笑一声，狠狠扯下脖子上的钻石项链，当作随手可弃的垃圾一样丢在地上，语气决绝："还给你。我们……分手。"

　　她推开门，走之前说出最后一句话："顾决，你可以不说，但迟早有

一天，我会弄明白你那些不可告人的目的！"

"砰"的一声，她头也不回地摔门而去。

顾决没有追出去，也没有叫人去追。他半蹲下身子，捡起钻石项链，目光慢慢凝滞。

她这一扔，简直是将他整个真心都扔掉了。

夏时意走后，顾决在休息室里一个人静坐了很久，面色淡然得看不出情绪，满身孤寂清冷，好似披了一身冰寒月色。

陪伴他的，是一室荒凉。

不久之前，他们还曾在这间休息室里浓情蜜意，然而现在，只剩下兵荒马乱的狼藉。

叫人情何以堪。

CHAPTER12

第十二章

怪我过分爱你

TIME

WILLDIE

WITH YOU

（1）设计

　　他们谁也没有发现，休息室门前的那条走廊上，有个身影一闪而过。那是言歆。

　　言歆因为毁掉夏时意事业的计划失败而气呼呼地从秀场上提前出来后，恰巧碰见广告公司的一个熟人，于是两人聊了很久。正当她准备离开，向停车场方向走去时，意外地看到了本该在国外出差的顾决，他接了个电话便往秀场大厅里走，她喊他的名字他也浑然不觉，紧皱眉头的模样像是有什么心事。

　　她鲜少见到素来遇事从容冷静的顾决有如此恍惚的状态，出于好奇心理，便一路跟着他，停在了夏时意的休息室门口。

　　然后……

　　她终于听见了，自己一直以来，所想要知道的全部真相。

　　言歆一回到家，就将房间里的东西摔得粉碎，满地都是碎片，茶杯里的水流了一地，慢慢浸湿地毯，犹如她那颗被怒火充斥的心。

　　原来，夏时意真的就是夏绫，她一直以来都将自己耍得团团转！

　　可她更生气的，是自己使用了所有手段，都没办法查出夏时意的真实身份。她从没想过，帮助夏时意瞒天过海的那个人，竟然会是顾决！

　　既然是顾决，那么，论心计论城府，她怎么可能玩得过他？怎么可能从强大的他手里找出夏时意的任何破绽？

　　只要一想到这里，言歆就气得咬牙切齿。

　　她有多讨厌夏绫，如今就对替夏绫隐瞒一切的顾决有多失望和怨怼。

　　顾决明明清楚，当年陆行彦因为夏绫而和她分手，而她又因为夏绫遭受到了男生怎样的凌辱！

　　言歆双手撑在书桌上，目光冷冷地扫过桌上她与顾决还有陆行彦三人的合照，耳边不停回响他说过的话。

　　"我知道因为夏绫的关系或多或少让你不喜欢她，甚至厌恶，但能不能仅仅因为她是我喜欢的女人，答应我以后不要再为难她？"

　　"你有陆行彦，还有身后庞大的言家，而她，只有我。"

　　"我之前就已经和你讲明，如果你要为难她，我绝不会坐视不管。"

　　顾决，既然你铁了心要维护你的女人，那么别怪我不顾情义。

　　H&T Girbaud时装周结束之后，被业界的人称道了很久。

　　其中夏时意的主打品牌"Mermaid"成为最被关注的发布之一，顶级超模Isabelle那天的走秀照片被多家著名时尚杂志反复刊载，夏时意极具风格的设计也让"Mermaid"一夜之间引领了时尚潮流。

　　"Mermaid"的成功令夏时意的事业一时间风生水起，可相较于夏时意而言，顾决过得却无比压抑。

　　最近，整个顾氏集团的人都能感受到围绕在顾决身边的低气压，于是每个人做事都比平常更加兢兢业业，小心翼翼了万倍，生怕被顾决请到办公室，要直面他那张阴郁的脸。

　　顾决与夏时意发生争吵后，几乎日复一日地在公司里加班到夜深人静，企图用工作麻痹自己。他也推脱了所有能推脱的应酬和娱乐活动，只在公司与家里两点一线地来回，每天的生活极其单一。

事情的转机发生在顾决刚过完生日的第二天。

深夜一点，夏时意完成了手头的工作，正准备睡下，忽然接到顾决司机的电话，里面传来焦急的声音："夏小姐，请问顾总在您那里吗？"

"不在。"夏时意虽然很冷漠地回了一句，但她知道如果不是情况紧急，司机也不会贸然打扰她，于是蹙眉问："是不是出什么事了？"

司机叹了口气，说顾决一下班就和几个朋友去酒吧庆生，喝了很多酒，最后自己把车开走了，现在到处都见不到他的踪影，手机也关机，联系不上他。由于此前曾经发生过一起绑架案，所以司机心里特别担忧。

夏时意沉默了一会儿，安慰司机："如果只是单纯地喝醉酒，应该不会出什么大事。"

司机却无法这么乐观地想："顾总这几天心情一直很差，但都极力控制着自己的情绪，今天喝得这么醉倒是少有的一次，还开了车，我担心顾总会出车祸……"

听到"车祸"这两个字，夏时意的太阳穴"突突"跳了跳，心里顿时涌上了一阵复杂的情绪。她意识到事情的严重性，缓缓开口："言歆那里有没有询问过？"

"我这就联系言小姐。"

夏时意对司机犹豫地说："如果出事，一定要通知我。"顿了顿，补充："如果没事，记得也通知我一下，麻烦了。"

夏时意挂断电话后，抱着双臂在地板上来回走动，冰冷的瓷砖地面映出一张不安失神的女人的脸，双唇微不可察地颤抖着。

这么晚了，顾决能去哪里？

她走了一会儿，才恍然意识到，他们已经分手了不是吗？那现在自己在以什么身份担心他？

这段时间她彻底冷静下来仔细想过，尽管平心而论，顾决从始至终都

没有害过她，但欺骗和隐瞒从某种程度上来说，对她也是一种伤害。

自从上一次两人吵架过后，他们谁都没有联系过对方，夏时意是不可能主动，而顾决……她无法猜测他的想法，或许是他认为也没有必要了。

那么此时此刻，自己又为什么有着多余的担忧？

夏时意强迫自己上床睡觉，让自己看上去显得并不那么焦虑，却翻来覆去睡不着，潜意识里在等待某个电话。

时间一分一秒地走过，渐渐到了四点，天色慢慢亮起来，睡得并不安稳的夏时意终于接到了电话。不过却不是司机，而是来自言歆的。

夏时意刚接起，言歆不耐烦的声音便从电话里清晰地响起："顾决醉得一塌糊涂跑到我这里来，你作为他女友，是不是该把他接走？"

夏时意在床上静坐了一会儿，虽然奇怪为什么顾决会喝醉跑到言歆家里，但暗地里还是为找到顾决而轻轻松了一口气，再开口时，她的声音变得很平静："我知道了。"

没有任何其他表示，她正欲挂断电话，言歆不怀好意的声音传过来："你就不想知道，他为什么这么晚了，还选在刚刚过完生日这样一个特殊的日子，醉倒在我家门口？"

夏时意漠然回应："人没有出事就好，其他的没有那么重要。"

言歆却偏不放过她，不依不饶，幽幽地说："夏小姐对顾决转眼之间变得这么冷血无情，毫不在意，看来……最终顾决还是没有完成任务，失败了啊。"

夏时意的神情凝重起来，心里生出一抹警觉："任务失败，是什么意思？"

"顾决可是把什么都跟我说了，夏绫！"言歆加重语气，恶意地一笑，"枉你费尽心思改头换面出现在我们面前，结果却被顾决摆了一道，耍得团团转，连我都看不下去了。真同情你啊，不仅一无所获，还和当初

221

害你遭受一切的罪魁祸首恩爱缠绵这么久，难为你了。"

言歆的每一个字每一句话，仿佛一把利剑狠狠插在夏时意的胸口："什么叫罪魁祸首？言歆，你到底想说什么？"

"既然顾决任务失败了，那如今我也没什么好隐瞒的，看你挺可怜，我就做回好心人，全部告诉你好了。"言歆假惺惺地开口，故意说得很慢，"我想，你一定很感兴趣，当初你爷爷究竟是怎么死的，又是谁想放火烧伤你的吧？还有，你想不想听听看，为什么八年前顾决会把你送出国，又为什么会对你这么好？"

夏时意握着手机的手下意识地微微颤抖，她极力平复着自己的情绪，半晌，沙哑着声音说："把你知道的，全部告诉我。"

"夏绫，你知道，顾决真正喜欢的人是谁吗？是我。今晚他喝醉了，醉得一塌糊涂跑到我家门口，对我表白，酒后吐真言，我这才知道，原来他那么爱我，默默为我做了那么多事。

"当年你爷爷生病住院的医疗费，是顾决出资救援的，他的条件只有一个，就是要让陆行彦离开你，和我在一起。你看他为了能让我得到陆行彦，连这种威胁人的事都做出来了。只可惜，就是因为这过程中的拖延，导致你爷爷没有得到及时救治……

"你知道你当年是怎么被烧伤的吗？就是因为顾决知道你出狱了，了解到你下一步就要去找陆行彦，所以为了不让你破坏我们之间的感情，故意放火烧了你家。我知道你不信我，但顾决的司机是人证，你总该相信他的司机把？从你出狱后，他就坐在车内，和司机寸步不离地在你家门外守着，掌握着你的一举一动。其实这也很好理解，除非他亲自参与了那场火灾，否则怎么在你整容后第一时间以Elvis.L的身份接近你？

"哦，对了，说起他故意用Elvis.L的身份，好心送你出国念书，难道你还不明白吗？他就是为了把你送出国，让你没有机会回到T市。但你

偏偏逃离了他的监控范围，再一次回到了T市，所以他将计就计，只是为了牢牢控制你。

"我问他，既然喜欢我，那为什么还要对你这么好。他和我解释，只是想让你爱上他，这样你就不会把心思放到陆行彦身上了……

"说起来，他起初对我都瞒着你就是夏绫的身份呢……后来他对我说，我不知道的情况下，这样才能保证他计划万无一失地顺利进行，只可惜啊，还是被你知道了他就是Elvis.L，让他的任务失败……

"夏绫，我和你打个赌如何？顾决一定不会让你破坏我的婚礼。"

同一片天空下。

言歆迎着晨曦，站在微风拂面的阳台上，冷笑着对夏时意说完最后一句话，挂完电话。她转身，回到房里，看着床上闭眼沉睡的顾决，缓缓回想起之前发生的事。

顾决的司机打电话过来询问她有没有见到顾决，语气非常焦急。她本不愿管，就在那一刻，心里刹那间忽然闪过一个想法，于是她借口以朋友的身份匆匆出了门，与司机一道寻找顾决。

途中她问司机："你先别着急，好好想想顾决平时有哪些爱去的地方，还有哪些地方是他很久没有去，但心里最惦念最放不下的？"

两人找了很多地方，但依旧没有见到顾决的身影，正当言歆失去耐心想直接报警的时候，司机一拍脑袋，嚷嚷："我差点忘了，还有个地方，顾总说不定在那！"

距离司机口中所说的地点路程很远，花费了不少时间，两人赶往那里的时候，言歆第一眼就认出来，是五年前夏绫住的房子，靠近他们念书的中学，也就是在这个地方，夏绫遭遇了火灾，从此下落不明。

当然，言歆现在已经明白，是夏绫自己刻意隐藏着她的踪迹。

223

言歆神色复杂地扫视了整个屋子一圈，跟着司机一道进了屋里。整间房子的风格偏女性化，屋里的东西一应俱全，整洁宽敞，显而易见，是有人定时在清扫。

当他们在屋里找到喝醉了趴在床边昏昏沉沉的顾决时，终于松了口气。

司机擦了擦额头的冷汗，庆幸道："总算找到人了，还好没出什么事。"

尽职的司机担心喝醉了的顾决没人照顾，于是扶起顾决，想带他回到原来的住处，却被言歆拦下，她假装好意道："已经不早了，再送到他那边得到什么时候……这样，我家离得近，送我那里去吧，我来照顾他。你也辛苦忙了一夜，回去早点休息……"

言歆不是外人，她既然开了口，司机连声应了下来。

回去的途中，言歆对顾决喝醉开车开到这里始终无法理解，心中疑云重重："那个地方，对于顾决而言，有什么特殊意义吗？"

"具体有什么意义我不太清楚。"司机憨笑，挠挠头说，"我只记得，五年前这里搬来了个女孩，那个女孩不知道做了什么错事进了少管所，她出狱那天，我开着车，和顾总在她后面跟了一路。也不知道为什么，顾总当时身边有了谢诗韵小姐，居然还会对那个女孩特别上心。那时候顾总刚刚接手顾氏集团，百忙之中还每天晚上抽空过来看女孩，有时候一看就是一整夜。"

司机顿了顿，继续说："不过那个女孩很快出了事，家里突然着了火，幸好当天顾总让我和他的几个下属在外面，抢救得及时。后来那女孩不见了，这房子就被顾总买了下来，重新装修了一番，这五年里经常会过来看一看。"

司机的话让言歆很快明白了前因后果。

　　她仔细回想了一下那段时间的事，推测出，大概是刚从牢里出来的夏绫得知她的爷爷去世情绪不稳，顾决担心她出什么事，于是在她家门口日复一日地默默守着，这一守，也恰巧无意中救了她的性命。

　　呵，顾决倒当真对夏绫那个女人如此痴情。

　　只是夏绫家失火那天，顾决人在哪里？那时候他从楼梯上滚下来，摔断了双腿，是不是和这件事有什么关系？

　　言歆心思慢慢地转，不管怎样，司机无意中吐出的秘密，她倒是可以好好利用一下。

　　顾决对夏绫情深义重，想要对付夏绫，首先必须让她失去顾决这个最强大最忠诚的骑士。最好的办法，只能设计让他们反目成仇。她一直苦于找不到突破口，没想到现在机会反而送上门来。

　　言歆嘴角浮起一抹势在必得的笑。

　　这个世上最危险的，不过是每个人深埋藏于心底，无法对人言说的秘密。顾决最大也最糟糕的秘密，在于他爱夏绫。

　　她会用这个秘密，尽可能地毁掉顾决与夏绫两人之间的关系。

　　思及此，她对司机缓缓开口："小纪，你能帮我个忙吗？"

　　"言小姐请说。"

　　言歆从包里掏出一张银行卡，递到司机眼前，注视着他，微微一笑："今晚顾决来这里的事，不要对任何人提起，尤其是顾决，还有顾决的女友夏小姐。我们就当什么事都没有发生过，好吗？"

　　早晨八点，阳光斜斜入窗，顾决醒来的时候，头痛欲裂。

　　他认出这是言歆的房间，微微怔了一下，很快回过神，起身后熟门熟路地开门，下楼梯，走到客厅里，发现言歆正一个人在餐桌旁优雅地吃着

时光
与你共终老
▶Time will die with you

早餐。

她觉察到动静，抬头看向顾决，语气热络："早。快去洗漱吧，早餐都给你准备好了。"

顾决对她点了点头。进了洗浴间后，他才发现言歆特意给他准备了崭新的衬衫，看上去，是陆行彦一贯的雅致风格。

洗漱完毕，顾决边扣着袖口的水晶扣边缓步走出来，在言歆对面坐下后，喝了几口咖啡，诧异地问："我怎么到你这里来了？"

言歆用刀叉切开手中的三明治，瞥他一眼，笑道："谁知道你怎么跑我这里了？我昨晚睡得好好的，突然听到有人敲门，门一开，就看到你醉醺醺的，躺在那里，真是好久都没看到你这么醉过了，吓了我一跳……"

顾决仔细回想了很久，抿了抿唇，皱眉："我怎么记得我明明是在……"话没有说下去，他顿了顿，随即神色自若地自嘲道："看来真是喝多了……"

"该不会是我昨天忘了给你送生日礼物，连喝醉了都不忘来找我算账吧？"言歆将他的反应尽收眼底，开了个玩笑，然后认真地说："那祝我们顾总生日快乐。抱歉，昨天太忙，都忘了你的生日。"

"没事，你收留了我一晚，当作补偿了。"顾决淡淡一笑，"幸好行彦不在，不然他该误会了。对了，最近怎么没看到他？"

"公司安排他出差了。"

其实哪里是公司的原因，都是言歆一手的安排。为了杜绝夏时意见到陆行彦的任何可能，确保婚礼前不发生任何意外，所以她利用手头的权利断掉了夏时意的所有念想，直到婚礼那天，陆行彦才会出现在T市。

要不是陆行彦出生在T市，所有的亲朋好友都在T市，婚礼必须在T市举行，否则她早就带着陆行彦远走高飞，去国外结婚，何必要整天面对夏时意，提心吊胆，惴惴不安。

言歆装作无意地提起夏时意，暗地里观察着顾决的神色："我昨天怕

夏时意担心你，于是联系了她，但她可能对我有什么误会，很冷漠地挂了电话。顾决，你们……是不是发生什么事了？"

顾决握着刀叉的手一顿，他飞快地敛去眸中异样的神色，不置可否地勾了勾嘴角："没什么，闹了一点小别扭而已。"

由于他赶着去公司，很快就吃完了早餐。临走前，言歆走到他身边，特意为他理了理衣领。

顾决一开门，见自己的车果真停在言歆的门前，也没多想，直接上车离开。

他没有看见，站在他身后阳台上一直目送着他离去的言歆，眼里一闪而过的算计和嘴边流露出的瘆人笑意。

（2）私心

顾决是在晚上下班时见到夏时意的。

彼时他刚从公司大楼里出来，正和身边的下属交谈，忽然就停下了脚步，目光怔怔地落在大楼前的某个地方，似是难以置信。他们冷战这么长时间，他明知道夏时意如今对他误解万分，所以一直没有勇气去找她，但他没想到，她竟然会主动过来找他。

大楼前，夏时意侧过身体，在向等候在车前的司机询问着什么，神情分外凝重。

她穿着一袭红色长裙，衬得肤色雪白，那一头美丽的长卷发随意地披在背后，在光影里泛着光泽。仅仅只是娉娉婷婷地站在那里，自有一番不寻常的惊艳，宛如一朵娇艳的蔷薇，盛开到了极致。

残阳如血，将她的身影勾勒出优美的轮廓，令顾决看得蓦然失了神。

几日未见，她依然有让他如此心动的本领，举手投足间不经意就能勾走他的魂。

227

时光
与你共终老
▷Time will die with you

　　顾决慢慢走过去，虽然心中早已欣喜若狂，但面色依然波澜不惊。他走到她身边后，低声念她的名字："时意。"

　　夏时意拎着手包，闻声转头，脸上没有多余的表情，漠然地看着他："我有话要问你。"

　　她的表情和语气让顾决眼神一暗，他的骄傲一下子上来，几乎是赌气地回应："我还没吃饭。"

　　夏时意点点头，快速地问："哪家餐厅？"

　　这架势，看来今晚如果不达到目的，她是不打算罢休了。

　　顾决心里当下有了计较，道："我家。"

　　夏时意依旧没有任何犹豫，应了一声好，便坐进他的车。坐的是前面副驾驶座位。

　　顾决唇角一勾，转头对驾驶座上的司机说了一声："下来，你坐到后面去。"

　　司机惊讶地看了顾决一眼，没说什么，遵从了顾决的话，乖乖地下了车。

　　顾决为了多留她在身边一会儿，特地绕了远路，去了他不常去的位于郊区的别墅。一路上，夏时意从始至终都专心地看着窗外的风景，一言不发，表情冷漠，隐忍的眼神里暗藏着光芒，像是狂风暴雨的前奏。

　　一路无话。

　　顾决从未觉得路程是如此的短。下了车后，夏时意径直走到他身前，目不斜视，把他当成空气。

　　顾决已经习惯了她的态度，倒也不生气，不紧不慢地跟在她身后，眯着眼，欣赏她与夕阳融为一体的背影。

　　别墅的用人看到很少出现在这里的顾决突然前来，立刻纷纷迎了上去。顾决却朝着夏时意的方向一扬下巴，吩咐用人们照顾好她。

228

晚餐是顾决亲手做的。这是他和夏时意交往以来，第二次为她做饭，但显然，夏时意并不买账。

饭桌上，夏时意面对着顾决为她烧的一桌子色香味俱全的菜动也不动，直直地看着对面的顾决，正要开口，却被顾决出声打断："有什么话，等我吃完了再说。"

于是夏时意将话收了回去，坐在座位上，一声不吭地吃起了饭。

顾决眼角浮起浅浅的笑意，笑得像只得逞的狡猾狐狸。

一顿饭又是在沉默中解决的。吃完饭后，夏时意才说出一个字，就被顾决挡了回去，他气定神闲地看着她："抱歉，我现在要出去遛狗，回来之后还要去书房处理公事。如果你等不了，我们改天约个时间，如果你很着急，那再等我两个小时。"

都等了这么长时间，也不在乎这一时半会儿，于是夏时意选择继续等下去。

顾决去忙的时候，她就坐在客厅里的沙发上，靠看电视打发时间，神情似是认真，又像是在想着心事。

两个小时很快过去了，夏时意等不及匆匆踏上通往书房的楼梯。她"砰"的一声推开房门，却看见顾决正从里面走出来，目不斜视地与她擦肩而过，慢条斯理地丢给她一句话："我现在要去洗澡，有什么话，等我洗完了澡再说。"

夏时意闭了闭眼，平复呼吸，暗自默念，这是最后一次，最后一次！

于是，时间又飞快地溜走，眨眼之间，到了深夜十一点。当顾决从洗浴间里慢吞吞地走出来，看见夏时意扫过来的目光，悠然丢给她三个字："吹头发。"

等顾决吹完头发，夏时意终于忍不住爆发了，她跟着顾决一道进了房间，一个字一个字冲着他喊："顾决，你还有完没完？"

时光
与你共终老
▶Time will die with you

她知道他上班非常忙，无法抽出时间来见她，所以她克制着自己所有冲动的情绪，特意等到下班在他公司大楼前等候他。可她没预料到，他下班依然那么忙，看他那个敷衍的样子，根本就是存心的，他根本不想和她谈。

灯光照下来，给顾决英挺冷峻的轮廓覆上几分凉薄的光晕。那双漆黑的眼眸里似乎写了千言万语。他就那样看着她，看她看到极深处，目光里像是有些哀伤，声音却很平静，语气也很冷淡："这样你就受不了了？"

她可知，每一次他想起她念起她的时候，那种想见又不敢见的心情，那种惊蛰而出的思念，比这永无止境的等待更让人痛苦万倍。

无限地拖延时间，想让两人多相处一会儿，看来也只能到此为止了。顾决终于松口："说吧，你要和我谈什么？"

夏时意面无表情地看着他："昨晚言歆打电话给我，说你喝醉了倒在她家门口。"

顾决没有想到，她要和他说的，会是这件事。他眯起眼睛盯着她："我以为你不在乎。"

"我当然不在乎。"夏时意说得很冷静，"即使你昨天喝醉了跑到她家和她表白，我一个和你什么关系都没有的人，有什么立场在乎？"

"和她表白？言歆这样跟你说的？"那一刻，顾决觉得可笑无比，缓缓开口："你觉得，我喜欢的人是她？"

"你可以否认，那我替你说好了。"夏时意的声音加重，情绪陡然变得激烈，"你爱言歆，所以当初以Elvis.L的身份接近我，把我送出国让我永远无法再出现在她面前！所以哪怕你一早就知道我是夏绫，却不拆穿我，反而刻意对我好，为的就是让我爱上你，无法破坏言歆的婚礼！这些我都可以无所谓！但是——"

她冷冷地睨视着顾决，目光如刀，带着强烈的恨意，狠狠刺向他："顾决，你能不能告诉我，八年前，你为什么要用我爷爷的医药费威胁陆

行彦离开我，逼着他和言歆远走高飞？更甚至，我爷爷就是因为你故意拖延医药费而没有得到及时治疗，失去了生命！顾决，是你害死了他！"

夏时意的每一个字每一句话，都化成了一把尖利的刀，迅速划过顾决的耳膜。他闭上眼睛，紧握成拳的手因用力过度而发白，所有的话都堵在喉间，胸口汹涌而出的藤蔓节节疯长，将他困住，僵硬得动弹不得。

她终究还是知道了。

他此生最不愿对她谈起的事情。

夏时意见他脸色苍白，沉默得无法言对，那分明就是承认了他的所作所为，她不由得笑起来，眼泪却夺眶而出，一滴一滴砸在地上，她的眼神染了几许凄然："顾决，你真狠，可以为了言歆，在背后推波助澜，助纣为虐，亲手夺走我最爱的两个人！"

顾决看着夏时意哭得通红的双眼，心下一凛，像被生生割了一刀，所有愧疚和痛楚铺天盖地地向他涌过来。

他艰难地开口，尝试用最简单最直白的话语还原当初作为一个男人的私心："时意，对不起……如果我知道你爷爷再也无法支撑下去，我绝对不会那样做。我只是……不愿意你和陆行彦在一起……所以才做了那件卑劣无耻的事……但是，请你相信我，我不是为了言歆，我是为了你……"

八年前，夏绫舍身代替陆行彦入狱，而收养她的爷爷因为她的入狱受到沉重打击，病情告急，急需一大笔手术费。

家里破产后的陆行彦走投无路之下向当地报社求助，顾氏集团在看到这样一则消息后，为了发展慈善事业，出手救援，但紧要关头，这笔钱被顾氏集团的继承人顾决拦下。

原来言歆知道这件事后，找到顾决，以青梅竹马十余年的情感拜托他，借此机会将陆行彦从夏绫身边逼走。顾决考虑之下，答应了。于是他和陆行彦提出交易，他可以出资救夏绫的爷爷，条件是陆行彦必须和言歆出国念书，断了和夏绫的所有联系。陆行彦点头同意。

那时候，顾决反反复复想的只有夏绫，他甚至忘了去查清夏绫爷爷的病情，他根本就不知道，她的爷爷随时都会因呼吸衰竭而死亡。当他最后得知，因为他的私心而阴差阳错送走了一个生命时，他心中的悔意能盖天灭地。

就是因为这样的一念之差，让他就此亏欠她整个今生。

一步错，步步错。

真相在眨眼之间分崩离析，溃之千里，于是让他在自欺欺人的世界里继续苟延残喘的机会都消失殆尽。

夏时意听不进去顾决的任何话语。

她不知道顾决难以言说的苦衷，她看到的，听到的，明白的，只是顾决如何"抢走"陆行彦辛辛苦苦求助回来的救命钱，如何冷血无情地用这笔救命钱做肮脏的交易，如何眼睁睁地在她爷爷命悬一线的时候断送他的一切经济来源，如何将陆行彦从她身边逼走，成为毁掉这场感情的元凶。

夏时意的语气几乎歇斯底里，字字发狠："事到如今，你还要假惺惺地做戏，说是为了我？为了我，就要放火烧我伤我？顾决，你还有没有良知！"

那一刹那，顾决瞳孔骤然缩紧，浑身发冷，仿佛瞬间陷入冰锥刺骨的深渊。他难以置信地看着她，眼里带着沉痛："……你认为，当初是我放的火？"

明明她说的每一个字他都清清楚楚地听在耳朵里，可为什么当它们组合在一起，他却偏偏听不懂了呢？

"你敢说你没做过吗？你敢吗？"

夏时意的逼问和指控轻易就对他定了罪名，判了死刑，欲加之罪，何患无辞。

顾决看着曾经那双最爱的笑意吟吟的眸子，如今眼里流转的却都是冰

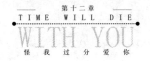

冷的情绪，他听见了自己心碎的声音。

他死心塌地捧在手心珍而重之的女人，他宠她爱她，好得无所不用其极，挥毫泼墨为她写就万般刻骨深情，可她竟然认为他会置她于死地。

从来都不知道，被人误会竟是这样难受的事，难受得像是有把利刃插进心脏里狠狠搅动，一下一下，血流成河。

情深不寿，慧极必伤。原来爱情里用情最深的那个人，真的是要多承担一些痛的。

那短短一分钟里，心灰意冷伤心到极致的感觉，此生只有一次。

顾决心里绷紧的弦猝然断裂。

他骤然伸手捏紧她的下巴，逼迫她抬头看他，怒极反笑，眸色倏地涌上九重寒冰："简直荒谬！什么酒后告白，什么放火伤你，根本就是无中生有！我通通都没有做过！我也不可能会对你做那些事！你宁可相信言歆的挑拨离间，宁可相信这些漏洞百出的谎言和诋毁中伤，也不相信我的解释！夏时意，我从来不知道你这么蠢！"

顾决的力道大得让夏时意眼眶里很快涌出眼泪。她擦干眼泪，怒瞪着他，嘴角弯起刻薄的弧度，冷笑讥讽："对，我是蠢，蠢了这么长时间才一直被你当猴耍，蠢了这么长时间才看出你原来是这么可怕的一个人！"

可怕……

她用"可怕"这两个字来形容他。

顾决闭了闭眼，心里无端感到荒凉，像是置身于一片冰天雪地之中。

什么是真相？什么是实话？

这一刻，全都变得不那么重要了。

明明对她的心意，不输给这世间的任何人，可从始至终她都不信他，都看不见他的真心。

这已足够令他挫骨扬灰。

　　此情欲倾，而他对她的忍耐，到此为止。

　　顾决的声音低沉到了极点，眼中似是有碎裂的薄冰起伏："我以为，但凡一起经历生死的人，怎么都会彼此珍惜一点。但是——"

　　他蓦地狠狠扣住夏时意的手腕，一路把她拽到他房内的床上："我却忘了，你对我，根本就没有真心。"

　　夏时意骇然睁大眼睛，惊惧地不断挣扎："顾决，你想干什么！"

　　顾决牢牢控制住她不断反抗的手，任由她对他又咬又踢，俯下身，压在她的身上，居高临下地看着她，那眼神迷人却危险，也充满情欲："时意，既然你始终不相信我对你的情意，既然你认为我喜欢别的女人，那么我只有用这样极端的方式证明，我爱的人，一直都只有你一个。时意，我比爱自己还爱你。"

　　他此生从未想过，他对她的表白，竟然会是在这种情况，这种境地下。

　　可爱情如今走到了穷途末路，他没有选择。

　　"我那么爱你，你怎么可以当作什么都不知道。"

　　顾决的话音刚落，夏时意的唇就被他彻底封堵，撬开牙关长驱直入，近乎侵略般不容拒绝，强迫性地咬着，吻着，带着冷硬的攻势，失去了平日里所有耐心和温柔。

　　夏时意用尽全身力气侧过头，一口咬住了顾决的肩膀，血逐渐氤氲开，染透白衬衫，却见他只是身体下意识地僵了一下，因剧痛停顿了几秒，继而不在意地淡淡笑了，那笑容如云破月，好看至极："你觉得我会在乎这点痛？时意，这点痛，比起我心里的痛，实在算不了什么。"

　　夏时意已经听不见顾决在说什么，只是死命捶打着他，眼泪流下来，哭得声嘶力竭："我们已经分手了！你放开我，听见没有！你不能这么对我！"

　　顾决此刻恢复了工作中杀伐决断、心狠手辣的心性，用力撕开她的衣服，一字一句，语气里带着孤注一掷的狠戾："分手？我从头到尾都没有同意过！况且，我既然选择和你开始，就从来没有过要放你离开的念头！"

　　到最后，夏时意连哭的力气都没有了，声音沙哑，气息凌乱，看着他，一字一句，带着最大的绝望："顾决，我会恨你的……"

　　"没关系，反正你从来都没有爱过我。"

　　顾决低头，再次吻住她，吻如同浪潮般汹涌席卷，很快将夏时意淹没。情和欲，仿佛下一秒就要爆裂开来，像是要到达极致的巅峰，惊心动魄。

　　然而，当一切即将走向覆水难收的地步时，夏时意的一句"让我觉得自己脏了，这就是你想要的吗"让顾决猛地收了动作。

　　那一刻，他忽然有了短暂的眩晕，稳了稳神后，他离开她，站在床边，就这么死死看着她，艰难地重复着那个字："脏？"

　　夏时意回答他的，却是一个动作，她做出了让他此后一生都没办法释怀的举动。

　　灯光下，夏时意向顾决慢慢跪了下去，纤瘦的脊背挺得笔直，跪得毫不犹豫。

　　她仰头看他，目光里隐隐透着绝望，可一字一句锋利如刃，狠狠插进他的心里，疼得他喘不过气："顾决，我求你，放我离开……不要让我觉得自己脏……"

　　顾决几乎惨笑出声。

　　这世上他最爱的女人，他一心一意疼着宠着的女人，竟然为了不让他碰，放弃尊严，跪在地上，求他放她离开，说他会让她变脏。

　　这可怎么得了。

235

时光
与你共终老
▶Time will die with you

　　她对他从来都是下得了手的，可他从不知道，她狠起来，能够这样
狠。
　　当真是，情肠尽断。

　　顾决终于忍不住悲从中来。
　　他深爱的女人，一次又一次不遗余力地让他知道，什么叫不配。
　　这段感情行到至今，全都是靠他一个人死撑到底，用一错再错的方式
将她强留在身边，做尽画地为牢的蠢事，在一次又一次的言不由衷里，以
最伤人的方式弄得两败俱伤。
　　可无论他怎样努力，怎样倾尽所有深情，却始终求之不得，她永远站
在原地，从来都不肯看一看他。
　　他也从没有比此刻更清醒地认识到，让她对陆行彦死心，比痴人说梦
还要难，曾经不能，现在不能，以后或许永远都不能。
　　真的好恨。
　　既然这样，那么，他放弃了。这场溃不成军的感情，他不要了。
　　他认输。

　　顾决转身离开房间的时候，走得很慢，也很艰难，像是一下子失去了
全部的支撑力气。
　　他走到门口时，背对着跪在地上的夏时意，说了最后一句话，语气
是所有深情殆尽后的决绝："从今以后，你的事情，都和我没有任何关
系。"
　　像是昙花一现的极致盛放，他就此听见尘埃落定的声音，而心口的某
一处，彻底空了。
　　终究黄粱美梦一场，百转千回却还是绕回了原点。

CHAPTER13

第十三章

蝴蝶飞不过沧海

TIME

WILL DIE

WITH YOU

（1）逃婚

八月二十日是言歆和陆行彦结婚的日子。

这段时间，两人即将结婚的消息陆陆续续地出现在各大财经、娱乐新闻上，刊载的照片里，言歆穿着一袭耀眼的婚纱，挽着陆行彦的手，素来以女强人形象示人的她，笑得像每个待嫁的小女人一样，格外幸福。而她身旁西装革履的陆行彦，一如既往的温润如玉，斯文雅致。

夏时意将手中买来的报纸和杂志看完后直接丢到了垃圾桶中，却怎么也静不下心来。

明天就是他们两人举行婚礼的日子，尽管顾决已经放她离开，可她至今仍然无法寻到陆行彦的任何踪迹，连电话号码都早被换掉。她早就预料到，一旦在言歆面前暴露身份，她接近陆行彦就会变得分外困难。

夏时意托着下巴，手指轻叩桌面，仔细思考还有没有其他可能性。

既然言歆将陆行彦的消息封死，那么陆行彦身边的人呢？身为他伴郎的顾决，她有没有办法从他这里入手？这几日，或许和陆行彦接触得最多的人，除了言歆，大概就是顾决了吧。

夏时意不禁苦笑不已，他们之间闹成这个样子，可她最后连见陆行彦都还是要依赖他才能完成。

时间所剩不多，无论如何，她都要抱着渺茫的希望去试一试。

夏时意猜测得没错，当她查到顾决行踪的时候，和他在一起的人，的确是陆行彦。此刻，他正陪着陆行彦一起布置婚礼会场。

但她不知道的是，就在她赶往婚礼会场的途中，陆行彦因为公司的业务出了问题，临时被召了回去，与她擦肩而过。

下午三点，烈日炎炎下，夏时意到达婚礼会场。一到那里，她刚说出

自己来找陆行彦的目的，对方问了一声她的名字，她说出"夏绫"之后，
对方没有让人联系陆行彦，反而立刻把她拦了下来，礼貌地请了出去。

夏时意站在原地没动，乌溜溜的眼珠转了转，接着从容镇定地对负责
人微微一笑："据我所知，这里被邀请的嘉宾少说也有上百，你连看都没
看嘉宾名单一眼，怎么就能确定，我不是嘉宾？如果不是你记忆力太好，
就是有人故意吩咐你这么做，我说得对吗？"

负责人怔了怔，显然没料她一眼就看出他赶人的意图，正思索如何回
复时，忽然听到言歆不耐烦的声音，命令的意味十足："既然客客气气地
请她离开她不听，那你还愣在那里干什么？还不快去叫保安？"

夏时意听到身后同时响起两道向这边走来的脚步声，她很快意识到，
言歆身边的人，很有可能就是许久不见的陆行彦！

一时间，她的心怦怦跳起来，慢慢转过身，扬起的笑容却在下一刻僵
在嘴角。

妆容精致，一副名媛千金气派的言歆旁边，向她这里不疾不徐信步走
来的人，不是陆行彦，而是……

顾决。

仅仅分开了几日，却恍如隔世。

当他深邃幽暗的目光向她漫不经心扫过来的时候，神色没有半分波
动，一副冷心冷面的模样。

夏时意知道，他将对她的爱恋全部收回了，他退去了所有的柔情，又
恢复到最初那个淡漠深沉的男人，仅仅只是简简单单地站在那里，周围便
形成了一股强大的压迫气场。

尽管她明白，见到他无可避免，但当这一刻真正来临的时候，面对他
却还是有些不自然，毕竟两人曾经那样朝夕相对过。

相较于她而言，顾决才当真是擅长离场的个中高手，一旦放手，云淡
风轻，断得干干净净，彻彻底底。

眼见他们越走越近，夏时意收起复杂的心思，恢复了一贯的笑容，对
迎面而来的言歆冷静地开口："你可以赶我离开，但我今天来，就没有想

要空手回去。言歆，你欠了我八年的东西，我一定会向你讨回来。"

她抬脚欲走，却听见身后的言歆重重冷哼了一声，喊她的名字："夏小姐。"

夏时意转身，却猝不及防地被言歆狠狠甩了一巴掌。她没想到言歆竟然在大庭广众之下对她动手，一时间捂住火辣辣的脸，怒瞪着她，冷冷地问："随随便便打人，这就是你的素质？"

"你主动送上门给我羞辱，我不把握岂不是辜负了你的一番'好意'？"如今言歆不用再顾忌顾决，她的语气变得更加肆无忌惮起来，抱着双臂，盛气凌人地看着夏时意，"你是不是忘了，这里的主人是谁？我警告你，如果你再这样不识好歹，那么，就不再是一个耳光这么简单的事了。"

"言歆，你真以为我不敢闹吗？闹大了，陆行彦自然会听到这里的动静，我还正愁见不到他……"

夏时意说着，扬起手正想反击回去，一直漠然旁观的顾决却骤然出手，快速握住她的手腕，他看都没看她一眼，直接示意旁边的下属，吩咐："叫保安过来，把她带走。"

"是，顾总。"

夏时意看着这个面无表情的男人，见他以一种绝对保护的姿态护着言歆，心底缓缓飘过一声叹息。

这就是顾决了。

深爱的时候毫无保留地付出，不爱的时候伤起人来，冷血无情。

夏时意吐出一口气，将手腕从他的钳制中挣脱出来，扬起一抹凉薄的笑："不劳费心，我自己可以走。"

她眼神复杂地看了一眼得意扬扬的言歆，转身离开原地。

从始至终，顾决都平静得一如冬日冰封的湖面，不见一丝波澜。

这一场短暂的闹剧收场后，言歆边往婚礼大厅里走，边哼道："行彦明天就要和我结婚了，她还不死心，非要当个第三者兴师动众地来闹，挑

起事端。顾决，你看这就是你爱的女人，当初还为了她要拒绝出席我的婚礼，有必要吗？"

自从言歆从中作梗毁掉了顾决和夏时意的感情之后，顾决一怒之下断绝了和言家所有业务往来。身为言氏继承人的言歆自觉有苦说不出，她没想到，向来公事私事从不混为一谈的顾决，如今也做了一回公私不分的人。

撇开顾言两家二十余年的交情来看，顾氏集团所能带来的庞大利益是言家最看重的，这层关系链，绝对不能断。

她知道无法撼动顾决，那么只能从他最在乎的母亲这里下手，于是她连夜出国，亲自登门向顾决父母道歉。有了父母的劝说，顾决总要顾及他们几分面子，所以他最终还是原谅了言歆的所作所为。

"她是我曾经想要结婚共度一生的女人，你说有没有必要？"顾决瞥了她一眼，随后低低地说："但现在，不是了。"

他们说话间，已经走到了大厅正门，顾决正要推开门，忽然接到陆行彦的电话，他接起来后，里面传来对方无奈的声音："阿决，我的车子半路抛锚了，你方不方便现在过来接我一下？"

顾决看了一眼言歆："地址？"

陆行彦报了地址后，顾决挂断了电话，脚步一转，边往外走边对言歆说："他那边出了事，我过去一趟。"

顾决刚从停车场开车出来，眼角余光就扫到了跟在他车后的夏时意的车，保持着不近不远的距离。他只看了一眼，就收回了目光。

夏时意的确没有离开。

她被顾决和言歆两个人从会场里赶出来后，就一直守在会场附近，等着陆行彦出现。然而她没等到陆行彦，却等到了顾决，她下意识地跟了过去，这样总好过坐以待毙。

顾决的车很快就在某条公路边停了下来。远远侯在那里的陆行彦看到他的车后，边走边向他的方向笑着招手："阿决，你速度挺快啊……"

　　陆行彦还没说完，就看到顾决车后紧跟着停下一辆车，随后他惊愕地看到夏时意下了车。

　　她一看见他，语气里喷薄而出的是他从未见过的激动："行彦！"

　　"砰"的一声，回应她的，是顾决甩门而出。他一下来，就和夏时意迎面相撞，她一时躲避不　，直直撞进他怀里。

　　夏时意揉了揉疼痛的鼻子，从他怀里退出来，抬头看着他深邃冷漠的双眸，极力镇定地道："顾决，你是不是要拦我？"

　　既然会场上，他能眼睁睁地看着她被言歆打耳光，将她赶出会场，那么现在，他也一定是站在言歆那边吧。

　　她甚至已经做好了和他鱼死网破的决心。

　　然而顾决只是平静地望着她，声音很淡："真的非他不可吗？"

　　夏时意的目光移向他身后的陆行彦，轻声说："是的。"

　　顾决看了她足足一分钟才收回目光，然后点了点头，没什么表情地说："言歆那里，我替你解决。"

　　事到如今，纵使他第一百次自我催眠，夏时意的任何一件事，都与他再也没有任何关系，可他第一百零一次悲哀地发现，他还是做不到。

　　爱情是世间最让人上瘾的毒，将他伤得千疮百孔，却又让他那样欲罢不能。

　　所以，当他在停车场看到夏时意跟在他身后的第一眼起，就已经做好了这个决定。

　　他空有与她相爱一生的情意，却没有与她携手白头的缘分。那么身为一个男人，他最后唯一能做的，只有将她亲自送到她心爱的男人身边。

　　顾决打开车门的　刹那，听见身后传来熟悉的声音："谢谢。"

　　他静静站了几秒，背对着她，淡淡回了一句"祝你幸福"后，重新坐回了车内，转动方向盘，终于头也不回地离开。

　　"夏小姐，你和阿决怎么了？吵架了吗？"

　　陆行彦还没明白过来眼前的这一切，就看见顾决开着车走了，内心满

是困惑，更让他困惑的，是夏时意对他陡然转变的态度。

"行彦，我最近一直在找你……"夕阳西下，落日余晖倾泻而下，夏时意看着眼前这个她等了八年的少年，眼泪一下子就流了出来，哽咽地说，"我不是什么夏时意，我是夏绫啊……"

她这短短的一句话，如同惊雷在陆行彦的耳畔炸响，他惊愕不已，难以置信道："夏绫？"

"你知不知道，这一天，我等太久了……"夏时意扑进他怀里，泪流满面，"行彦，我替你坐了三年牢，你说你会等着我出来，可为什么……你要和言歆结婚，不要我了？"

陆行彦僵在了那里，他的声音开始不稳："你真的是夏绫……"

原来这世间，根本没那么多巧合的事，这一刻，真相大白。他找了五年多的女孩子，跌跌撞撞，如今重新来到了他的身旁。

他想问，夏绫，这些年，你过得好吗？可是，在她为他经历了三年牢狱时光，后来的大火之灾，还有他的背叛之后，她怎么会好呢？

什么都问不出口。

他只能颤抖地将手放在她的头上，一遍一遍轻抚她的头发，喊她的名字："夏绫，你回来了……夏绫，对不起……"

夏时意慢慢闭上眼睛，心里的疼压得她几乎不能呼吸。曾经的一切在他的这一声声呼唤里寻到了意义，似是转眼之间就回到了那些物是人非的过去。

八年前的夏天，是她记忆里最漫长的一个夏天。

自从夏绫渐渐发现陆行彦对言歆的感情变得不受控制后，为了不让陆行彦在这场不应该开始的感情里越陷越深，于是她给言歆发了短信，想约她见面，告诉她一件事情。

言歆收到短信的时候，正和几个朋友在嘈杂喧闹的酒吧里玩。从未到过那种鱼龙混杂地方的夏绫生平第一次，为了陆行彦踏了进去。

然而，夏绫刚刚对言歆说出陆行彦不是真心要和她交往，陆行彦却突

然出现，把她强行带走。

路上他们发生了争吵，一向温文尔雅的陆行彦竟然打了她一耳光，冲她发了很大的火："夏绫，你为什么要多管闲事？"

夏绫被这突如其来的耳光打蒙了，她难以置信地看着他："陆行彦！你真的疯了吗？为了言歆打我？"

那一瞬间，她只觉得心头被尖锐的利刃划伤，疼痛难忍。

她慢慢后退，看着陆行彦的目光如看着一个陌生人一样，无法接受他的转变，最后转身疯狂跑开。

回过神来的陆行彦彻底清醒，他怔怔地看着自己打了夏绫耳光的那只手，顿时懊悔不已。他忽然想起言歆还留在酒吧里，于是匆匆赶回酒吧，却发现言歆因为被夏绫那番话伤到，喝得醉醺醺之后，被素不相识的陌生人带走了。

陆行彦心里顿时涌上一阵阵不好的预感，四下到处寻找言歆的身影。只是，当他终于在酒吧旁昏暗的巷子里找到言歆时，正见到她遭受不良少年的凌辱，场面混乱不堪。

愤怒让他一下子失去了理智，他拿起角落里的一根木棍向那个少年的后脑勺狠狠地砸了下去，那一下，鲜血喷涌而出，直接将那个少年打晕了过去。

陆行彦松开木棍，还没回过神，就看见有人向这边走来。他抱起地上醉得一塌糊涂的言歆转身就走，躲得很远。几米之外，他看着那人报了警，随后又听到警车和救护车呼啸而至的声音，一下子半跪在了地上。

短短半个小时里，他做了一件无可挽回的蠢事。

陆行彦腿脚发软，却还是坚持把言歆送回了家。之后，他在家里一个人反反复复地想了一夜，决定自首，只是临走前，他还欠夏绫一句道歉。

陆行彦是在第二天升旗后将夏绫拦下来的，他将她带到了空无一人的地方，身上所有的冷静与平和不复存在，取而代之的是满满的慌乱和手足

无措。他低着头，和她讲了昨晚谁也没想到的意外，末了，说出找她的最主要目的，满心愧疚地和她道歉，恳求她能原谅他打她的那一耳光。

夏绫什么都没听进去，脑子里想的全都是陆行彦即将要坐牢的事，目光空洞地看着他，全身的血液都仿佛刹那冻结起来，无法动弹。她怔怔地只重复着一句话，始终难以置信："这怎么可能……"

只是一个普通的晚上而已，怎么突然就出了这种意外，让他们的生活发生了天翻地覆的改变？

如果她做事成熟稳重一点，在感情上没有那么多私心，没有一时冲动地酒吧找言歆，是不是也就没有后来的这一切？

可是，根本就没有如果。

一想到这里，夏绫心里的愧疚和自责像汹涌不断的潮水一样，铺天盖地地将她包围。

四周空荡荡的，陆行彦的声音显得悲伤而又绝望："夏绫，我能不能拜托你最后一件事？我进去后，家里只有我妈妈一个人了，她绝对不会接受言歆的帮助，所以如果你愿意，可以帮我照顾好她吗？"

夏绫别过头，艰难地呼出一口气，肩膀微微颤抖着，眼泪大颗大颗无声滚落，心脏一阵阵难受："可是你怎么办呢？你的大好人生怎么办呢？你进去了那个地方，会毁掉你自己的啊……"

眼前这个少年，她在最美好的青春时光里一心一意喜欢的少年，看到他的人生即将毁于一旦，比他对她冷若冰霜，更令她心痛。

仿佛一个世纪那么长，又仿佛是很短很短的时间，夏绫抹去脸上的泪水，态度坚决，语气孤注一掷，像是完全不给自己后路般说道："陆行彦，你还有和你相依为命的妈妈，你出了事，你妈妈再度受到打击，到时候该怎么办？你成绩那么好，你进去之后，这段经历真的会成为你唯一的人生污点……"

从一开始，他就是她向往的光源，而她又怎么舍得让他陷入无边无际的黑暗，从此止步不前？

所以陆行彦，你此生所有罪责，都让我一人来承担。

"那么我替你扛下好了，不过几年而已。"

陆行彦身体一颤，惊骇地看着她，不住地摇头，像是无法理解她在说什么："夏绫，我不能让你……"

"我能为你做的，只有这些了。而且，言歆出事，多多少少也有我的责任……如果我不告诉她关于你的事，她也不会喝多了被……"夏绫嘴角极力撑起一丝微笑，艰难地开口，"行彦，这下换你来答应我了……我爷爷年纪大了，身体有些不方便，如果条件允许，你把他从镇上接过来生活，替我好好照顾他，可以吗？"

那是夏绫第一次看到陆行彦在她面前流泪，像是受到重创的小兽，声音沙哑："我对不起你，夏绫……"

他必须承认，这一刻，身为一个男人，他变得无比懦弱，甚至胆小得不堪一击。

他想要阻止夏绫的举动，可只要一想到他的母亲，想到陆家的名声，还有他此后的人生，他就无法说出拒绝的话，明知不应该，可理智终向情感倒戈。

陆行彦走上前，将夏绫紧紧抱在怀里，红着双眼，向她一字一句地承诺："夏绫，我不和言歆出国了，我等你出来……"

他哽咽着，不停对她说："我替你请律师，帮你减刑，只要你还要我，不管多久，我都会等你出来……我也会和言歆坦白一切，和她分手，再也不想着报仇的事了。等你出来后，我带你离开这里，我们重新开始……"

纵然没有男女之情，可这世上再也没有一个女生，能比夏绫对他更好，所以无论花多大的代价，他都愿意补偿她。

夏绫抬头，目光越过他的肩头，听着盛夏枝头喧嚣沸腾的蝉一遍一遍地叫唤，哀鸣到啼血，似是为她奏出了一曲悲伤的歌。

就这样吧，这样是最好的结局了。

夏绫微微闭眼，恍恍惚惚地想着。

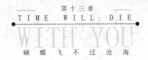

夏绫替陆行彦去了警察局自首，被判入狱三年。

入狱后，陆行彦开始每周都去探望她，后来渐渐地去的次数少了，直到来年春天的时候，他再也没有出现过。

夏绫不是不着急，也不是不担心，但她总抱着一种执着的信念，认为陆行彦绝对不会辜负她，所以她耐心在狱中等，等度过这段最苦楚的时光。

三年的时间一晃而过。

她出狱那天，天空比以往都要蓝，花香比以往都要浓烈，似是为她无声庆祝。

三年了，她终于恢复自由了，终于可以重新回到外面的世界，畅快地呼吸。可让她失望的是，她没有等到陆行彦来接她。

他失约了。

夏绫形影单只地回到城市中，她缺席的三年里，城市已经有了很大的变化，高楼大厦，车水马龙，更加都市化。可她没有心情好好感受，迫不及待地开始寻找陆行彦的下落。

然而她越寻找越焦急，那种强烈的不安席卷整个心头。直到她得知，陆行彦和他的母亲早在去年春天就不知了去向，心里终于明白，陆行彦已经不在T市了。

她去了一趟镇上，才知道爷爷在她入狱没多久后因为旧疾突发，没有撑到她出来就已去世。她按照镇上邻居给的地址，来到爷爷生前居住的屋子，决定先找一份工作，边积攒资金边继续向高中的同学打听陆行彦的下落。

只是祸不单行，没过多久，她住的房子突然发生大火，她倒在火中昏迷不醒，失去了意识。

"在监狱里的时候，最痛苦的不是日复一日的黑暗，而是没有一个人

来探监，没有收到一封信，像是被整个世界遗忘和抛弃了，那种感觉，真的很绝望……

"支撑我的，是我和你的约定。可当我真的出来后，却又和你彻底失去了联系。而这世上最后一个对我好的亲人也离开了……

"不止这样，房子失了火，我也在那场火里失去了原本的容貌，眼睛也因为烟熏差点失明，住院治疗了很久，才真正康复。但这些根本不算什么，让我难以接受的是，你和言歆又在一起了，甚至还订了婚……

"那么多的打击接踵而至，我至今都无法明白，为什么上天要对我这么薄情寡义……

"后来我在医院治疗眼睛的时候，认识了一个人，他好心地送我去国外留学。五年了，五年之后，我才有足够的勇气回来，重新站在你身边……但是，言歆是你的未婚妻，我无法接近你，只能改名，甚至为了有机会见到你，想方设法地成了顾决的女朋友……"

夏时意趴在阳台上，静静看着远处的夕阳，苦涩地慢慢回忆久如前生的过去，现在说起来云淡风轻，可真正的痛楚和压抑，只有她自己知道。

一个小时前，她开车带着陆行彦来到高中向他告白的地方，在附近的房子里住下。可尽管还是那片地，那个人，那处景，却早已今非昔比。

"对不起……夏绫，我为我当年的失约表示抱歉，但请你相信我，你替我坐牢之后，我真的拒绝过和言歆一起出国，想留下来好好等你出来……

"可我没想到你爷爷突然生病，当时我已经走投无路，无奈之下才答应了他们的条件，因为这样才能给你爷爷送去手术费……

"这些年来，我一直在找你，却怎么都找不到，所以我想，算了吧，或许我还能给言歆幸福……"

陆行彦站在她身边，侧着头，断断续续地说着，说到最后，他将夏时意拥入怀中，目光里满是愧疚："夏绫，我们错过了整整八年，我不会再丢下你不管了……"

周遭的一切突然变得那么静，静得夏时意甚至只能听到自己的心跳

声。

夏时意哽咽着点头，除了喊他的名字，再也说不出任何话。

从年少时就一心一意想要嫁的人啊，如今他终于延期归来，向她兑现了八年前的允诺。

晚上，夏风阵阵里，陆行彦带着夏时意来到曾经的那片花海，两人手牵手，沿着每一条路温习过去，气氛融洽得似是这八年的时光从未离开过彼此。

夏时意正和陆行彦谈起在国外的那五年，他的手机铃声忽然急促地响起，在空旷无际的花海里显得格外清晰。他看了一眼来电显示，是言歆的助理打过来的。

他犹豫了几秒，正准备接听，却被夏时意眼疾手快地按下了拒接键，她哀求地看着他："行彦，能不能等顾决帮我们处理完言歆那边的事，让她平静下来再说？我们今天晚上就待在这里，度过只属于我们两个人的时光，明天再回去，好不好？"

其实陆行彦消失这么久，言歆才追着打电话过来，夏时意真的很感谢顾决，她可以想象，现在言歆是如何闹得天翻地覆。

只是，或许言歆那边的情况严重得连顾决都感到棘手，所以这个电话，让平静的表面终于还是被打破了。

然而无论如何，她都想在今晚自私一回。

陆行彦还没有回应夏时意，他的手机却接二连三地接到言歆的电话，他拿着手机，僵硬地站在田野里，似乎心里在不断地挣扎。

像是过了很久，他心里的天平终于倾向夏时意，正打算直接关机时，电话又来了，这一次打电话的人，是言歆的父亲。

（2）绝望

连言歆的父亲都打电话过来了。陆行彦很快接起了电话，夏时意失望

地在心底长叹一声。

言歆的父亲只在电话里说了一句话，就让陆行彦的脸色蓦地大变，连手机掉落在地都不曾发觉。

夏时意不安地看着他，声音轻颤："发生……什么事了？"

陆行彦恍恍惚惚地看了她好几秒，才定了定神，若无其事地对她笑了笑："没什么，太晚了，我们回去吧。"

回去的路上，气氛凝重，两人各怀心思地走着，谁也猜不透对方在想什么。

路过一家药店的时候，陆行彦突然停下了车，进去买了某件东西，回来后对夏时意解释，自己生病了，之前走得太匆忙，所以需要买一些药。

夏时意并未放在心上，还沉浸在那个电话里，她的第六感告诉她，事情绝对不会像陆行彦说的那样轻描淡写，只是，他并不愿告诉她而已。

都说女人的第六感比世界上任何一台机器都要精准，不安和惶恐让夏时意终于在半夜醒来。发现陆行彦再一次消失在她眼前的时候，她彻底爆发。

夏时意找遍房子的周围，都没有见到陆行彦的踪迹，倒是在厨房的垃圾桶里，找到了半瓶安眠药。

她恍然想起，临睡前，陆行彦曾递给她一杯牛奶，温柔地说，怕她心事重重睡不着，特地为她泡了一杯牛奶，有助于睡眠。那时候她感动于他的体贴，却从未想过，体贴的背后却另有目的。

早在田野里接到电话起，他就已经做好这个打算了吧，怕她会阻拦他，缠着他不让他走，所以先一步下手，在牛奶中放入安眠药，好让她沉睡不起，给他足够的时间离开。

陆行彦，只要你说一声，我真的会放手的，你又何必……

夏时意的心像是被人陡然拎起，又狠狠地摔在地上，那样剧烈尖锐的疼，让她几乎不能呼吸。她跟跟跄跄地站起身回到房间里，开始找手机，想打电话给陆行彦。找到手机后，她才发现有二十多个未接电话，全都来

250

自顾决，没有一个是陆行彦的。

铃声再一次响起来的时候，她连手机都拿不稳，声音颤抖地问："陆行彦……是不是回去了？"

顾决避而不答，只沉声说："你在哪？"

其实答案已经显而易见，但夏时意依旧执着地重复，似乎不撞南墙不回头："他是不是回去见言歆了？"

"明天的婚礼暂时取消，因为……"顾决停顿了几秒，"言歆流产了，现在陆行彦正在医院里陪着……"

顾决的话还没有说完，夏时意就挂断了电话。她将手机丢进了鱼缸里，整个人无力地跌坐在地上，失魂落魄地坐了很长时间，脑袋一片空白。

所以他还是选择了言歆，这一次没有任何苦衷，只是因为他想，对吗？

人不会两次踏入相同的一条河流，可是会做出两次同样的选择。而他，再一次，像八年前那样，不告而别。

所有的眼泪似乎已经流尽了，夏时意的眼睛干涩不已，没有难过，没有憎恨，只有心灰意冷，万念俱灰。

如同八年前她向陆行彦告白被拒后的历史重现，当她这一次被陆行彦背叛后，她不知不觉地又走到那片大海边。

深夜大海涨潮，海浪翻滚，似是随时都会扑面而来。夏时意恍若未觉，只是机械地往前走，漫无目的。

走到哪里都好，只要不再回到那所让人窒息的房子。

三年牢狱生活，她曾在墙上一遍又一遍刻下陆行彦的名字，辗转反侧地失眠，回想起属于他们的幸福时光，支撑她一步步头破血流走到今日的，是他对她许下的承诺和约定。

所以她甘愿为他落得满身污秽，不惜自毁前程，断送人生中最美好的

年华。

　　可到头来，这个世上她最在乎的人，为了别的女人，抛弃她，离开她，牺牲她，将她刺得遍体鳞伤。

　　爱在时光里节节败退，溃不成军。一朝醒来，美梦构筑的海市蜃楼分崩离析，他依旧是她的水中月，镜中花。

　　多年前，她可曾想过，当言歆开始横亘在两人之间的时候，他和她之间，早已注定了今天这样一个遗憾的结局？可曾想过，当她主动替陆行彦扛下所有罪责的时候，当她走向警察局自首的时候，今天会是这样一个凄清的结束？

　　八年了。

　　她对他的执念，在这一刻，终于消磨殆尽。

　　终于……

　　都结束了。

　　海浪汹涌而来，打在夏时意的身上，一波接一波。很快，夏时意的身影被海浪吞没，再也不见。

CHAPTER14

第十四章

你不知道的事

TIME

W I L L D I E

WITH YOU

（1）骑士

夏时意在医院醒来时，是隔天傍晚。

她一睁开眼，就对上了守在她床边脸色苍白，疲惫不已，失去了从容沉稳模样的顾决。当他低头凝望着她的时候，瞳孔里深深映着她巴掌大的脸，虚弱的，无助的，憔悴不堪的。

明明是她受了伤，他却仿佛伤得比她还要严重。

夏时意曾以为，自己的眼泪已经在陆行彦离开的那一刻流尽了，可不知为什么，当她看到顾决出现在她身边，眼泪一下子就涌了出来，最后大声痛哭，哭到声音沙哑，哭得痛彻心扉，哭得那么委屈。

"不要哭了……"

顾决默叹一声，伸手温柔地擦去她脸上的泪水。印象里，这是她第一次在自己面前哭得这么肆无忌惮，眼泪却是为了别人而流。

她怎么能明白，当他以几乎极限的车速疯狂赶到她的所在地后，在大海边看到瘦小的她在海浪里翻滚的身影时，他有多害怕，如果晚来一步，她都会命丧大海。

他整个人都要疯掉了。

这种达到极致的恐惧感，此生只为她一人。

"时意。"顾决喊了一声她的名字，声音淡得不能再淡，可也只有他自己知道，里面到底包含了怎样的恳求，"下次不要这样了……我对你放手，是相信你能照顾好自己。可这样一个为他差点发生意外的你，让我怎么能放心？你知道，八年前，当我看到你躲在校园里为他哭，而我不能为你抹泪的时候，我在想什么吗？总是为他哭的你，我再也不愿意看到了。"顾决的声音低低的，"我一直认为，只要我紧握着你的手不放，你就不会受到他的伤害，可是我发现我错了，那样做反而把你越推越远，所

254

以我认命，亲手把你交到他身边。那一刻，我真的希望，你能和他过得幸福。可是——他没有做到。我第一次，这样痛恨一个人。"

夏时意哭得上气不接下气："对不起……"

怎么能不哭呢？她被爱的人一再辜负，唯一爱她的人却又被她伤得体无完肤。直到现在，陪在她身边的人，还是顾决。

到底有多爱她，才能够这样至死不悔？

爱情，果真是一报还一报。

陆行彦欠下她那么多，而她又何尝没有亏欠顾决？

两次劫后余生，两次都是他陪在她身边，如果不是他爱她，除此之外，她想不到其他解释。

这世上纵使有千万种辜负和薄情，却总有人愿意为之付出全部努力。

"这句对不起，应该让他来说吧……你如果真的觉得对不起我，那能不能快点好起来？"顾决轻轻勾唇，擦拭她怎么都止不住的泪水，"别哭了，好不好？等你好起来后，我带你去一个地方。"

顾决说的地方，是他们的高中学校。

数年过去，母校送走了一届又一届学生，也依旧是记忆中最初的模样，时光在这里仿佛戛然而止。

顾决对门卫说明了他们的来意后，与夏时意两人轻易就走了进来。

一进入校园，校园广场中央飘扬的五星红旗格外醒目。现在是暑假，学校里安静得很，只有即将高考的学生还在辛辛苦苦上课。从教室里依稀传来稀疏读书声，让夏时意恍惚回到了八年前年少的过去。

夏时意和顾决慢慢走在校园的林荫道上，她困惑地问："怎么会想起带我来这里？"

"不是有句话说，从哪里跌倒，就从哪里爬起吗？"顾决闲庭信步地走在她身边，淡淡开口，"那么感情，在哪里开始，就在哪里结束。"

夏时意抿了抿唇，低下头，轻声问："对我，你也是这样吗？"所

255

以，今天才带着我一起来这里故地重游？

顾决忽然停下了脚步，对她低声笑了笑，笑容玩味："你觉得，我喜欢你，是在校园里发生的事？"

夏时意一愣，难道不是吗？

"看来你真的忘了你曾经在海边救过我后又逃走的事。"

盛夏蝉声阵阵里，他对她讲起自己深埋在心底八年的深情，与那段不为人知的漫长暗恋时光。

他对她一见钟情，却又因为她心底早有意中人而甘愿退让。后来当言歆提出以治疗费来逼走陆行彦的时候，他心动了。

为什么不试一试呢？如果陆行彦离开她了，她的眼里是不是就能有他的存在了？

就是这样的想法，害得他一生愧对她。

她坐牢的那三年，他曾悄悄去探望过她，在她劳动改造的时候，看到她过得比想象中好，他的心稍稍放下。三年后她出狱，他不放心她，特地推了所有工作，一路跟在她身后护着她，看着她到处找陆行彦，看着她得知爷爷死后悲痛欲绝，他的心都跟着一起疼了。

再之后，他日日守在她的房子外面，怕她会出什么意外。可偏偏就在他的未婚妻谢诗韵带着父母来拜访的那一晚，她的房子被人恶意纵火，她生命垂危。

当他派的下属在电话里告诉他这个消息的时候，他从来没有那么着急过，着急得一脚踏空，从楼梯上摔下，摔断了双腿。他被送到医院前，对电话里守在她房子外的下属说的最后一句话是："把她安全地救出来，如果做到了，从此你是顾氏的恩人。"

天不负他，他终于在死神手里将她抢了回来，随后他对外界封锁她所有消息，不让媒体和任何人打扰她，好让她安心休养。

她的双眼曾因浓烟熏伤的缘故失明了很长时间，那段日子里，他只要每当腿好一点，便极力撑着过去看她，陪她，鼓励她，因为她孤身一人，

那种落寞的心情，他懂。

他没有奢求过其他什么。同时他也明白，她因为言歆的关系而一并讨厌上他，知道是他后绝对不会理他，所以为了避免她听出他的声音，他刻意隐藏自己的真实身份，说起了法语，他的主治医生兼好友Logan是他的翻译。

除了装作陌路，好像没有什么办法能让她对他放下所有戒备。

Logan曾不止一次对他嚷嚷："你这么费尽心思，对方还不知道你是谁，到底值不值得啊？"

"为什么不值得？"他微微一笑，"没有比这个让我觉得更值得的事情了。"

如果不是这场意外，他根本就没有靠近她身边的机会。

Logan连连摇头，感叹，人家说恋爱中的女人智商为负，恋爱中的男人又能聪明到哪里去呢？

没过多久，她对他提起想要离开这个伤心的地方，出国学习时装设计的愿望时，他问她，什么时候会回来？她说还没有决定。

他答应了，哪怕她归期未定，哪怕代价是从此或许再也看不见她，但只要她开心，他愿意为她做任何事。

他给予她万般宠爱，只愿这一生，誓死捍卫她微笑的样子。

她因为他的答应感动不已，对他说以后一定会感谢他。他只是让她在国外好好努力，其他的不用多想。那时候的他根本就不知道，她在电视新闻里早就听到了陆行彦和言歆在一起的消息，于是暗暗发誓，要置之死地而后生，要变得强大，有足够的勇气后，有朝一日再重新回到这里，回到陆行彦身边，重新夺回他。

她出国之后，他已经决定亲手斩断这段感情。因为他间接害死了她的爷爷，倘若某日她得知后，她必定会变得更加厌恶他，他们更加没有可能。

所以他没有再继续等她了，开始和女人尝试交往。为了单纯谈一场恋爱？抑或是为了排解心里的思念，忘掉她？他不知道。但他总是无法投

入。

漫长的五年终于过去。

他以为对她的感情终会慢慢消失，却悲哀地发现，他其实从没有停止过想念她，一天都没有。

五年后，命运存心玩弄他，让他再一次见到了她。

这一次，她不再对他无情，甚至想方设法地诱惑他，他一刹那的不解之后很快明白了她的动机，是为了陆行彦。

作为一个男人，他看得很清楚，优柔寡断的陆行彦在夏绫和言歆两人之间始终摇摆不定。一方面，陆行彦因为夏绫年少时替自己入狱，对她感到愧疚，念念不忘，所以她成了陆行彦心底的一根刺；另一方面，陆行彦又因为言歆的深爱而迟迟无法彻底放手。

他犹豫过，到底是将夏绫推离他身边，不让他接触到陆行彦，杜绝将来陆行彦伤害她的可能，还是赌上自己的全部，让她爱上他。

后者最终占了上风，他甚至侥幸地想，只要夏绫爱上他，那么她爷爷的事，她会原谅他的吧？于是一次次的感情交锋里，他装作陌路，对她欲拒还迎。

他知道，要让她的目光停留在自己身上的唯一方式，便是这样不答应她，让她不停地苦恼怎么追求自己。但同时，他也害怕她离开，害怕她会放弃，所以在易渊导演的那场绑架里很快收了手。

她以为是他主宰着这一切，可事实上，两人之间的那根红线，全都在她的一念之间。

换作其他女人，追求他又岂会是那样容易的一件事？

他曾经想过，如果夏绫不可以，那么，她以夏时意的身份重新来过之后，他是不是能有幸拥有她？

答案，仍然是否定的。

陆行彦带着言歆回来后，他再一次在她眼里看到了熟悉的神色，那独

属于陆行彦的神色。

他真的很嫉妒，可他又能做什么？他没有任何办法，只能加倍对她好，可这依然无效。

所有的一切，自陆行彦回来，开始慢慢分崩离析，支离破碎。争吵、猜疑、决裂、冷漠、分手。他失去理智，一怒之下，几乎强要了她。他其实第二天就后悔了，但男人的骄傲和自尊让他表面硬扛着一口气。

既然这样，他终究选择放过她，也放过了自己。

只是他依旧不死心，为了她的幸福，甚至舍得把她亲手推给别的男人。然而终究，她和陆行彦之间，欠了那么点缘分。

所以，他回来了。以另一种方式，重新来到她身边守候。

夏时意从不知道，当她跌跌撞撞，头破血流爱了陆行彦八年的时候，原来还有人那样深爱过她。

用情八年，却只能装作陌路，隐忍负痛，孤立无援，还有什么比这更艰难的事？

她当初怎么会傻到觉得他爱言歆呢？她甚至无法想象，他到底有多爱她，才会坚持忍受那么多苦楚。

这场感情，真的好重好重。

残阳如血，夏时意长久地仰头看着顾决，终于艰涩出声："为什么……会对我一见钟情？"

顾决看着她，淡淡地笑了："我自己都不信，有一天会对一个女孩一见钟情。说起来，八年前在海边被你救起；八年后又是在那海边，我救了你。这样一个轮回，倒是落了一个圆满。尽管八年前的事你忘了……"

她漫不经心对待的过往，却在他的心底留下了浓墨重彩的一笔，如蝶为红尘惊，而他再难以忘记。

回首望去，原来已经爱了那么久。

夏时意轻轻嘟囔："谁说我不记得救了你……我曾经扶起过一个摔倒的老人，却被碰瓷了……所以一朝被蛇咬，十年怕井绳，我救了你之后怕

又被碰瓷，就逃走了……没想到你却能认出我来……"

世间所有的相遇，都是久别重逢，这大概就是所谓的缘分吧。

可顾决的解释让她大吃一惊："因为声音。我从没有忘记过你的声音，所以在校园里听到你说话的那一刻，我就知道，当时救我的女孩，是你。"

当眼睛不能辨别，当容貌发生改变，声音是我认出你的唯一方式。

爱是万千人海中，只听得见你的温柔呼唤。

听到这里，夏时意眼角蓦地有些湿润，她甚至不知如何是好，只能不停地道歉："顾决，对不起……"她曾经那样狠狠伤害过他，对他那样残忍过。

"为你不喜欢我说对不起吗？"顾决轻轻松松地开着玩笑，语气平静地道，"不用感到抱歉，因为真的要追究的话，我也对不起过你，为你爷爷的事。感情的账，没办法算清楚的，时意。"

说话间，他们已经来到篮球场。顾决看到几个男生在那里打篮球，像是想起什么，似笑非笑道："你记不记得，有一次篮球比赛，我为了故意在你面前表现，吸引你的注意力，于是把陆行彦打得落花流水，结果你瞪我的那个眼神，简直想把我吃了。"

夏时意自然也想起来，唇角弯了弯："我当时还很鄙视你，是不是场上一半女生都为你来，所以你这么爱出风头……"

"啊……"顾决勾唇而笑，"原来你不是没有注意过我。"

夏时意点点头，坦然回应："不只是我，你看现在下课的女学生，哪个不是偷偷朝你看过来……"

的确，顾决的出现成了这所学校里难得的一道亮丽风景线，时不时有女生经过他们身边的时候，嬉笑着悄声讨论他。

学生下了课，正巧校园广播也随之响起来，是那首悲伤的情歌《没有人比我更爱你》。

"从爱上你的一瞬间

我终于明白了孤单

是否爱只是片段

仿佛梦境的片段

陨落中的幸福用心碎来还

不是眼泪落下来

不知如何这明白

情话若只是偶尔兑现的谎言

我宁愿选择沉默来表白……"

歌声在学校里悠扬回荡，他们慢慢走下去，直到将整个校园逛了一圈。

日薄西山时，两人终于走出了校园，来到校园后街。

校园后街一如既往，熙熙攘攘，几乎都是学生。他们两个成年人往那里一站，倒显得鹤立鸡群起来。

顾决气定神闲，显得毫不在意，倒是夏时意有点不自在："我们回去吧。这里都是学生，我们挤在这里，格格不入啊……"

"就当是散心也好。"顾决淡淡地道，"更何况，你不是说，曾经和他一起逛过这里？那么，今天我陪你，这样以后你想起这里的时候，它不再是属于你和他两个人的。"

他是存心想把她和陆行彦两个人年少时光里的记忆全部抹去。

夏时意当然知道他在想什么，唇角弯了弯："你是怕我日后触景伤情？因为他不敢再踏入这里吗？"

顾决看她一眼，眼神里带着赞赏，开起了玩笑："你既然这么聪明，当初怎么没看出来我喜欢你？"

夏时意失笑，有时候他真的蛮小气的，不是吗？

"其实真的不用对我花这么多心思，我对陆行彦已经没有那么在意了。"夏时意低头，轻声说，"早在他第二次选择言歆的时候，我多少开始释然。"

顾决却没听进去，只是接着兴致勃勃地问她："还有呢？你们在这里，还做过什么让你难以忘记的事？"

"看烟火。"

可现在又不是除夕，也不是什么特殊节日，好端端的别人怎么会放烟火？于是顾决只能去买烟火自己放。

夏时意本来笑看着顾决为她亲手放烟火，可看着看着，眼泪还是慢慢涌出来，有些回忆，即使不那么美好，可已经刻骨铭心。

忘记不是一朝一夕的事。

顾决抱着失声痛哭的她，轻轻拍她的背，耐心安慰："没关系，你为他难过多久，我就陪你多久，直到你不难过了。"

"不，这是最后一次。"夏时意在他怀里瓮声瓮气地开口，边擦掉眼泪，边咬牙发誓，"就今晚，我再为他哭最后一次。"

看来那个倔强的姑娘又回来了。

真好。

顾决低笑一声，眼里的柔光仿若雪后初晴。

烟火绽放的刹那，以极其炫目的姿态在夜空中四散开来。

夏时意仰着头，红着双眼，对自己说："一直活在过去八年记忆里的夏绫死了，从此之后，这世上只有夏时意。"

（2）条件

夏时意最艰难的日子里，有顾决陪着她一起度过，倒并不是那么难熬。后来，顾决带她去外地散心，看风景，游山玩水。

只是回来后，发生了一件让人意料不到的事。

顾决与夏时意两人回到T市不久，他带她去了一家高级会所吃饭，结

果在那里碰到了言歆的父亲。

夏时意一时避闪不及，情急之下转身躲到了顾决怀里，在他耳边着急地低喊："别让言歆的父亲看到我！"

顾决怔了一会儿，很快反应过来，趁着言歆的父亲还没看到他们，拉过她的手腕迅速往另一条通道走过去，顺利地躲过了言歆的父亲。

当两人在包间内落座后，顾决皱眉，担忧地问："你怕言歆的父亲？为什么？"

夏时意一直恍恍惚惚，直到顾决连续唤了她几次，她才回过神，咬了咬唇，艰涩地解释："言歆的父亲……是我的姨父。"

饶是顾决，也是头一次听说这层关系。

当他听完夏时意和言歆父亲之间所有事情的来龙去脉后，神色凝重，沉声问了两个重点："你是说，言伯父的公司是从你父亲手里夺过来的？又因为言伯父，你才流落到T市的福利院？"

夏时意点点头："我很怕见到他，也不敢从他手里把我爸爸的公司要回来。现在十几年过去，公司早已改头换面，怕是很难重新夺回来吧。"她顿了顿，叹息一声，再抬头看向顾决的时候，神情分明有些犹豫："这毕竟是父亲留给我的唯一心血，有些原则上的东西，再怎么艰辛，我也不愿意退让。所以，顾决，你可以帮我吗？"

"当然，我知道这请求有些无礼和过分了。"夏时意连声补充："如果你觉得为难，可以拒绝我，我会想其他办法。"

一方面，他和言家是故交，另一方面，言家的地位在金融界实在不容小觑，发展壮大成今天的局面，言歆父亲总归有他的厉害之处，一旦开始，毫无疑问会是一场恶战。

然而，顾决对于夏时意，除了有关陆行彦的事，还从未对她说过一个"不"字，所以尽管万般为难，他依然淡淡地回她："好。"

只要她幸福，他愿意为她付出他的全部。

夺回言氏，普通的手段必然不行，要么硬攻，要么智取。无论哪一

样，都不是一件容易的事。

　　只是顾决顾及着父亲和言家二十余年的交情，所以于情于理，他都应该请示父亲。

　　当顾决晚上和夏时意边散步，边打电话给他的父亲，说清楚意图后，顾父在电话那端几乎是立刻就笑了："阿决，你在开玩笑？"

　　顾决淡淡地道："再认真不过。"

　　"可在我看来，仅仅只是为了一个女人，就要与言氏正面对立，甚至斗得你死我活，这本身就是一个玩笑。"尽管顾父的声音略显苍老，但依旧充满了年轻上位时君临天下的霸气和威严，"你把我们的集团置于何地？"

　　顾决的神色依旧不变，甚至连波动都没有："天下熙熙，皆为利来；天下壤壤，皆为利往。商场里没有永远的朋友，只有永远的利益，这是您教我的。这些年来您也很清楚，言氏版图扩张，发展的业务多多少和我们有冲突的地方，所以从长远的角度来看，攻打言氏，利远远大于弊，那我为什么不去做？"

　　"听着倒是有理有据。能将私人理由上升到这个层面，看来你早有计划，而且势在必行。罢了，你想怎么做，就怎么做吧。阿决，至于结果如何，这一方面我相信你。虽然你从小克制隐忍，从来没有过太多的欲望，但只要是你想要的，还没有失过手的。"顾父终是无奈地微微一笑，最后意味深长地说了一句："除了那个叫夏时意的女人。"

　　被父亲一语点明，顾决的表情几乎是尴尬的："您怎么知道？"

　　"你真以为我会对你什么都不管不问，把公司交到你手里，就乐得清闲，和你母亲共享晚年？"顾父哈哈大笑，继而正色道："但是我答应你放手做之前，还有一个条件。"

　　顾决皱眉："什么条件？"该不会又是答应联姻之类的吧？

　　顾父却避而不答，反而说："夏小姐在你身边吗？在的话，把电话给那个夏小姐，我有几句话要和她谈。"

　　顾决看了一眼走在他身旁的夏时意，将电话递到她手上，虽然极力装

264

出云淡风轻的样子，但时时刻刻关注着夏时意的脸色变化，生怕他父亲会故意为难她。

夏时意接过电话，礼貌地喊了一声"伯父"后，却没想到一上来对方就给了她一个下马威："我听阿决说了夏小姐的事，虽然我很同情你的遭遇，但天下没有白做的人情。能让我愿意点头的人，只有顾家的儿媳、顾决的妻子，那么夏小姐，你是吗？"

夏时意蒙了："伯父的意思是……"

"和阿决结婚。"

顾父浑厚有力的声音从大洋彼岸真真切切地传过来："如果夏小姐同意，那么便是我们顾家的人，帮自家人，外界和顾氏集团的人自然无话可说。但夏小姐如果仅仅只以一个外人的身份就妄想顾氏伸手帮忙，我无法同意阿决这种不理智的行为，还请夏小姐体谅一个做父亲的私心。"

一段话，就让夏时意立刻明白了他的意思。

商战毕竟不是儿戏。虽然言氏不比顾氏集团，但在广告界依旧有着足够的影响力，如果顾氏集团的下属知道了他为一个女人将顾氏摆在腥风血雨、硝烟弥漫的战场上，恐怕以后顾决的决策力会很难让他们信服，除非……

她是顾家的人，顾决的妻子。

夏时意沉默了良久，就在这一刻，她忽然想起，曾经顾决在方寅的婚礼酒席间对她说——

"被感情主宰的人，往往在大事上也不会有什么作为。倘若有朝一日，谁要我顾决为了她把顾氏置于危险之中，那么我的理智第一个不允许。"

她那时对他说，要不要赌一赌，赌他会为了他爱的女人让步。

多幸运，她赌赢了。

今日偷把旧日换，曾经的戏言竟然不知不觉中早已按照伏笔走向命定的结局。

那么，既然顾决能毫不犹豫地为她做出曾经以为最不可能做的事，为她做到不断打破原则，降低底线的地步，做到为她只要美人不要江山的万丈豪情，那么她是不是也该……

她正想得入神，手中电话却被觉察到不对劲的顾决快速拿走，同时，他向别的地方走去，想要避开她。

顾决深深皱眉，声音满是怀疑："爸，你到底对她说了什么？"

顾父调侃自己的儿子："怎么，觉得我会害你？"

"不敢。"顾决长叹一声，"只怕您会做一些多余的事。"

不愧是父子，连想法都一样。顾父微微一笑，随即语重心长地道："我只是在恰当的时候，提出了恰当的要求。阿决，事业走到今天，你的身边也应该有个人替你照顾你自己了。"

顾决平静地开口，声音淡得听不出任何情绪："爸，曾经我强迫过她，也曾经因为她做过类似的交易，但不能一错再错，所以以后我不会再强迫她做任何决定。还请您对她收回这个条件，算我这个做儿子的……"

顾决的话还没说完，就听到一个熟悉的声音在他身后响起，让他蓦地僵住。

"我同意。"

月明星稀，花朵正绽放得热烈。他慢慢转过身，目光落在向他走来的夏时意身上。她正望着他浅笑开来，一字一句对他说："顾决，我同意。"

CHAPTER15
第十五章

我在时光尽头 守你一起终老

TIME
WITH YOU

W I L L   D I E

（1）真相

顾氏集团和言氏公司的这场战争，持续了两个月之久。

"言氏目前最大的一笔资金链是建立在买进卖出了大量进口商品的基础上，从而获取了高额利润，如果我们切断他们的流动资金，同时和银行方面合作，断了他们的后路，那么言氏的局面就会很被动……"

办公室里，顾决临窗而立，正和电话那头的人交谈，忽然秘书敲响了门，走进来，恭敬地道："顾总，人到了。"

顾决挂了电话，转身看向来人，神色淡然，语气却有种压迫感："你给我发的邮件中，谈到的关于言历城的秘密，是指什么？"

这一天是极其普通的日子，然而对于言歆一家来说，却遭到了毁天灭地的打击。

流产之后的言歆经过几日的休养和调理，终于出院回家，更让她彻底放下心的，是陆行彦回到了她的身边。自从那天得知她因为他的逃婚而不幸流产之后，他无比懊悔和愧疚，答应她永远不再离开她。

算是因祸得福，她挽回了他们之间的感情。

此刻，言歆正和父亲还有陆行彦在饭桌上说说笑笑地吃着午饭，忽然门口停了一辆警车，一群身穿制服的警察冲进来，严肃地询问："哪位是言历城？"

当他们看到言歆的父亲答"我是"的时候，向言歆几人先是出示了拘留证，接着给言歆父亲戴上一副冰冷发亮的手铐，宣布："我们是公安局的。言历城，有人匿名举报你五年前故意教唆他人纵火，现在你被拘留了，请跟我们走一趟。"

"不——"

　　言歆猛地站起来，眼睁睁地看着父亲被他们押上警车呼啸开走，心轰然碎裂。她的脸失去了血色，连站都站不稳。被陆行彦一把扶住后，她声音颤抖地说："不，爸爸不会的……"

　　陆行彦也被眼前突如其来的意外弄得一头雾水，他只能先连忙安慰言歆，稳住她的情绪："歆儿，你别慌。现在当务之急要搞清楚到底发生了什么，我联系律师看看。"

　　但是接下来的日子里，从警局那边传来的坏消息一个接一个，说是证据确凿，加上被害人的指控，很难翻案。

　　当言歆得知被害人竟然是夏时意的时候，觉得荒唐无比。她无法探望父亲，只能怒火滔天地找到夏时意，劈头盖脸就是一通骂："夏绫，你的良心被狗吃了！居然卑鄙无耻到栽赃陷害我父亲！"

　　夏时意蹙着眉，正要反驳，她身旁的顾决在她之前就冷着一双眸子，沉下声警告她，那声音像是被冰冻过："言歆，注意你的言辞，诋毁中伤是要负法律责任的。"

　　夏时意静默了一会儿，对言歆开口："看来你爸爸一直没有对你提起过我的事。那么我来告诉你，言歆，你爸爸是我的姨父，他不仅抢走了原本属于我们家的公司，还在我六岁的时候就把我送到了福利院。纵火也不是我举报的，我只是受害者。好了，我要说的就这么多，你不信，可以等警局那边的定论。"

　　言歆当然不信，她觉得夏时意说的话简直不可思议得像是天方夜谭。然而，没过多长时间，她父亲就对夏时意所犯的罪行供认不讳。

　　迟到了五年的纵火真相终于缓缓揭开了它的神秘面纱。

　　八年前，夏绫入狱的新闻让他认出了她，于是从那时候开始部署他的计划。

　　那场大火是他买通纵火犯做的，一是为了报复夏绫害得他女儿差点失去清白之身，二是怕夏绫出狱后，对公司不利所以对她赶尽杀绝。只是，夏绫不仅被人救起，真实身份还被顾决死死隐瞒，让言歆的父亲一直蒙在鼓里，直到近日言歆的婚礼才发觉。

这个事实令言歆如遭电击，怎么都无法接受，整个人几乎崩溃，抑郁了很长时间。

就在言歆的父亲被逮捕的那段时间里，言氏群龙无首，内部又人心惶惶，如一盘散沙，混乱不已，再加上言氏平日里得罪了不少同行，如今的言氏已成强弩之末。

言歆曾为了挽救岌岌可危的言氏去求顾决手下留情，可顾决看着她身后遥遥站着的夏时意，只对言歆说了一句话，那句话让她彻底认命："我若是对言家心软，那么你和你父亲欠时意的，又该怎么还？"

他世界里的唯一标准，永远都只以一个人的名字丈量，那就是——曾经的夏绫，如今的夏时意。

言歆临走前，与夏时意擦肩而过的时候，停下了脚步，骄傲地扬起下巴，维持自己最后一丝尊严："你记住，我不是输给了你，我是输给了你背后的顾决。"

她侧过脸，望着夏时意的目光里，尽是深深的不甘心："你做的唯一正确的一件事，就是让他对你一见钟情，爱了你整整八年。"

失去了父亲，又即将失去自己的事业，这让言歆心如死灰，打算远走他乡，再也不踏上这片是非之地。

陆行彦追随着她的脚步而去。离开前，他特意前来为两次失约而向夏时意道歉。而夏时意只是静静地看着他，目光里是所有爱恨尽散的平和，似是在看着一个毫无关系的陌生人，她的声音，也比以往任何一次都要平淡："陆行彦，但愿我们，后会无期。"

醉过才知酒浓，爱过才知情重。你不能做我的诗，正如我不能做你的梦。

从此恩断义绝，永不相逢。

270

（2）离开

晚上八点，顾决与夏时意吃完晚餐后，顾决不紧不慢地走在她身旁，两人悠闲地散着步，司机远远跟在他们身后一路护送，气氛温馨又融洽。

夏时意仰头看着星空，感叹："心里的包袱都卸下了的感觉真好。"

顾决抿唇低低一笑，侧头注视她的表情，专注得动人。他沉默了很久，忽然开口："时意，明天，我要出国了。"

"什么？"夏时意猛地停下脚步，惊愕地看着他，语气里全都是不知所措，"顾决，连你也要走吗？"

顾决点点头，脸上是淡得猜不透的情绪："三个月之前，公司就已经决定要把事业重心调到国外了。"

三个月之前？他将她亲自送到陆行彦身边的那段时间？

如白光乍现，几乎是一瞬间，夏时意就明白了前前后后的所有事。她眼睛一眨不眨地盯着他，不放过他脸上任何一丝细微的表情，声音颤抖地问："所以……从那一次我和你分手之后，你早就做好了打算？"

如果陆行彦没有再一次离开她，怕是现在顾决和她已经相隔半个地球了吧？

可是，陆行彦让他们都失望了，所以后来他专程赶到海边把她救起，甚至耐心地陪她度过绝望的灰色时光，再之后，以一己之力为她夺回她心心念念的言氏。

明明早就做好了打算，却偏偏要为她留到现在。

她这才知道，他替她做尽一切，摆平所有麻烦，只是单纯地想要帮助她，与爱情无关。他不过是想在今天离开的时候，好放心地对她放手，再也没有任何后顾之忧。

这叫她情何以堪。

顾决淡淡地笑了笑："你啊……心思这么玲珑剔透，还真是什么都瞒

不过你。"

　　这段日子的陪伴，是他私心留给自己的最后一段回忆，叫他往后想起时，也不至于那么遗憾。

　　夏时意目光里满是慌张，还有某些她不自知的复杂情绪："为什么？我明明答应了你……做你的妻子啊……"

　　顾决很认真地看着她："曾经我强迫过你，罔顾你的意愿，一错再错把你强留在我身边，已经很不应该。所以，你说的那句话怎么能算数呢？"

　　顾决从西装口袋里拿出曾经被她亲手丢弃的钻石项链，重新为她戴上，微微一笑："我把它送给你后，就从来没有过收回来的打算，这个也算作你我相识一场的纪念吧。"

　　夏时意看着这条项链辗转一番，如今又来到她的身旁，心里不知为何陡然生痛。她仿佛可以看见，那一日她冷酷无情地将它丢弃在地后，他是如何弯腰半跪在地上，捡起珍藏，又是如何一人无望地坐在休息室里，任无边无际的黑暗将他彻底淹没。

　　夏时意知道，她扔掉的不仅仅是那条项链，更是他的全部真心，将他的骄傲、尊严、脸面一并踩在脚底，何其伤人。

　　然而现在，他将她丢弃的东西亲手捡回来，对于一个男人来说，还有什么比这更难的事？

　　只要一想到这里，夏时意心里就有种尖锐的疼痛，疼得喘不过气。她看着他，眼泪一下子就落下来，一句话脱口而出："顾决，你能不能不要走？"

　　是她明白得太晚，是她一直依仗着他的情深义重恃宠而骄，在将他刺得遍体鳞伤后，她后悔了。

　　她真的后悔了。

　　顾决伸手，轻轻擦掉她不断涌出的泪，沉默了很久。那几分钟里，他想了很多很多，但最终还是叹息一声，问："时意，你挽留我，是觉得愧疚，觉得对不住我吗？"

夏时意低下头，涩然开口："……是。"

顾决了然地看着她，语气平静，像是说着一件再寻常不过的事："所以你看，你也很明白，你挽留我的最大原因，是因为愧疚、感激、后悔、依赖等情绪，可偏偏，唯独没有男女之情。"

夏时意着急地想要说什么，却被他接下来的话阻止了："时意，你能挽留我，我很高兴。我知道我留下来，你并不是没有爱上我的可能，但是在这之前，如果你的感情是以愧疚为起点，那么我们的感情从一开始也就注定不会纯粹，我们的地位也不会再平等。我甚至几乎可以想象，日后我们要是真的在一起了，你会如何小心翼翼地讨好我、补偿我、迁就我……可是，我不想看到这样一个你。"顾决慢慢地说着，一字一句说得很认真，也很有耐心，那番话像是思考了很久，"如果我要的只是现在，你挽留我，我很高兴，会毫不犹豫地答应你留下来，但我要的，是你的未来，一个对等的未来。所以我想让你在我离开之后想清楚，你对我，到底是什么感觉。"

这份千回百转的心思和情意，叫夏时意几乎立刻就明白了他字字句句背后的含义。

顾决发自内心地尊重这段感情，所以他看得很透彻，她此时此刻对他最大的情绪就是愧疚。

爱情世界里的双方是平等的，不需要愧疚，也容不下愧疚，而她的愧疚有朝一日，真的能化成一把利刃，无形之中了结他们的关系，那么这段感情，还有什么意义？

"时意，其实说真的，我也没想过你会挽留我，所以这些话我以为没有机会，也不打算说出口的。"顾决淡淡地笑了笑，"但既然你开了口，那么就让我贪心一次，好不好？"

夏时意乌黑的眼睛看着他，只说了一句话："顾决，那你会不会等我？"

这一句话分明是说，她笃定自己会以一个对等的身份重新来过，真的爱上他。

顾决眸底的情绪柔软得无以复加，他低笑一声，道："八年都等过来了，还有什么不能等的？"

话说到这里，夏时意只能极力控制着自己的情绪，泪盈于眶，对他说出最后一句话："顾决，你走之前，我能抱抱你吗？"

顾决将她抱在怀里，仿佛抱紧这么多年来一人苦苦支撑的时光："时意，保重。"

还有，我等你。

车终于缓缓开走，带着顾决，离开了他此生最刻骨铭心的一段爱。

后座上，顾决微微闭眼，脑海里，依稀又浮现出她笑吟吟的脸，很美，如六月初荷将尽时最后一抹潋滟之色。

时光空把流年偷换，在这一刻，他仿佛又回到那年那月，夏日晴空，一见钟情。然而命运的手翻云覆雨，让他和她久别重逢后，上演了一场华美炫目充满谎言的戏。

她野心勃勃，机关算尽；他别有目的，将计就计。

欺骗、隐瞒、伤害、轻慢反复上演，两人渐行渐远，走向僵持的境地。直至当他忍痛亲手将她送到别的男人手中，棋局才终于改写走向，让他有了赢的可能。

他真的想过要留下，可他同时又异常清醒地明白，她还没有完全爱上他，有的只是愧疚、依赖……这些让她盲目地、冲动地挽留他。

就好像她与陆行彦之间，陆行彦对她是彻头彻尾的愧疚，然而言歆一出事，陆行彦立刻将她抛弃，选择站在了言歆身边。换言之，如果日后，她身边又出现第二个令她心动的陆行彦，那么他该怎么办？

她会不会后悔曾经那么冲动地把他留下来，和他在一起？会不会怪他，没有给她时间好好思考，她需要的到底是不是他？

那种画面，他想都不敢去想。

他已经在她的感情里死过一次，那种心灰意冷，此生不想再尝试第二次。

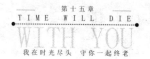

　　所以与其不明不白地开始，最后轻率地放手，倒不如给她时间好好想明白，让时间替她做出决定——

　　她是只想陪他一程到此为止，还是想和他继续走下去，白头到老，一生一世。

　　（3）深爱

　　一年时间转瞬而过。

　　夏时意在捧回国际时装设计金奖后，接受了当地电视台的采访。

　　采访室里，对方循序渐进地抛出了几个问题，接着提问："夏小姐这次时装秀的主打品牌命名为'时光'，是不是有什么含义呢？"

　　端坐在沙发上的夏时意思考了一会儿，然后微微一笑："每个女人的一生里都会有一段被人深爱的时光，尽管你毫不珍惜，任性自私得无可救药，但那个男人依然把你当成公主，把你当成生命，把你当成他的全部珍而重之，分分寸寸地守护。

　　"直到他有一天离开了，你才会猝然惊觉，他亦是你的王子，你的生命，你的全部。可是，你错过了，于是只能在他离开后的时光里念念不忘……

　　"所以，我设计的这套时装是想告诉女人，衣服有时候和深爱你的男人一样，错过了就是错过了，让一场近在咫尺的美丽，擦身而过成为无法得到的永远遗憾。"

　　对方极有兴趣地道："夏小姐脸上怀念的表情告诉我，在你的生命里，也曾有过这样一段时光……那么，夏小姐口中所说的男人，是你深爱的人吗？"

　　"是的。"夏时意的声音缓慢而认真，"虽然这个男人已经离开了我，但是他让我觉得，在他之后，我已经没办法再爱上任何一个人。对于他，我会一直等下去，像他曾经那样等过我一样。"

　　采访终于结束，夏时意回到了她的住处。最近她深居简出，将公司交给信任的人打理后，她也搬离了原来的公寓，辞退了工作室里的所有人。

　　新搬来的这间屋子，是五年前她刚出狱那段时间待的地方。后来她才在顾决的某一任司机口中得知，这间屋子并不是陆行彦为她爷爷准备的，原来的主人就是顾决。屋子受到大火重创后，顾决又重新修整了一番，时不时地在里面住上几天。

　　更让她想不到的是，顾决生日喝醉的那个晚上，并不曾如言歆所说的那样倒在言歆家门口，而是一个人开着车来到了这里，只因为他那时候不敢打扰她，于是只能去她曾经待过的地方，那里有她生活过的气息。

　　所谓的望梅止渴，也不过如此了。

　　夏时意听在耳里觉得心酸，也愈发想念那个男人。

　　这一年里，尽管她和顾决之间很有默契地一次都没有联系过，可顾决这个名字填满她的生活。无论何时何地，哪怕一个抬头，哪怕一次梦境，哪怕人潮涌动里，哪怕夜深人静时，她总会想到他。

　　曾经她看到过一句话，爱一个人，风是他，雨是他，上天入地都是他，直到此刻，她才终于对这句话有了更深的了解。

　　她明白自己的心意后，心底是从未有过的释然，她唯一要做的，想做的，就是心无旁骛地等他。

　　等他回来，叫他看清楚自己的心意和决心。

　　这天，夏时意一下车回到住处，几乎是一眼就看到了庭院里正单手插在裤袋里，悠闲浇花的英俊男子。

　　细如金沙的阳光倾泻而下，勾勒出他深邃的眉眼与秀挺的鼻梁，一如既往的挺拔身影在光晕中那么炫目，顿时模糊了万千风景。

　　当他觉察到她回来，那遥遥望过来的目光在一瞬间让夏时意的心狂跳起来。她想要对他微笑，却忽然泪如雨下。

　　他，终于回来了。

　　夏时意飞奔过去，扑进那熟悉的怀里，哽咽地说：“我等你好久

了……"

她这一生，都在追求不属于自己的爱情，跌跌撞撞，头破血流，直到千帆过尽后，她才猛然发现，最深的爱一直在最初的时光里，不离不散。

她也终于明白，原来没有了陆行彦的夏时意还能重新站起，可没有了顾决的夏时意什么也不是。

他等了她漫长的八年，那么这一次，换她来等他，她甚至做好了等到时光都慢慢终老，也要孤注一掷等下去的打算。

"489天，11736小时，104160分，42249600秒，的确是挺久的……"他将她紧紧抱住，勾唇而笑，笑容慵懒不羁，好看得过分，"所以啊，我在电视里一看到你向我当众告白，就忍不住跑回来了……"

"你还说呢！"夏时意抬头，泪眼蒙眬地瞪着他，黑白分明的眼眸里氤氲着一层浅浅的雾气，明亮动人，"当初你明明可以不走的，害得我们又兜兜转转了一圈……"

他笑着耐心地哄她："我不走了，再也不走了，好不好？"

夏时意靠在他怀里，一遍一遍喊他的名字："顾决。"

"嗯？"

"顾决……"

顾决笑了笑："嗯。"

"我爱你。"

这一刻，他已等了八年，如今终于等到。

那样一个骄傲从容的男人，忽然红了眼眶，低声问："有多爱？"

"比最爱还爱你。"

日光汹涌，云白风轻，花正盛放得热烈，一切美好得让时间都仿佛静止了。

他将她紧紧抱在怀里，唇角扬起了最温柔的弧度，含笑说："时意，我回来了。"

没有不可治愈的伤痛，没有不能结束的沉沦，所有失去的，会以另一种方式归来。

腊后花期知渐近，寒梅已作东风信。属于她和他的未来，刚刚开始。